CHINA-EUROPA FORUM

oeeee.com
奥一 看见了一切

从开放社会到公民社会

“中欧社会论坛·中国直播室”演讲报道集

于硕　蓝云◎主编

南方日报出版社
NANFANG DAILY PRESS
中国·广州

《从开放社会到公民社会——“中欧社会论坛·中国直播室”演讲报道集》书籍出版委员会

顾问：皮埃尔·卡蓝默　范以锦　江艺平　于　硕　曹　轲　陈　彦
　　　任天阳　郭巍青　苟　骅　何雪峰

编委会主任：皮埃尔·卡蓝默　任天阳

主编：于　硕　蓝　云

编辑：姜丽萍　黄　华　杨红辉　陈株校　谢　飞　谢烨挺　杨佩佩
　　　刘琴琴　洪海宁　张　鹏　杨默新　凌碧强　詹　铮　李兴杰
　　　梁居林　王　虹　蓝　海　唐　菡　吴　悠　张羿迪　何　凡

鸣谢：黄　晔　何丽君　李　娟　陈　亮　沈　斐　黄　岩　赖丹妮
　　　陈　敏　王蕾蕾

▲ 2007年8月，欧洲思想家、梅耶人类进步基金会主席、中欧社会论坛创始人之一皮埃尔·卡蓝默（图右）通过奥一网与中国网友在线交流，并受聘为奥一网特约高级顾问。南方报业传媒集团副总编辑江艺平（图左）向卡蓝默赠送纪念品。

▲ 2009年1月，著名外交家、全国政协前外事委员会副主任、外交学院原院长、中欧社会论坛创始人之一吴建民与奥一网友在线交流，演讲主题为《向世界说明中国，让中国融入世界》。

▲ 2007年10月，比利时布鲁塞尔，前欧盟驻关协大使、中欧社会论坛创始人之一保罗·张万亭接受南方都市报、奥一网专访，他强调“穷人问题影响中国未来”。

▲ 2007年8月，时任中大政务学院院长、博导任剑涛（左四）做客“中欧社会论坛·中国直播室”节目。南方都市报常务副总编辑、时任奥一网CEO任天阳（右三）和中大政务学院教授、“中欧社会论坛·中国直播室”学术总顾问郭巍青（左三）与任剑涛合影留念。

◀ 2007年10月，法国巴黎，欧华学会秘书长、中欧社会论坛发起人陈彦接受南方都市报特派记者、时任深圳新闻部主任苟骅采访。陈彦认为“中国对美国了解比较多，对欧洲了解不够”。

▲ 2007年8月，巴黎南泰尔大学人类学博士、北京师范大学“京师学者”讲座教授、中欧社会论坛总监于硕做客“中欧社会论坛·中国直播室”节目，对话主题为“中欧三次相逢及跨文化视野”。

▶ 2007年8月，清华大学教授、博导孙立平做客“中欧社会论坛·中国直播室”节目，对话主题为“从黑砖窑事件看信息屏蔽机制”。

▲ 2007年8月，哈佛大学燕京学社高级研究员黄万盛教授做客“中欧社会论坛·中国直播室”节目，对话主题为“从开放到大同”。

▲ 2007年7月，南方都市报、奥一网特派采访组（左起依次为何雪峰、苟骅、蓝云）拜访梅耶人类进步基金会位于法国巴黎的总部，与基金会主席、欧洲思想家卡蓝默（图中）合影留念。背景图为梅耶先生工作照。

▲ 2007年7月，广州市社会科学院研究员吴重庆做客“中欧社会论坛·中国直播室”节目，对话主题为“中国农村的社会建设”。

▼ 2009年7月，法国前总理、中欧社会论坛创始人之一罗卡尔（图右）接受南方都市报特派记者、时任奥一网第一副总编辑蓝云采访。罗卡尔认为“中欧应建金融体系，让美国接受”。

▲ 2009年7月，第三届中欧社会论坛小组长会议在法国巴黎举行，中欧各方人士在会上充分沟通、交流，图为小组激辩一景。

▼ 2005年10月，第一届中欧社会论坛在中国广州南沙盛大开幕，有300名中外学者、外交人员和记者与会，聚集在米歇尔·罗卡尔、霍英东先生、吴建民、卡蓝默等著名人物周围，其主题集中在介绍欧洲建设的历程。图为部分重点嘉宾合影。

▲ 2007年10月，第二届中欧社会论坛在比利时布鲁塞尔闭幕，论坛创始人之一、欧洲思想家卡蓝默（图左）在总结致辞中对中国和欧洲社会共同面临的发展模式、价值基础、全球化以及社会治理等四方面问题进行了深入剖析。

▲ 2007年10月，第二届中欧社会论坛互联网组会议在比利时列日省举行。图为中欧双方参会人员在列日省议会合影留言。

序 / Preface / Préface

从开放社会到公民社会

Pierre Calame（中欧社会论坛主席、欧洲思想家卡蓝默）

奥一网送给了我们一个什么样的礼物？一个心与心的交流平台，人们不再捍卫虚幻的欧洲立场或中国立场，好像人类社会是被程序化了的自动仪一样。在这里，个人从自身独特而多样的角度进入对话，每个人都力求理解另一个人对现实存在的感觉和看法，相信他的诚意，即使他的观点和看法似乎是错的或者无法理解的。这是两个社会互相尊重，学习互相理解和互相欣赏的前提。这也正是奥一网送给我们的，也是我为什么如此珍惜加入这一公民论坛的原因。它的宗旨精神如此贴近中欧社会论坛的目标和方法，已然成为中欧社会论坛的一部分。

我怎能不激动地回忆起2008年5月那场意义重大的相逢，奥一网邀请我与成千上万的中国网友对话，而当时中国与欧洲正处于奥运前那段外交紧张的高峰期。面对着咄咄逼人的问题，我感到在家里一样自如，因为我知道我是在一个思想开放，旨在进行公民对话的地方。在那里我有时间阐释我的观点，在那里我们不是来用华丽的外交辞令互相取悦，而是为了弄明白，在各自文化和政治的历史背景下，为什么我们对相同的事实有着不同的理解。从最高贵的意义上说，当晚我们完成了一件和平的作品。在奥一网做客，就像在自己家一样，我甚至忘记了在场的还有成千上万的网友，仿佛只剩下了我自己，充满对真实对话的渴望……这样的感觉是多么稀有！在这个所有人都旅行的世界，人们擦肩而过，却不肯花时间真正交谈，更不想相识。

每次网上对话之后，我怎能不更感到自己更像世界公民了，怎能不与中国朋友一起，为我们这个唯一的又是脆弱的地球作出多元的、团结的和负责任的贡献？

（2010年6月8日于巴西）

Openness and Citizenship

Talking to one another openly; not defending an illusory European position or an illusory Chinese position, as if societies were programmable robots, but rather talking individual to individual, for one's singularity and diversity, each trying to grasp the other's feelings and perspective of reality, by giving them credit of their good faith even if their position seems erroneous or incomprehensible to us —— that it is the most indispensable thing for both our societies to respect and learn to understand each other so as to appreciate each other mutually: this is what Oeeee offers us and this is how much I appreciate participating in this citizen Forum, so close in its spirit of the objective and the methods of the China-Europa Forum that it is an integral part of it.

How could we not mention with emotion this so significant session of May 2008 where Oeee gave me the chance to communicate with thousands of Chinese Internet users when diplomatic tensions between China and Europe were at their peak before the Olympic Games? I felt at home within this dialogue, confronted with questions of an extreme violence, because I was in an open-minded place devoted to citizen dialogue, where I would have the time to present my point of view, where we were not there to indulge mutually in nice diplomatic speeches but rather to understand why, in the light of our cultural histories and respective policies, we could have different interpretations of the same realities. We have tonight, in the noblest of ways, promoted peace. In such a way that I feel at home in Oeee, even forgetting the presence of thousands of Internet users and allowing me to be only myself with a desire for an authentic dialogue, so rare in a world where everybody travels and crosses paths without ever taking the time to really talk and even less understand each other.

How not to feel, at the term of each show, a little more citizen of the world, stakeholders with my Chinese friends of the responsible, plural and united management of our unique and so fragile planet?

（Brasil，June 8th，2010 ）

Préface / 序 / Preface

De l’ouverture à la citoyenneté

—Pierre Calame

Se parler cœur à cœur; ne pas défendre une illusoire position européenne et une illusoire position chinoise, comme si les sociétés étaient des automates programmables mais se parler d’individu à individu, dans sa singularité et sa diversité, chacun essayant de comprendre le sentiment et la compréhension qu’a l’autre de la réalité, en lui faisant crédit de sa bonne foi même quand sa position nous parait fausse ou incompréhensible, voila la chose la plus indispensable pour que deux sociétés se respectent mutuellement et apprennent à se comprendre et à s'apprécier: voila ce que nous offre Oeeee.com et voila combien j’apprécie de participer à ce Forum citoyen, si proche dans son esprit de l’objectif et des méthodes du Forum China-Europa qu’il en est devenu partie intégrante.

Comment ne pas évoquer avec émotion cette séance si significative de mai 2008 où Oeee m'a offert de dialoguer avec des dizaines de milliers d'internautes chinois alors que la tension diplomatique entre la Chine et l’Europe était à son comble avant les jeux olympiques! je me suis senti chez moi dans ce dialogue, face à des questions d'une violence extrême, parce que je me sentais dans un lieu d’esprit ouvert et dédié au dialogue citoyen, où j’aurais le temps d’ exposer mon point de vue, où nous n’étions pas là pour nous faire mutuellement plaisir par de belles paroles diplomatiques mais pour comprendre pourquoi, à la lumière de nos histoires culturelles et politiques respectives, nous pouvions avoir des interprétations différentes des mêmes réalités. Nous avons fait ce soir là, au sens le plus noble du terme, œuvre de paix. De sorte que je me sens chez moi à Oeee, oubliant même la présence de milliers d’internaute pour n’être plus que moi même avec le désir d’un dialogue authentique, si rare dans ce monde où tout le monde voyage et se croise sans vouloir prendre le temps de se parler vraiment et encore moins de se comprendre.

Comment ne pas se sentir, à l’issue de chaque émission, un peu plus citoyen du monde, partie prenante avec mes amis chinois de la gestion responsable, plurielle et solidaire de notre unique et si fragile planète?

（A Brésil, 8 juin 2010）

序

将鼠标和智慧凝聚成通往公民社会的希望之光

范以锦（广东省记协主席，暨南大学新闻与传播学院院长，
原南方报业传媒集团董事长、南方日报社社长）

2005年10月，在中国广州南沙召开的首届中欧社会论坛，开启了中国与欧洲社会之间一个颇具创意的民间对话进程，对以后双方广泛而持续的对话和理解，以期携手应对人类社会大变迁中面临的共同挑战，起到了积极的推动作用。

5年间，作为思考和行动的公共空间，中欧社会论坛使得中国和欧洲这两个正处变迁的社会得以更好地了解和认识对方，双方民间的交流不断促进和升华。在米歇尔·罗卡尔（前法国总理、欧盟议员）、吴建民（前中国驻法大使、外交学院院长）、皮埃尔·卡蓝默（欧洲思想家、梅耶人类进步基金会主席）等8位联合创始人和论坛总监于硕博士的带领下，中欧社会论坛目前已成长为中欧民间持续交流、分享经验、共生智慧的民间对话平台。

《从开放社会到公民社会——“中欧社会论坛·中国直播室”演讲报道集》这本书分成两大部分。演讲集所记录的是奥一网“中欧社会论坛·中国直播室”所邀请的17位中欧各界人士，围绕着“从开放社会到公民社会”的主题与广大中国网民的对话进程。这些来到直播室的嘉宾有着多元化的背景，从欧洲思想家到哈佛学者，从大学教授到企业老总，从外交大使到媒体人士，每一次身份的跳跃，都是一次智慧的撞击，在网络这个开放的空间中，我们都是前来分享独到经验

的平等而独立的公民。本书另一部分是报道集，集纳了南方都市报、奥一网4位青年记者（编辑）远赴欧洲采访第二届论坛、第三届论坛预备会的新闻报道，记录了至少是部分欧洲主流人士对现代中国的印象及期盼，留下了中国青年记者与欧洲大陆世故人情的心灵交往，打开了经历“开放社会”之后中国何去何从、走向“公民社会”路径选择的思考之门。

纵观中华人民共和国发展的历史，我们可以看到经历正反两方面的经历之后，对公民社会的认识和实践也在不加深和推进中。首先是对什么是公民社会的认识以及中国要不要、如何构建公民社会。

尽管中国进入完全意义上的公民社会，需要长期不懈的努力，但改革开放以来已经向前大大迈进了一步。改革开放之前我们听到的是“人民”的概念，很难听到“公民”的概念。这有什么不同？郭巍青谈到，“人民是一个更加革命的概念，是区分敌我的概念。如果把一部分人称做敌人，那么剩下的就是人民。公民是大家作为社会共同体的成员，叫做公民。公民和市民的概念有些类似，公民是在一个国家有共同体的权利的一个身份。大家可能会问到什么叫做公民。我觉得，它指的是在自己职业之外的一个社会的身份。比如我的职业是做教师，有的人可能经商，有的是农民、工人、政府官员，这些都是你的职业和工作的分类。但是，除了职业之外，到了家里，你是父亲、丈夫等等。除了这些之外，我们在工作和家庭之外，我们还有一个公共、共同的整体，一个公共的领域当中，我们的身份就是一个公民。”这些本来是很浅显的道理，但过去把它复杂化了。中国曾经经历过到处树敌的年代，不把公民当“公民”看待。多年来，我们习惯称“人民”，在“以阶级斗争为纲”的年代，如果把“公民”的概念挂在嘴上，会被看成是模糊阶级阵线，是不革命的表现。斗来斗去不仅解决不了温饱问题，还戴上了精神枷锁，说不定哪一天就被划到“敌人”的阵营里去了。现在两个概念同时使用，这是一种进步。称呼的逐渐变化，是中共十一届三中全会之后的事。当时结束了“以阶级斗争为纲”的口号，“地富反坏右”全摘帽，全党全国的工作重点转移到以经济建设为中心上来。不需要老去搞阶级斗争你斗我、我斗你了，自然社会变得更加和谐了。所以，改革开放为公民社会的到来提供了良好的生态环境。但毕竟中国还是一个不发达的国家，长期以来受封建专制的影响很深，尽管我们在不断改革，不断完善制度，但在一些地方违背公民的意愿和尊严的事还不少。“躲猫猫”事件、王帅事件、开胸验肺事件、钓鱼执法事件等都折射出一些地方对公民的基本权利的侵犯。幸运的是，经媒体曝光后许多侵害公民权利的事件得以解决。这除了高层的远见卓识，开明的执政理念之外，还有就是新媒体的推动。随着社会的发展，科学技术的进步，人们观念的变化，打造公民社会的要求越来越高。人们不只是要有更好的物质追求，还渴望更多的民主、自由，对如何去维护一个公民应有的知情权、表达权、监督权由陌生到了轻车熟路。我们相信，毕竟经过多年的改革开放，人们的观念在变，社会生态环境在变，公民期待的更多的美好愿望会在社会转型的过程中得以实现。

我们期待，中欧社会论坛的理念能进一步推动公民社会的进程。在开放的思想交锋和多样化的经验分享上，每个人都以公民的身份参与对话、激发智慧，这种对话方式不仅传递出中欧社会论坛的理念精髓，同时也是奥一网坚持以草根智慧推动社会发展的又一次有益实践。正是这种不断培育公民意识的理想高度契合，使得奥一网与中欧社会论坛在相识之初便一拍即合，开始了一段惺惺相惜之旅。从采访报道论坛活动，到设立“中欧社会论坛·中国直播室”专栏，再到承办第三届中欧社会论坛网络组活动，奥一网一直是中欧社会论坛行进中的见证者、参与者、推进者。与此同时，广大的奥一网友也获得与中欧社会论坛共同成长的机会，他们共同修炼理性表达、相互倾听的合作艺术，共同推动从开放社会到公民社会的蜕变。智慧与真知蕴于民间，通过网络技术平台，草根原生态的舆论和智慧可以被集纳和传播，网民得以“看见了一切”，从某种意义上，奥一网、奥一网民的这一核心理念既吻合互联网在中国发展的大趋势，也高度契合共同探讨、共寻世界治理之策的国际共识。奥一网创业团队在4年半前就能提出这一概念，难能可贵，相关探索卓有成效。从“看见了一切”衍生的奥一网络问政平台已经成为中国互联网界的一朵奇葩，据我所知，目前已成为广东各级党政社群部门推动网络问政、与广大网民和民间智库全方位互动交流的权威平台，被公认为广东网络问政核心推动者，初步实现了建设“充满活力、和谐有序、建设性的网络民主平台”的目标，既让公民有序参与了政治生活，同时也树立了政府的公信力，理性有效疏导了社会公众情绪。

更为可贵的是，在这种持续性的对话过程中，网友们体悟出了超越论坛本身的、更为广泛的普世价值。他们自发在奥一网发起成立“南方民间智库”，他们积极投身于网络拍砖，热忱为社会发展建言献策。从2008年初震撼网络世界的“岭南十拍”，到当前正在岭南大地开展得风生水起的“民间拍案——实施《珠三角改革发展规划纲要》群众论坛”，网友们将手中的鼠标和心中的智慧凝聚成一束通往公民社会的希望之光。

我想这样一种民间智慧的原生性成长，不仅是中欧社会论坛的愿望所在，更是实现公民社会之漫漫长路的基石所在。

4天，23个城市，800多位与会代表，46个讨论组——开创中国和欧洲最大规模的“全社会对话”。这是第二届中欧社会论坛的盛况，参会人员的智慧和共识在本书可以找到。

18个月，17位中欧思想智客，25个报纸版面，100多期手机报，1000多万观看网民——成就了社会各界共同交流的“全媒体平台”。这是“中欧社会论坛·中国直播室”的一个概况，思想交锋全过程在本书可以找到。

30年，960万平方公里，13亿人——探寻社会各界人士更能和谐相处、更有尊严、更有愉悦感的“理想国”。经历改革开放辉煌历程的中国如何迈过下一个历史关口，本书开启了一个问号，更多的答案及对策要广大读者共同寻找。

欣闻第三届中欧社会论坛于今年7月在中国香港理工大学召开，相信来自中欧双方的每一位参与者都能在这一场跨文化思想交汇中，共同奉献智慧。

是为序。

目　录

演讲集

一、从开放到大同

二、从农村到城市

三、从单一到多元

四、从中国到世界

《南方都市报》报道集

卡蓝默贺“中欧社会论坛·中国直播室”顺利进行

尊敬的任天阳首席执行官，各位奥一网网友：

你们好！

我怀着极其激动的心情观看了上周二奥一中欧社会论坛的首次开讲——我们的老朋友郭巍青教授的讲演一如既往地精彩。尽管我对中文知之甚少，但是于硕博士向我转诉了此次演讲的内容极具高质量和品位。

奥一的成功开讲对于本届论坛而言，是一件极具里程碑意义的事。同时也与论坛为推动中欧公民社会建设的精神及其契合：毫无疑问，它真正开启了中欧两个社会之间的各方面的深入对话。

中欧论坛的网站肩负着构建一个独一无二的交流平台的重任。其中，和贵网站的链接，更能使其在中国华南地区扮演给所有参加者（讲演者和奥一网友）提供各种及时资讯的重要角色。

在上周二的会议上，我们提到我将会在8月22日左右到广州参加南方区的论坛轴心人物的会议，届时，我非常乐意作为奥一网的嘉宾做一次演讲。

在此，我再次向奥一网中欧论坛直播室的创举表达我衷心的感谢和敬意。

皮埃尔·卡蓝默（人类进步基金会主席）

2007年7月24日

中欧社会论坛·中国直播室演讲集

从开放到大同 / 从农村到城市 / 从单一到多元 / 从中国到世界

时间： 2007年7月17日
节目： “中欧社会论坛·中国直播室”之一
主题： 全球化视野下的公民社会和公民行动
嘉宾： 郭巍青 中山大学政治与公共事务管理学院教授，博导

郭巍青：
全球化视野下的公民社会和公民行动

以全球化视野下的公民社会和公民行动为主题，我想简单说三个观点：全球化影响个人命运；全球化给我们的生活带来诸多新挑战；在全球化新的挑战下，中国正在兴起新的公民运动。

全球化影响个人的命运

全球化是在我们身边真实发生的过程，普通人在自己的生活当中，已经可以感知到与全球化有关的现象。如果我们关注个人的命运，一定会关注为什么有些人成功，有些人失败，有些人富裕，有些人贫穷，有些人幸运，有些人不幸。我的道路怎么走？我怎么才能成功，这是很多人每天会问自己的；我们自己怎么成功，这是很让人困惑的。

社会学中非常强调个人的命运受个人的主观努力，以及外部结构性的影响。全球范围内发生的变化对我们个人的命运有很大的影响，我今天讲的是正在发生的一些变化。我举个例：前不久前国家食品药品监督局局长郑筱萸因为受贿、玩忽职守被判处死刑。这是我们在治理腐败问题上的一个大新闻。郑是第四位被判处死刑的省部级以上的高官，并且死刑很快就执行了。可能有些人会有疑惑或讨论，郑筱萸的确是贪污受贿，但是他受贿了600多万元。如果与以前揭露出来的某些贪污腐败官员相比，很多人都会注意到一些贪污数额比郑还要大的官员不一定是判了死刑。老百姓会问，为什么郑筱萸贪污了600万元就死刑了呢？我的看法是这样的：我们说执法的时候，传统下所有的着眼点都是在一个国家内部的法制框架下寻找对他命运的解释。如果把眼光放宽一些，超越国家这个层面，从全球的角度来看的话，就会发现有一个非常值得大家关注的因素——郑筱萸主管的是药品监督局，而药品质量是目前世界最关注的一个重大问题。随着中国制造产品遍及全球，中国产品的安全性变成各国都在高度关注的一个问题。所谓关注中国产品的安全性，实际上就是关注政府的安全监管体制究竟是有效还是无效的，到底这个监管的措施是严格的还是随意的。郑筱萸的职务犯罪，在很大程度上恰好是破坏了食品药品监管体制。因为他的犯罪行为暴露出中国食品药品的监督系统有很大的漏洞，由此导致无论是内销产品，还是出口产品，在质量、安全上都存在很大问题，这其实也是当前一个重大的国际问题。

>> 所谓关注中国产品的安全性，实际上就是关注政府的安全监管体制究竟是有效还是无效的，到底这个监管的措施是严格的还是随意的。

我们必须为中国产品的信誉作保障，因此要有非常强的决心和手段。在这个逻辑下，我们再来看郑筱萸所犯的错误，就会觉得这样的罪行非常严重。我们还可以从全球化的角度引入第三个解释：存在明显的全球压力。换句话说，中国目前面对的很大压力来自于全球的公众或者别的国家。这个压力对中国自己未来的出口、中国未来的形象以及中国未来进一步的发展都至关重要。这些压力或这种结构会使得个人的命运完全改变。郑筱萸这个案例当然是一个负面的案例，但是其中的确表现了全球化因素的作用，这是我们以前所未遇到的。

稍后我们会看到，普通公民的生活，也要面对环境、市场以及社会各方面的机遇，当然这跟我们身处的结构有关，归根到底也跟全球化带来的重要的结构变化有关。

全球化带来的诸多变化及挑战

第二个观点，我想简单地介绍一下全球化给我们带来什么样的变化。

关于全球化给我们带来的挑战和重大变化，简单归纳有四个方面，这四个方面在学术研究上是被反复地从不同角度提及，而且这四个方面与中国人的生活和发展的空间也有密切的关系。

1．管理资本主义向金融资本主义转型，市场经济和资本主义的方式正在发生重大变化，这是一个新的挑战和现象；2．在转变当中我们看到全球的贫富差距在急剧拉大，全球范围内的两极分化现象正在愈演愈烈；3．全球的环境问题变得非常突出，环境恶化、环境危机成为当今的重要问题；4．全球问题下所需的全球治理的机制还不完善，而全球迫切需要一个完善的治理机制。

正如我们所组织的中欧社会论坛，也是站在跨洲和跨国的角度上去论述一些问题。这些大问题，例如环境恶化、贫富分化等，它们构成的风险会对我们每个人造成影响。作为公民的个体本身，有没有力量去保护自己免受风险？能不能改变自己的命运？比方说：有些贫穷的风险是突如其来降临到你的身上，很多外部的力量带来了个体命运结构的改变。每一个个体有没有可能去控制住这些因素？有没有可能去改变和改善自己的命运？有没有可能真正营造幸福？这就是全球化条件下，公民的行动和公民建设的问题。也是我们今天要讲的第三个大的问题。

中国正在兴起的公民运动

在全球化背景下，中国的公民运动有以下两方面值得关注：

第一个方面是随着经济条件的改善，中国公民本身在公民精神的建设和公民行动方面也有了很大的发展。但是，这些发展可能还处在一个较为初级的阶段，还尚未在一个全球的范围内被更好地认识，这是一个很大的缺憾。可能别人觉得中国是一个有强大的经济动力，人们在日夜加班拼命赚钱的国度。我觉得我们应该告诉世界，中国不仅是一个在经济发展上十分勤奋的国度，而且在公民精神方面，中国也取得了很好的发展。

>> 通过直接的公民行动来改变个体的生存状况，同时也改变周边的环境。而不是消极地等待国家的政策、国家的救济，或者等待别人的救济。

公民的精神和公民的行动包括两方面：一是在基本价值观念上强调行动改变生存。通过直接的公民行动来改变个体的生存状况，同时也改变周边的环境。而不是消极地等待国家的政策、国家的救济，或者等待别人的救济。在这种行动改革的口号下，我们看到公民积极参与周边社区的建设，希望自己能够在社区当中成为一个活跃、积极的公民。这种行动不仅改变精神，而且还可以从中产生新的精神、新的思维模式。这正是我们现在需要努力关注和总结经验的一个方面。这是公民发展和公民行动的一点。

另外还有一点也非常值得鼓励和重视的，就是公民参与政策辩论，并且参与政策的改变和政策的民主化，推动政策朝着一个更好的方向发展。随着社会的发展，公民逐渐发展起来以后，我们在不少案例中都能看到公民组织、NGO组织，以及许多公民个体正在努力，他们不仅改变微观层面的状况，也改变法律法规，甚至改变更多的东西。比如说前几年乙肝患者自行组织建立网络组织，他们开设网页、不断交流，采取各种行动，他们的行动当中最重要的是明确要求修改某些特定的法规和条例。比如公务员体检的条例，到底有乙肝、大三阳、小三阳的，能否被录用为公务员。他们通过广泛搜寻证据，根据医学证据证明，乙肝在什么情况下传染，在什么情况下不传染。现在卫生管理条例已经有了一个直接的改变，已经不再视乙肝小三阳患者为体检不合格。这是一个非常正面的案例，这个案例说明公民积极地提出问题和公民通过网络结构汇聚资源、意愿，在策略运用成功的前提下，能够很好地改变政策，从而改变一个群体的生存条件。

>> 公民参与政策辩论，并且参与政策的改变和政策的民主化，推动政策朝着一个更好的方向发展。

我们还应当承认，中国公民社会发展的水平和取得的成就跟国际社会的发展程度还有差距。我认为，在全球化的视野下，我们应该更加注重公民行动。在一定条件下，努力推动公民运动的发展将会有越来越重要的意义。

互动

主持人：公民的概念是什么，公民和人民这两个命题间有什么样的区别和联系？对学过政治学的朋友来说，这应该是一个很基本的问题，但因为这个问题与“中欧社会论坛·中国直播室”的节目主题——“从开放社会到公民社会”相关，而且现实中很多人其实是似懂非懂的，所以还是想请郭老师在这里统一解答下。

郭巍青：人民是一个更加革命的概念，是区分敌我的概念。如果把一部分人称做敌人，那么剩下的就是人民。公民是大家作为社会共同体的成员，叫做公民。公民和市民的概念有些类似，公民是在一个国家有共同体的权利的一个身份。大家可能会问到什么叫做公民？我觉得，它指的是在自己职业之外的一个社会的身份。比如我的职业是做教师，有的人可能经商，有的是农民、工人、政府官员，这些都是你的职业和工作的分类。但是，除了职业之外，到了家里，你是父亲、丈夫等等。除了这些之外，我们在工作和家庭之外，我们还有一个公共、共同的整体，一个公

>> 我们在工作和家庭之外，我们还有一个公共、共同的整体，一个公共的领域当中，我们的身份就是一个公民。作为一个公民，每个人都按照平等的权利去相互地对待，这个权利需要一个政治机构来保障，需要一定的法律条件来保障，这种权利包括基本的生存权、自由权、人权、行动权利等等。这些权利越来越被跨越阶层、跨越种族的人们认可。

共的领域当中，我们的身份就是一个公民。作为一个公民，每个人都按照平等的权利去相互地对待，这个权利需要一个政治机构来保障，需要一定的法律条件来保障，这种权利包括基本的生存权、自由权、人权、行动权利等等。这些权利越来越被跨越阶层、跨越种族的人们认可。最大的共同体就是人类，我们在这样的一个群体上来进行活动，我觉得这叫做公民。

网友：公民用行动改变生存环境的事例，在深圳发生得也越来越多。比如对某一条道路的修建，因市民持反对意见，政府只能多花几十亿的资金进行改道。

郭巍青：我觉得有很多以体现公民的主动性和公民积极精神的行动和事件，都发生在深圳这个地方，这跟深圳这个城市特殊的历史、深圳市民构成的成分以及深圳现在处在中国发展和世界相联系的特定环境下有很大的关系。深圳有大量新移民，我相信有一定知识文化、从事白领工作的所谓中产阶级类型的人口可能会占相当大的一个比例。他们自己对周边的社会生存的条件有比较高的要求，并且也有比较积极的一个行动能力。在这些条件下，深圳出现了一系列反映公民精神的事件。此外，深圳跟国外的联系也很多，能够直接接受当今世界上的一些比较先进的理念。

网友：能不能为我们描述一下我们实现公民社会的时候是一个什么样的景象？进入公民社会有什么样的好处？

郭巍青：说到有什么好处，可能不太好归纳。我觉得，它会有一个基本的作用，就是我们提倡公民社会的概念，并且提倡大家都能够成为一个积极的公民。它将使得你可以去参与对整个城市的规划，可以对影响自己生活的决策提出意见，并且当你有困难的时候，你可以把自己的问题提升到法规政策的层面上去提出要求。举一个例子，中国过去的发展，对经济的效率重视比较大，但是对民生方面和社会方面的建设明显是比较欠缺的。这种欠缺如果是以政府的行为来说的话，其实就是反映在整个公共预算、公共财政、公共资金的使用上。这种公共资金的使用包括纳多少税，用在什么地方，用在什么样的项目。我相信很多人越来越感觉到我们的生活要能抵御各种风险的话，每个人都要获得在医疗、教育等方面的保障。这些保障可以使我们有尊严地在这个城市里面生活。深圳有很多高层次的人，或者在市场经济中比较成功的，也包括在市场经济中比较低下的人们。这种保障肯定要涉及到资源的运用，不可能是凭空的，这种公共资源的使用是由政府来决定的，政府从基本的原则上来说，他是在做一个管理。但是在作具体的引导的时候，这些公共的政策或决策，是不是能够满足各个公民的需要，这就可能有这样、那样的问题。有问题，你的呼声能表达出来了吗？你的呼声能改变一个东西吗？我们过去有一个消极的态度，可能你提的意见或表达了什么东西，不会对政策的结果有积极的作用。我觉得公民社会的一个最重要的特征是使公民对自己的行动的能力、行动的渠道、行动的方向有一个明确的回应。公民会觉得他提出的意见会得到一个积极的回应。这和以往是不一样的。

>> 公民社会的一个最重要的特征是使公民对自己的行动的能力、行动的渠道、行动的方向有一个明确的回应。

时间： 2007年7月24日

节目： “中欧社会论坛·中国直播室”之二

主题： 中国农村的社会建设

嘉宾： 吴重庆　博士、研究员，广州市社会科学院《开放时代》杂志主编，中山大学华南农村研究中心兼职副主任

吴重庆：
中国农村的社会建设

2006年中央“一号文件”——《中共中央国务院关于推进社会主义新农村建设的若干意见》要求“协调推进农村经济建设、政治建设、文化建设、社会建设和党的建设”。尤其值得注意的是，这是连续多年以来关于“三农”问题的“一号文件”中第一次明确提出农村的“社会建设”课题。这也就是说，在我们对中国农村进行展望的时候发现一个薄弱的环节，就是社会建设。我认为农村社会建设的着力太少了，即使在去年中央“一号文件”发布之后，在政府的讲话、工作报告里，也没有多少人真正认真地讨论中国农村的社会建设问题。

农村社会建设的内涵

我们说要加强农村经济建设，实际上是要以农民为本位，促进农民的收入增长。而社会建设是要从农村的整体出发的。如何来振兴农村社会的共同体，如何来增进农民之间的相互信任，如何来维系农村社会基层的秩序，都是农村社会建设的内容。

“社会”这个词很常见，我们每个人每天都要接触很多次。社会在不断发展，但是社会建设到底是什么？我们从社会这两个字的组合，进行一些考究，将有助于理解“社会”这个词。

“社会”这个词实际上是从日本泊来的。但在中国明代的初期实行里社制度之时，每个村都要设一个社坛，社坛里面有不同的神明被供奉。“会”也是围绕乡村宗教活动举行的集会。所以社和会两个字结合起来，表明在农村的相互聚合，以及底层宗教活动或集体活动。所以用“社会”这两个字来翻译与指代也是很恰当的。

>> “社会”这个词实际上是从日本泊来的。但在中国明代的初期实行里社制度之时，每个村都要设一个社坛，社坛里面有不同的神明被供奉。“会”也是围绕乡村宗教活动举行的集会。所以社和会两个字结合起来，表明在农村的相互聚合，以及底层宗教活动或集体活动。

中国农村社会建设曾受多次冲击

今天我讲的社会建设，主要是指我们如何对当前中国农村民间的组织资源有所挖掘、有所整合或转化。

以宗教组织为例，我们知道中国宗族组织的资源和活动在南方比较多，而国家对宗教组织的解构可以追溯至清末开始的反迷信运动。到共产党领导中国革命的时候，破除迷信运动得到进一步的提升，范围也得以进一步扩展。那个时候，我们把破除封建迷信、进行社会整合，作为动员社会底层的一个首要方式。毛泽东说过一句话：一张白纸可以画出最美、最新的蓝图。如果乡村基层有迷信、有宗族、有传统遗留的话，显然不是一张白纸，只有彻底地摧毁这些遗留的传统，人们的思想才能改变。所以中国共产党对民间传统资源进行了革命性的改造。革命结束之后，又有另一波浪潮带来了更进一步的冲破——改革开放的市场化浪潮。开放把人本能的欲望开发出来，而欲望就像一列火车，牵引着整个社会往前冲。在过去几十年，我们对如何进行社会治理，考虑得不够周详。

在市场化浪潮的冲击下，我们可以看到乡村社会有所复苏，一些宗族活动也在复苏，但是人与人之间的关系是一种利益的联系，乡村共同体也在进一步解体。市场化的冲击对社会生态造成了严重的后果。以前在农村有一个明确的社会边界，但是现在所有人都处于高度的流动状态，先前的边界也变得模糊不清，游离不定。原先在社会空间和社会地域中，进行自我规范和调节的道德受到了严重的挑战，因此，农村的社会文化生态受到了严重冲击。

中国农村社会现状——无主体熟人社会

现在我们看看21世纪中国农村是一个什么样的状况。中国区域太大，而且各地之间的差异也非常明显，农村经济活动的方式、自然资源分布都不一样。所以，我们具体看一看某一类型的人群，比如说中国中部的人群，中部农村社会解体的程度尤为严重。我们作过对流动人口及农民工的调查，发现在中国中部农村基本上每家大概有1.5个人离村，到长三角、珠三角打工，当然也有很少一部分在当地县、市发展。

在村里，基本上看不到中青年的，这也带来很严重的后果。平时村里有纠纷的话，缺少有效、有力的调解人。新科技无人接受，农业技术也没有人去传播。更极端的是农村正在推行火葬制度，人死了要进行火葬。很多山区的农民，必须有人抬他到公路上，然后用殡葬车运去火葬场。但是农村就找不出四个年轻人来完成这个任务，就是抬棺材都找不齐人。像这样的农村，我把它称之为无主体熟人社会。熟人社会是低头不见抬头见，他们生活在同一个社区，有统一的乡村娱乐的调剂，但是现在的中部农村，乡村还是那个乡村，那里的人大家还是相互认识的，只不过大多数中青年已经不在村子里了，村子里只有老人、妇女，一般是过了50岁的。虽然他们还是村人，虽然还经常见面，但是因为社会的主体、主角成员不在了，这时候所出现的乡村社会的运作逻辑就很特别。现在中国的中部农村既不是熟人社会也不是陌生人社会，我把它称之为无主体熟人社会。在这个社会中虽然有一些熟人，但是多数都是无情的。比如媳妇、小孩对长辈不孝，或者兄弟之间为了一点的利益、一寸的土地都要大动干戈。这是无主体熟人社会的一个特征。

我们也可以从村民自治看出乡村社会的状态。有人称现在的乡村社会为原子化状态，每个人都没有关联。我们在选举过程中经常看到，虽然每人一票，但是大家都不知道这票投给谁。村民个体的利益诉求很模糊，投票的意向很不确定。所以，在这种情况下拉票是非常容易的，从最初给一支烟、说一两句好话，发展到请吃饭、送一包烟、送一袋米、送一桶油。正是因为村民的意识模糊，所以很容易被拉票。从村委会选举这个例子，我们便可以看出目前中国农村村民之间缺乏自我组织能力的程度。

农村社会建设意义重大

基于中国乡村的现状，我们为什么要进行社会建设？它能提高GDP的增长吗？它能给我们带来眼前的利益吗？这并不是很清楚。我们为了把社会建设的必要性说得更清晰一些，需要先讲社会资本的概念。

社会资本是什么东西？1980年法国社会学家皮尔·布迪厄（Pierre Bourdieu）第一次提出了社会资本的概念。所谓资本，有经济资本、人力资本，还有社会资本。正如经济资本对企业的运作非常关键，社会资本对社会运作也相当重要。如果一个社会七零八落，每个人都相互不信任，这个社会是很难发展的。如果一个社会缺乏信任机制，缺乏创新机制，缺乏有效提升和自我整合机制，那这个社会就非常不适宜人的发展。

任何社会运动的推广和发展都需要社会资本的支撑。我们可以看到社会资本也会发生赤字，就像一个企业发生赤字一样，亏空之后就无法转了。社会资本的存量不仅有可能是零，还有可能是负增长。为什么会这样说？如果我们社会里人与人之间是缺乏互动的，缺乏相互信任的，那么它将会带来进一步的猜疑，进一步的不信任，社会的资本就将会出现负增长，也就是社会资本赤字。

很多人把现在的中国农村说成是中国现代化和城市化的蓄水池。意思就是说农村有相当多的中青年，农村作为年轻劳动力再生产的地方，不断有新劳动力出来，他们去城市里打工，但又不可能在城市里扎根，到四五十岁就要回到农村，在这个意义上，可以说农村就变成了一个蓄水池。

社会建设就像是桶的底部，如果没有进行社会建设，底部是会漏水的。像现在我们很多财政转移支付的钱应该怎么给农民，现在没有民间组织，只能是给村委会。村委会按照自己的一套逻辑运作，很难避免贪污的现象，很多钱没有用到该用的地方。如果有一些民间的机构、民间的组织，进行有效监督，或许可以避免上述问题。

我们现在的社会管理和社会治理依然是一个计划型的管理模式，以为所有的资源都掌握在政府手里，才能在社会投资、社会产品的提供上得到很好的发展。如果我们能改变这种陈旧观念和社会管理方式，引进市场经济理念，我们就可以对社会资源进行重新整合。我们要充分给民间社会成长的空间，所有的民间组织就是一个社会的细胞，就像一棵树的根部一样，我们把资金注入，就会产生直接的效果。我们把民间社会提升上来，给民间组织更多组织资源以及资金支持，乡村社会才能充分地展示生机。

中国社会，特别是中国农村，可以说正处于转型时期，在

>> 我们现在的社会管理和社会治理依然是一个计划型的管理模式，以为所有的资源都掌握在政府手里，才能在社会投资、社会产品的提供上得到很好的发展。如果我们能改变这种陈旧观念和社会管理方式，引进市场经济理念，我们就可以对社会资源进行重新整合。

往下一步走的时候，不仅需要民间自己发出声音，发挥本土力量，同时也非常需要社会的大环境，以及制度的供给。这就是我今天要与各位网友分享的有关社会建设的一些感想。

互动

网友：在现在单一、简单的生活模式中，农村的文化生活受到很大的冲击。农民在自己的生活问题都不能解决的情况下，怎么能代表自我意识去思考呢?

吴重庆：我知道你所说的问题。以前说如果自然生态受到破坏，即使用10年、20年也很难弥补，其实，农村的文化生态断裂更是很难弥补。现在城市在主导农村的文化，电视是可以无坚不摧的。如果要找中国的民间生活如此空洞的原因，实际上与电视横扫农村有很大的关系。

网友：这种破坏到了什么程度?

吴重庆：比如以前农村有闲暇的时间会用来交流。现在哪怕多么偏僻的农村，哪怕电视里跟农村的生活一点关系都没有，但是农村的人还是喜欢守在电视前，哪怕超女、快男跟他们一点关系都没有，大家也会津津乐道。而发生在他们眼前的事情，需要他们去合作、沟通、妥协的问题，却没人去谈论。这是很奇怪的。

网友：电视如今在农村已非常普及，怎么消除电视对农村的消极影响?

吴重庆：不可能把电视完全去除掉，我们可以制作一些好的，对农民生活有利的，对健康发展有利的信息，电视有很多的频道，还是可以在引导农村文化中发挥重要作用的。

网友：你刚才讲在中部农村几乎每家有1.5个人去珠三角和长三角打工。我认为农村的问题已经蔓延到城市了，对城市也有比较大的影响。比较典型的是深圳这个城市。深圳1200万人口中，有200万是本地人口，其中1000万人口都是外地人口。他们大多是来自农村的中青年打工仔和打工妹。他们处于城市的最底端，也没有把深圳当做家。这就为城市带来了一些问题，其中最明显的是社会治安的问题。乡村的解体和变化对农民在城市中的生活会有什么影响?

吴重庆：肯定会有很大的影响。有这么多的中青年离开乡村，那么在我们研究农村问题的时候，就应该同时在城市里研究农民工。或者说城市的问题和农村的问题完全是可以合二为一的，因为社会成员已经重叠在一起了。

你说到治安的问题，我们经常会说农民是缺乏素质的，或者他们不懂法律，但是事实上我们要问一下自己，地方政府要自问一下，为什么这些人集中在这里的时候会带来很多问题，包括治安问题，因为他们自身没有被有效地组织起来，他们可能在某一个工厂里上班，但他们只是上班机器，没有有力的工会组织，没有组织为他们主张权益。在这样的情况下，他们是游离的，当然也就是无序的。

>> 为什么这些人集中在这里的时候会带来很多问题，包括治安问题，因为他们自身没有被有效地组织起来，他们可能在某一个工厂里上班，但他们只是上班机器，没有有力的工会组织，没有组织为他们主张权益。在这样的情况下，他们是游离的，当然也就是无序的。

借此我想说一句：现在各个发达的城市，前进扩张的城市，土地储备的资源越来越少了。有的人想对城中村进行改造，把土地问题集约化。有没有想过城中村被改造之后，大城市里没有城中村了，这些打工者住在哪儿？为什么有城中村？是因为廉价。为他们提供有效的廉价住处。如果政府把这些地方进行改造，上千万的农民工住在哪里？有很多的工种，如果只有白领，没有蓝领的话，这个城市的生活又如何维持？

网友：民间宗教对民间组织有何作用？

吴重庆：如果一个组织处于地下状态的话，也就是说信息是不对称的，或者说是属于秘密结社状态，它是最容易产生偏差的。我们要防止这样的事情出现，唯一的办法就是要给宗教活动一些空间，要让它公开化。

网友：有人说，要让农民富裕只有一个办法，就是外迁，你怎么看待这个问题？

吴重庆：如果从财富的累积或收入的增长上看，农民只能走打工这条道路。一般的人只能走这条道路，但是外迁之后，他在城市里立足不了，还是要回到村里去。所以，很难说他的唯一出路是外迁。

网友：你刚才说农村是从熟人社会走向无主体熟人社会，类似于向陌生人社会的变迁。其实国内不少大中城市也是一个无主体的熟人社会，原住民少，基本上是外来人多。在熟人社会里面道德影响着人们的行为，约束人们的行为，进入陌生人社会中道德的约束显得非常的弱。在失去道德控制之后有一些社会问题非常多，针对这些问题的解决之道是什么？

吴重庆：从乡村社区来看，由于区域的空间和社会的空间是特定的，在城市里根本就很难用熟人社会的逻辑来期待市民。我

>> 开放社会就是说人已经不在特定的、原先熟悉的空间中，要到更广大的空间去，社区是开放性的。这时候就需要公民治理的策略和逻辑。

们很难期待市民在熟人社会里面，大家都很守信用，很乐意帮助人。所以，我们才会讨论到这档“中欧社会论坛·中国直播室”的总主题，就是从一个开放社会到一个公民社会。开放社会就是说人已经不在特定的、原先熟悉的空间中，要到更广大的空间去，社区是开放性的。这时候就需要公民治理的策略和逻辑。

网友：公民社会的治理逻辑是什么？

吴重庆：就是强调公民社会对政治生活的参与。政治生活不是说参与政府报告才叫政治生活，其实只要跟个人生活有关系的就是政治生活。哪怕是几个楼盘，只要跟公共利益有关系的都是政治生活。

时间：2008年12月13日

节目：“中欧社会论坛·中国直播室”之三

主题：中国社会工作专业化、机遇与前瞻

嘉宾：阮曾媛琪　香港理工大学协理副校长兼应用社会科学系主任，教授，国际社会工作联盟会长

阮曾媛琪：
中国社会工作专业化、机遇与前瞻

社会工作的发展不仅对国家的发展很有帮助，而且在参与国际对话方面也有很大的贡献。今年对于中国社会工作的发展来说是一个特别重要的年头，可以说是中国内地社会工作专业化的一个分水岭。我们刚刚举办了专业考试，已经有一批新的社会工作师，被认为是中国的第一批专业化的社会工作者。国家也在推动社会工作专业化方面下了很大的努力，在政策、服务、人才培养等各方面都有了很大的发展。在现代社会中，社会工作的专业化程度，是这个社会开放程度的重要标志，对公民参与社会也会有很大的促进作用。

社会工作在世界每个角落都扮演着重要角色

首先讲一讲社会工作这个专业，因为我想很多网友都不太了解社会工作专业，这个专业在我们中国内地还是比较新鲜的事物，但其实它在全世界来说已经有100年以上的历史了。最初的社会工作发展主要是在救济、慈善等领域，而随着社会的不断发展和需求的不断产生，社会工作超越了单纯救济、慈善的范畴，成为促进社会问题的解决、社会的和谐、民间参与的重要手段，成为非常重要的一个专业。在全世界，差不多每一个国家都有社会工作这个专业，比如现在国际社会工作学校的联盟那里，我

们有八十多个国家（地区）的成员，每一个成员国（地区）都有社会工作教育，都设置了社会工作专业，这个专业对推动国家的进步繁荣、社会和谐，都发挥了很大的作用。

其实社会工作的功能有很多，比方在社会补救方面，如家庭纠纷、矛盾，失业问题，犯罪问题，残疾人的照顾问题等，很多社会问题的解决，都需要专业的社会工作者。另外也有一些预防性的工作，我们要怎么样预防未来问题的产生，比如青年犯罪的问题或者老龄化的问题等，都是我们的工作。另外还有一些长远的发展性的功能，如怎么样去发展社会的潜能？我们在社会上有很多富余的劳动力资源，怎么利用这些人力为社会出更多的力？我们怎么利用有限的资源产生多一些的社会资本等等，这都是社会工作专业所侧重的地方。所以这个社会工作专业在世界上每个角落都扮演着很重要的角色。它的功能，简单讲就是解决社会问题，预防社会问题，还有发展人和社会的潜能。我们现在知道，很多国家已经有100多年的社会工作专业的历史，也有一些新兴的发展中国家，也意识到社会工作专业对促进社会的进步，解决社会问题，增加社会和谐很有帮助。所以它们开始主动地引进社会工作的专业。我也曾被邀请去一些国家，帮助他们开展社会工作的培训，希望帮助他们解决社会问题。社会工作专业实际是一种催化剂，帮助社会解决各种问题的催化剂。

>> 社会工作专业在世界上每个角落都扮演着很重要的角色。它的功能，简单讲就是解决社会问题，预防社会问题，还有发展人和社会的潜能。

社会工作专业在中国的发展历程

我今天想具体阐释的，就是在中国社会里面，社会工作的专业化有着什么样的机遇和前景。其实内地开展社会工作已经有很长时间的历史，早在20世纪20年代，在中国一些最有名的大学里已经开设了社会工作专业。我最近也在作一些研究，就是回顾一些文献，访问一些以前的社会工作者，发现在20世纪二三十年代，社会工作其实已经为当时的社会做了大量的工作，解决了大量的社会问题。而且不单单解决问题，其实也推动了那个社会的进步。当时国家遇到很多困难，很多社会工作者走进群众中间，帮助那些贫民、农民解决实际问题，做了大量促进社会进步的工作。我现在正在作这个研究。

50年代，社会工作专业暂停开办，到了80年代才重新活跃起来。80年代末期，有几所著名大学，像北京大学、厦门大学等等，重新启动了社会工作专业，到现在已经有20年的历史了。为什么社会工作专业会重新活跃起来，重新引进到大学里面呢？因为当时有很多的社会科学带头人，他们在解放前曾经参与社会工作，他们觉得在改革开放之下的中国社会，社会工作这个专业应该很管用的，能够帮助解决很多新的问题，随着这个社会越来越复杂，新的社会问题不断产生，社会工作专业应该会对这个处于急速转型中的社会很有用。所以当时一些前辈就推动社会工作专业的重新启动。

在90年代的时候，涌现出一大批社会工作者和社会工作教育者，他们默默耕耘，虽然当时没有被广泛认可，但是他们仍然在各自不同的大学里推动社会工作专业的建设。此外，还有很多处在一线服务的社会工作人员，以及一些部门及官员，如民政部，为推动社会工作专业化做了大量的工作。90年代，中国也开始大规模的大学改革，更多的大学引进了社会工作专业。此外，许多政府部门越来越需要专业的社会工作服务，所以民政部等部门陆续都设置了专业的社会工作岗位。

2006年迎来了社会工作发展的黄金时期。在中共中央十六届六中全会上，宣布了要建设宏大的社会工作人才队伍的决定。这个决定对我们所有社会工作专业的人来说都是一个很振奋的消息。因为我们社会工作和专业得到了国家和政府的肯定，这也标志着社会工作专业在中国内地将会有很大的发展。紧接着出台了更多的政策，比方很多的城市，像上海、深圳，对社会工作人才的专业化做了大量的工作，也设立了很多社会工作专业的岗位。我估计在未来，整个社会工作专业应该有比较突破性的发展，这是一个必然的趋势。

我有幸参与了内地社会工作专业重建的整个过程，这20年来的发展，让我切身体会到社会工作专业对国家、对人民是有帮助的，是能够帮助改进人民的生活质量的。

社会工作专业发展的契机

回顾了内地社会工作发展历程之后，现在让我们来谈一谈未来的机遇和挑战。首先讲机遇，我认为社会工作专业能够帮助整个社会的开放，能够帮助人们的对话，能够解决很多社会问题，能够建构和谐的社会，是一个很重要的专业。社会工作专业对于国家有几方面的贡献：一、帮助解决个人和家庭问题。在每一个社会里面，都有各种各样的个人问题在困扰着我们，如：生活的问题，照顾上的问题，和谐上的问题，关系上的问题等等，这些一直以来都是社会工作的核心任务。所以在解决个人和家庭的问题方面，社会工作应该能起到很大的作用。二、解决社会的矛盾。当这个社会越来越复杂、越来越进步的时候，人与人之间的关系也越来越复杂，也就会产生越来越多的社会矛盾。社会工作专业一直在很多的国家和地区里充当润滑剂的作用，它是能够帮助解决社会问题的。在香港，我们有很多重建活动，在这个过程里面也有社工的参与，社工是一个桥梁，沟通政府与人民之间的对话，帮助企业和工人之间的对话，帮助家人之间的对话等等。很多时候社会工作者作为一个桥梁，能够帮助人与人之间问题的解决，甚至在问题产生之前，或者在问题恶化之前就能够预防问题的产生。

>> 很多时候社会工作者作为一个桥梁，能够帮助人与人之间问题的解决，甚至在问题产生之前，或者在问题恶化之前就能够预防问题的产生。

除此之外，社会工作专业在如何帮助居民互助、建立互助体系方面，也发挥着巨大作用。因为社会工作专业里面有一个口号：我们是助人自助。现实生活中，有很多问题是政府、专门的服务机构没办法完全承担的，因为问题牵扯的范围太广，需要协调的细节实在太多。我们的目的，就是发动大家的潜能，帮助大家互相协助地去解决自己的问题，或者帮助其他人去解决他们的问题，所以这就叫“助人自助”——帮助自己去解决自己的问题。当然，社会工作还有帮助大家解决共同问题的功能，如四川救灾的问题，有很多方面并不一定政府全部都能承担起来，我们完全可以发挥社区的资源，去解决他们的问题，这也就是我所说的发动人的潜能，去发挥互助体系。

社会工作还有一个很重要的贡献，就是在全球化，在促进国际对话方面，也扮演着重要的角色。社会工作是一个全球性、国际化的专业。在国际上，差不多每一个国家都有社会工作专业，而且大部分的国家都有共识，认为社会工作是一个被认可的专业，社会工作者是一群被认可的职业工作者。他们有自己严格的注册制度等，所以社会工作其实是一个国际的语言。我们怎么样运用这个国际语言，促进内地的社会工作者和国外不同国家的社会工作者（欧美的、非洲的、南美的、印度的社会工作者）之间的沟通和合作，是摆在我们面前的重大课题。我们和其他国家的社会工作者都拥有共同的专业，这个共同的专业都有一个共同的核心的承担，就是帮助不同的国家去解决我们当地当下的问题，而且促进社会和谐。所以我们有共同的语言，有共同的理念，我们很好地在国际间开展对话：我们有共通的方法，有共通的语言，我们有好的点子可以互相分享，我们有好的策略可以大家分享等等。这些国际间的对话，也是社会工作专业所承担的角色和功能之一。所以总的来说，社会工作专业在促进国家内部问题的解决，和谐社会的建立，公民社会的建立等等，都有巨大的作用；对国际的对话，也有很大的贡献。

社会工作专业所面临的挑战

最后讲一讲挑战。要建立社会工作的专业，并且是一个国际化的工作专业，有什么挑战？有什么困难？我觉得有几方面：一、如果想达到让社会工作专业建设与国际接轨，达到国际先进水平的目标，首先我们要在服务的水平方面不断改进。在这个方面，我觉得国家已经做了很多的工作，还可以继续做更多。如：现在老百姓对服务的要求也越来越多，越来越高，这就要求我们不断在服务水平上进行改良，让我们的服务真正能够切合老百姓的需要。二、在机构的建设方面，我们要如何去推动？什么人去推动社会工作专业？什么人去实行社会工作专业？这个也是我们要去努力的方向。其实我们现在已经在促进这个工作了。三、在人才的建设方面，我觉得最重要就是社会工作教育。现在在内地已经有200多个大学开办了社会工作专业的课程。如何利用我们的专业课程达到国际专业的水平？怎么样培训我们读社会工作专业的学生，使他们在毕业时都能够达到专业的水平，能够提供高素质的服务？这是我们当前要做的事情。我知道中国社会工作教育协会已经做了大量的工作，相信他们可以更好地促进这些问题的解决。此外，我们现在已经有社会工作专业的从业资格考试了，但是这些通过考试的人员，他们专业的水平究竟如何衡量？这就要求我们在确保我们拥有一支专业队伍的同时，也要加强监管方面的力度。还有国家的政策如何配合的问题。我知道国家民政部已经在作许多努力，来促进社会工作的专业化，我很有信心。

>> 社会工作专业在整个国家的作用，不单单是帮助社会问题的解决，也是整个社会的开放度，公民社会建立的重要标志。

社会工作在中国将大有可为

总结一下，中国社会工作向专业化方向发展，现在是一个很好的时机，一是国家大力的推动，二是整个社会也越来越认可社会工作的存在和功能。我觉得社会工作专业在整个国家的作用，不单单是帮助社会问题的解决，也是整个社会的开放度，公民社会建立的重要标志。我们是大有可为的。所以我对未来是充满期盼的。最后回头来看中欧社会论坛。中欧社会论坛是由多个专业领域的对话组成的，社会工作只是其中一个专业领域的对话，还有很多其他方面的对话。我希望中国内地和欧洲的社会工作者，借助这个平台可以有更多的沟通，我们可以互相学习、互相交流、互相了解和促进。不单单是社会工作的教育，社会工作的具体服务方面，也可以多加交流，互相促进。而且我们社会工作者都是在民间工作，希望社会工作者，无论是中国内地的还是欧洲的都能够站在民众立场，在促进双方民间对话方面，民间了解方面能够出一点力。

互动

网友：2008年5月12日发生的一场大地震牵动了全国乃至全世界所有人的心。那么在地震之后，四川地震灾区的灾后重建工作一直被所有人关注，阮太也提到过，你们现在成立一个四川地震灾后重建支持和研究中心，能不能介绍一下这个中心主要服务哪些项目？

阮曾媛琪：这个中心是香港理工大学和四川大学合作的项目。在讲这个项目之前，我想先谈一谈背景。其实在四川地震之后，中国的社会工作者就立刻动员起来，第一时间赶赴灾区，参与救援工作，他们中有专职的社会工作者，有从事社会工作教学和研究的老师，还有社会工作专业的学生。他们的服务包括帮助受灾群众，特别是孩子、受伤的人群等，去安慰他们，协助他们进行灾后重建。他们走进灾区，走进学校，走进家里，走进村子里去帮助灾民。所以我非常感动，觉得尽管这个专业很年轻，经验也不足，但中国的社会工作者做了大量艰苦的实际的工作，为国家和社会的发展作了很大的贡献。

>> 我们自己也是中国人，在这场实际灾难面前，我们都应该有所承担，我们都希望尽一点点力量。

回到刚才说的四川地震灾后重建支持和研究中心，这实际上是香港理工大学和四川大学联合建立的一个平台，就是为救灾做长期的工作。为什么会建立这个平台呢？在四川地震大约十天之后，香港理工大学的许多同事就已经赶赴灾区，我们自己也是中国人，在这场实际灾难面前，我们都应该有所承担，我们都希望尽一点点力量。当时到灾区的同事，除了社会工作者，还有医疗护理、康复治疗、工程建设、商业重建等等专业背景的人员，很多不同科系的同事都用不同的方式到灾区去提供他们的专业服务。后来我们就觉得，既然有那么多的同事都关心这个工作，不如一同把我们的工作集中起来，所以在理工大学内部成立了一个跨学科的平台，把我们救灾的工作统筹起来。后来我们也和四川大学谈起这个设想，因为四川大学是我们十多年的合作伙伴，双方在各方面的合作非常愉快。他们也有同样的一个承担，所以大家一拍即合，决定建立一个双方合作的平台，为救灾作长期的贡献。所以我们签了一个合约，主要意思就是双方两个大学集中我们的力量，一同为救灾做长期的工作。内容包括培训、服务，也包括研究，我们在未来至少三到五年调动大家的资源，一起为救灾作一点贡献。

现在我们已经开展了大量的工作，我们重点在培训培训者，因为太多人需要培训，所以我们就先培训一些医护人员，社会工作者就是一些管理人员、干部等等。希望我们培训了这些人员之后，他们就可以再培训其他人，或者提供直接的服务。另外我们希望能够提供一些实际的服务，提供一些所谓的示范性的工作。因为工作量太大了，所以我们希望通过一些示范性的工作，可以对其他的工作人员有一个带动作用。所以我们打算建立一个基地，这个基地的服务人员和设备包括：社会工作、护理、假肢、物理治疗、植物治疗、康复治疗等等。我们希望在这个区里面能够提供较高水平的服务，至少能带动其他人做更多这方面的工作。我们两个大学的目的，就是希望能对四川救灾有一点贡献，也希望为未来重建作一些准备。

最后我们也希望通过这个平台能作一些研究。所以在我们提供服务，提供培训的过程中，也加入了研究的元素。比方探讨以后做社会工作，如：做康复治疗、做假肢等等，怎样可以做得更好？这项研究不单单对于中国内地，也希望当全世界其他地方将来面对重大自然灾害的时候，我们中心也可以提供一些建议，提供一些例子，一些个案，或者一些模式，让其他的同仁可以参考。这是我们的理想。所以我觉得灾后重建是大家都要参与的任务，作为大学我们一定要为社会服务，要有社会良心。

>> 灾后重建是大家都要参与的任务，作为大学我们一定要为社会服务，要有社会良心。

网友：能否整体评价一下中国当下社会工作事业的状态，另外内地现在社会工作者面对的最大的问题和困难是什么？

阮曾媛琪：这是一个很大的题目，我觉得自己实际上没有资格来谈论这个问题，因为我觉得内地有很多从事社会工作多年的朋友他们更有资格回答这个问题。我对这个状态的基本态度是比较正面和积极的，其实在任何一个国家或者地区，社会工作专业的发展都曾经遭遇各种困难，像在香港，虽然社会工作专业已经有60多年的历史了，但是其实还有很多的困难。美国也一样，社会工作的存在和发展虽然已经有100多年了，但是它还是有它的困难。回头来看中国内地，在短短的20年发展历程中其实已经取得了非常了不起的成就，现在最大的问题就是整个社会对它的认同感不够。因为很多人都不知道什么是社会工作专业，这个名词在公众中还是比较新的。所以怎样在社会上建立一种广泛的认同感，是非常重要的。不仅仅把它当做一种宣传，我们自己更要在这个行业真正扎扎实实地努力耕耘，争取能够拿出一点东西来，能够证明我们是有用的，证明这个专业对于社会来说是能够有贡献的。现在中国的社会工作专业已经取得了很大的成就，包括最近四川大地震的救援活动，就充分证明了他们的作用与贡献。只有我们的实际工作真正被社会认可，证明这个专业是管用的，才能建立起社会对它的认同感。但是只是默默耕耘也是不够的，还需要国家政策方面的引导和推动，一些部门，如民政部在未来还可以设立大量的社会工作专业的公务员岗位，通过严格的培训和挑选，建立起一批专业的社会工作队伍等等。

网友：面对中国的弱势群体，如农民工、下岗工人，艾滋病患者群体，乙肝人群，社会工作者能从哪些方面给他们提供专业的帮助呢？

>> 历史上社会工作从一开始出现，就是为弱势群体服务的。

阮曾媛琪：其实历史上社会工作从一开始出现，就是为弱势群体服务的。比方你刚才说的农民工等，其实在美国最开始发展社会工作的时期，就是100年前，就是为这些外劳服务的，尤其是从欧洲移民到美国的贫苦工人，社会工作者为他们提供很多的服务，使他们更好地融入美国社会。艾滋病人的服务也一样，这个群体处在社会最底层，受到社会排斥，也是我们所注重的群体。通常我们可以为弱势群体做什么工作呢？第一个，就是补救性的工作。例如艾滋病人，我们会帮助他们走出绝望，重新找到自我的价值。或者最起码，我们能够帮助他们在心理上有一个积极面对问题的态度，而不是觉得社会抛弃他们，完全没有希望的。除此之外，我们还可以帮助他们寻求社会上的具体帮助，如解决医疗问题等。

第二，我们帮助弱势群体建立互助的群体。还以艾滋病人为例，他们有一个突出的问题，就是孤独感，由于社会对艾滋病普遍的恐惧，艾滋病人无法和其他人正常接触，从而产生孤独感。那么我们就想办法使这些艾滋病人之间建立沟通的网络，互相地支持。因为大家都是病友，在同一种处境下，他们可以互相安慰，互相鼓励，共同面对未来的挑战。还有一些艾滋病的家人觉得很无助，受歧视，把这些艾滋病人家属组织起来互相支持，也是我们常做的工作。在香港，支持网络的建设的经验已经很成熟。

第三，我们通过影响政府和民众，在政策方面对弱势群体进行倾斜。例如社会工作者长期为艾滋病人工作，我们很了解他们的需要。我们通过一定的渠道将他们的需要反映到政府那里，或者NGO那里，又或者是社会大众那里，让他们知道这些艾滋病人的需要。然后努力把他们的需要反映在政策制定上。我们通常做的工作就是调解，扮演“中间人”的角色，通过对话方式去解决问题。

刚才你提到还有很多不同的群体，我们基本上都是在补救性、预防性、发展性方面给予这些弱势群体帮助，在微观方面和宏观方面都能体现出我们的贡献。

时间：2008年12月28日
节目："中欧社会论坛·中国直播室"之四
主题：公民共生体
嘉宾：钱宏　中欧社会论坛首席顾问，中国作家协会会员，上海社会科学院经济研究所特约研究员

钱宏：
公民共生体

我今天讲的题目就是公民共生体，为什么讲这个题目？这里面涉及到我刚刚去欧洲参加中欧社会论坛欧洲部分的筹备会，在会上作了一个总结发言，其中我就讲到欧洲和中国的交往可以互相学习，欧洲跟中国有些共同的历史，欧洲经过了800年的战争，特别是二战之后走向了统一，但是这个统一是尊重现有的文化和基本的民族国家基础上的统一。我们中国在2000多年前也经过了漫长的战国时代，最后也走向了统一，但是它是另外的一种统一。

现在大家都认为欧洲有很多东西是值得中国学习的，这个是没错，特别是它从二战结束之后就开始搞利益共同体，事实上它也叫欧共体，一直发展到欧盟，这是很值得中国学习的东西，包括它里面还有德法和解，这是非常宝贵的，也有人提议说是不是中日之间也可以仿照这种模式进行和解呢？

欧盟本身也有一些问题，比如说在政治上从欧盟来说得到最大好处的法国，欧洲宪法在他们那里没有得到公众投票通过，还有新兴的经济体成长起来，其实对欧洲也有压力，所以我认为利益共同体，包括欧洲发明的政党政治，实际上它的模式在过去和现在都起了很好的作用，可以学习，但是它还是远远不够的，所以我在那个基础上提出了公民共生体，可能是人类将来和下一步的一个选择。

2008年是改革开放30周年，2009年是中华人民共和国建国60周年，2011年是辛亥革命推翻帝制100周年。

为了完成工商文明为内容的现代主义，中国人在过去的100年内先后完成了对自身传统社会的两次毁灭性的颠覆。一个是以市场利益为导向的30年（1978—2008），一个是以革命理想为导向的60年（1911—1949），反思100年、60年、30年，我们不能不承认，革命和市场同时作为历史的双重角色，分别扮演着传统社会解体的冲击力量和现代社会整合的动员力量。革命导向与市场导向的成就和问题，是同样巨大的，现在问题是，这100年我们在推行现代主义的过程中取得了很大的成就，大家现在都讲中国崛起，我们30万亿的GDP，2万亿外汇储备，这都是看得见的成就，但是它也存在着很多的问题。下一步到底我们会往哪里走？

中国下一步究竟走向何方？人类“发展”的目标是什么？

我们这个“中欧社会论坛·中国直播室”有一个命题，叫从开放社会到公民社会，这是一个很好的议题，但是它怎么过渡？我觉得这需要大家一起来关注，一起来研究。所谓“从开放社会到公民社会”算不算一个方向性的概括？我不是很清楚，我知道“社会”是文明形式的承载体，尽管利益共同体是对分散的个体具有不可比拟的比较优势，然而，假如“公民社会”依然停留在利益共同体阶段，地球村的居民们将拿什么超越三大极限：“增长的极限”（自然环境）、“对抗的极限”（国家社会）和“恶的极限”（个体生命）？如果说我们一方面讲从开放社会到公民社会，另外一方面如果我们的社会现实还停留在大家的认知，还停留在把公民社会理解为在利益共同体的前提下的话，它可能很难达到我们所说的走向公民社会的目的。

>> 中国下一步究竟走向何方？人类“发展”的目标是什么？

因为自20世纪70年代以来，人类在现代主义的路上已经碰上了自己的底线，面对自然、面对自然资源、面对自然环境，我们的经济是不是可以一直增长下去？40年前罗马俱乐部聚集了一批哲学家、科学家、经济学家、政务官进行讨论，1972年出了一本书，这是一本划时代的书，叫《增长的极限》，从这个时候开始，人们对环境、对自然资源开始重视起来，你不可能一直发展下去，大家用的都是化石材料、化石资源，我想这个极限现在有很明显的感觉。第二个极限就是原子弹的发明，这还在日本使用过，60年代核军备竞赛，特别是古巴导弹危机之后使人类意识到，如果再发生大规模现代战争，将没有赢家，不管利益共同体是国家的名义，还是集团的名义，它是整个人类的毁灭，这叫对抗的极限。伊拉克战争也表明再强大的实力，也不足以实现由狂安与伪善带来的野心。第三个极限把它叫做恶的极限，就是对每一个人。现在互联网、软件的发展到了这样的程度，可能是一个小伙子，我们在座的平时看起来都不是很了解，也不是特别突出，但是他可能能发明一种软件，直接就打到五角大楼。这就引出了一个问题，每一个生灵都需要得到善待，如果他没有被得到善待，那将可能导致严重的结果。这个问题也不是我研究的，我是归纳起来的，我们国家有两个军事家写了一本书叫《超限战》，讲到黑客超限战的出现，带来恶的极限。

>> 每一个生灵都需要得到善待，如果他没有被得到善待，那将可能导致严重的结果。

大家都在说“全球化”，如果全球化不是地球村全体居民的全球化，全生态的全球化，那么，等待我们和我们正在遭遇的，就是全球化的文明危机！

>> 如果全球化不是地球村全体居民的全球化，全生态的全球化，那么，等待我们和我们正在遭遇的，就是全球化的文明危机!

作为一个自称世界公民的中国人，我想起费正清去世前说过的一句话，他说“中国既然有独一无二的过去，它必将有独一无二的未来”。不管这两个“独一无二”，在中国人经验记忆和理想愿景中意味着什么，但有一点，即如果说，现代主义的工商文明，是中国必经的历史阶段，而且，中国作为现代主义后发的民族国家，所经历的从国家资本主义积累到金融资本主义积累的60年，我们已经遭遇的和我们将要遭遇的，包括文明危机，都是命中注定的。

诚然，危机危机，既是危，也是机。问题在于，中国和人类，是继续在工商文明的现代主义轨道上滑行，还是率先走向生态文明的共生主义新天地，这是一个问题。

>> 现代主义的工商文明，是中国必经的历史阶段，而且，中国作为现代主义后发的民族国家，所经历的从国家资本主义积累到金融资本主义积累的60年，我们已经遭遇的和我们将要遭遇的，包括文明危机，都是命中注定的。

我想讲的这个题目，也由这个问题而来。

老实说，对于公民共生体（Civil symbiosis）这个概念，我自己也并不能说已经研究得很透彻，所以，今天我不是来宣讲，而是提出来和大家一起探讨，抛砖引玉。

如果说，按照于硕博士关于中欧三次相逢的理论（编者注：见本书演讲集第四部分），在中欧相逢的第三时期，人类逐步建立并完善起来的各种各样的利益共同体（Community interest），还带着现代主义政党政治和主权国家时代的对抗性思维方式的烙印，那么我想，一种可能的选择，就是创建一种比“利益共同体”更加能够承载人类共同命运，并与新兴的生态文明（Ecological civilization）、经济社会能量转换（Energy Conversion Parameter）参量相适应的世界性制度，我把这种世界性制度，叫做“公民共生体”（Civil symbiosis）。

公民，是人类公共性，比如公共责任或社会保障的人格载体，或者说，是人类公心的承载力量，同时，公民也是人类自组织力的最小、最基本的单位。那么，公民共生体（Civil symbiosis），简单说，是在利益共同体（Community interest）的小我、大我、小私、大私之上，以他者生存和自身公共性的人格承载为存在条件的社会组织方式。

在我看来，公民共生体，是整合与超越农耕文明和工商文明的唯一载体，是整合与超越西方政党政治的新的文明形式，是生态文明时代的社会组织形态。对中国人来说，一个直接的话题，是如何将国家民族集团感情、亲情、悲情转化成大国公民的良知、责任和自组织力，如何避免小到有毒食品、“黑砖窑”，大到鲸吞公共财产、制造金融泡沫、倒买国土资源等恶性操纵事件，继续在人类社会中发生？

>> 如何将国家民族集团感情、亲情、悲情转化成大国公民的良知、责任和自组织力？

一、主题缘起

历来以对客户讲真话著称的兰德公司（Research and Development，简称RAND），是在美国加州注册的一家非营利的民办研究机构，被誉为美国的“思想库”、“大脑集中营”，它影响和左右着美国的政治、经济、军事、外交等一系列重大事务的决策。让人称奇的是：RAND虽然多半是与美国政府保持一种客户合同关系，但却拥有发表研究结果又让公众获取研究结果的自由，而且，作为政策研究机构，花钱雇RAND的客户要准备接受其研究结果同他们的政策不相符甚至相互冲突的可能。因此，RAND的客户更注重其研究的客观性和公正性，而不是要RAND告诉他们想听的东西。RAND一直保持着这一富有尊严的文化传统，独立地对美国国家安全和公共福利方面的各种问题进行系统的跨学科分析研究。

最近，RAND公布了一份对中国现状的分析报告，既有肯定，也有严厉批评，值得国人反省。这份来自RAND亚太政策中心的报告，从“世界需要一个健康的中国”这一问题出发，从七个方面对中国人的社会行为表现及其深层文化原因进行了分析，结果却很不乐观。报告称“随着传统文化价值观的破坏和逐步衰弱，大多数的中国人，包括受过教育的人都徘徊在精神和内心世界的十字路口，像迷失的dog一样不知何去何从”。

>> 随着传统文化价值观的破坏和逐步衰弱，大多数的中国人，包括受过教育的人都徘徊在精神和内心世界的十字路口，像迷失的dog一样不知何去何从。

自19世纪末叶的中国政府向各省督府道台广布香帅张之洞《劝学篇》以来，这横跨三世纪一百年间，中国人始终在“中体西用”、“西体中用”、“西体西用”、“中体中用”的选择中转圈子，忽东忽西、忽左忽右，至今没有进入一种在新的世界格局中复归常态、从容不迫的生活方式。如此中国，当然远谈不上是健康的中国。然而，中国作为一个拥有13亿人的大国，人类生活的一切指标借以“加减乘除”都不可能不对世界产生举足轻重的影响力。“任何国家都曾经和正在受惠于别的国家的经验”，文化从来都是活的、流动的，在过去的几千年里，世界上各个国家不管如何闭关锁国画地自封，文化的交流和融合从来没有停止过。今天，原来看起来硕大无比的地球，已经成为一个小小的村落，世界各国交流的频繁程度达到了一个前人想像不到的程度，以致直接融入到我们的生活当中（只要你按下电脑的电源键），这种交流的本质就是文化的交流。所以，我们有理由认为，RAND亚太政策中心这份最新报告的出发点——“世界需要一个健康的中国”这个命题是正确的。

问题在我们应当做什么？是又要开始咒骂，还是坐下来冷静的思考，我们是不是应当试着接受来自地球村的邻居的批评，然后去改变些什么，让自己做得更好？

>> 只有不囿闭于时间、空间以及思维的局限，进而超越历史和前人的视野，超越当下存在的问题，又同时能够整合历史和前人的智慧、创新时代的精神价值，中国才会真正形成一种大国公民乃至世界公民的文化形态，接受世界人民的检验，参与“全球化”进程，使之导向“全民化”的目标，进入崭新的生态文明时代，从而让全体民众复归人类休养生息安居乐业的常态，健康可持续地生活，中国才真正能对于世界作出较大的贡献。

我们认为，在和平、发展、合作这一现实的国际主题之上，还需要一种更高的哲学精神主题，这就是“超越与整合”。只有不囿闭于时间、空间以及思维的局限，进而超越历史和前人的视野，超越当下存在的问题，又同时能够整合历史和前人的智慧、创新时代的精神价值，中国才会真正形成一种大国公民乃至世界公民的文化形态，接受世界人民的检验，参与“全球化”进程，使之导向“全民化”的目标，进入崭新的生态文明时代，从而让全体民众复归人类休养生息安居乐业的常态，健康可持续地生活，中国才真正能对于世界作出较大的贡献。毫无疑问，这是我们今天一切关于“文化”的议题应当关注的，也是我们网友所要努力的方向。

二、我们应当做什么？

超越即是更生，超越即是复兴。我们一直在说“实现中华民族的伟大复兴”，那么，我们需要复兴什么？是复兴民族国家？还是复兴帝国？抑或复兴天下大道？这三种复兴，分别意味着：1．《威斯特伐利亚和约》以来确立的国际秩序中的国家主权高于一切；2．中国秦汉以来与全球化背景下的政治经济文化大一统；3．基建于先秦诸子文化核心理念现代转换之上的生态文明，以及这一背景下普罗与精英相安而处、大国与小国相安以进，世间万物各得其所的太和境界。

我们别无选择的是，必须在这三者中作出划时代的抉择！毫无疑问，我们需要的是3，因为只有天下大道的复兴，唯有众生平等各得其所、人民主权高于国家主权和帝国一统，才谈得上文化的更生与超越，才有真正健康的中国和健康的世界。这超越，意味着中国对于当今世界承担起应有的责任，意味着中国人应当具备更加宏阔的眼光、勇气与慈悲心（普惠心）。也就是说，复兴，远不只是整体经济的强大，更是一种天下大道的文化复兴，是中国人新文化形象的复兴，是崛起的中国处世哲学的复兴。

>> 复兴，远不只是整体经济的强大，更是一种天下大道的文化复兴，是中国人新文化形象的复兴，是崛起的中国处世哲学的复兴。

为此，我们在此抛砖引玉，提出十六个字：国际视野、东方神韵、善待他者、和合共生。因时间关系，我不作详细阐述，全文见奥一网。

三、进一步探索的要求

上述中国人新的文化形象上的完成包括中国文化在内的世界文化、文明的超越与整合，我们将从以下六个层面渐次展开探微索幽，即：

一切从身心灵的健康开始；一切从语言的改变开始；一切从世道人心（社会诚信心理氛围）的改进开始（或一切从收复道德失地开始）；一切从全民全生态社会的权益开始；一切从现代政治文明（结构）的建构开始；一切从发挥公民、社会、政府三大自组织力开始。一句话，让我们把迷失的发展目标和常识性生活找回来。

这六个层面，就是我们进一步探索的基本范围与方向，衷心欢迎广大网友一道来参与，一道来帮忙。因为：

——我们需要有灵魂和真正有影响力的时代精英！

——我们需要娴熟驾驭现代世界工艺文化和精神开放、理智成熟的国民！

——我们需要懂得国之公器要公用而且深谙公共空间价值的职业政务官！

——我们需要负起中国社会大和解与世界文化建设责任的大国精神的政治家！

——我们需要描述得出现代中华人特质和高尚理想的艺术大

>> “中国既然有独一无二的过去，它必将有独一无二的未来”。这个未来，就是引领人类超越与整合工商文明的现代主义，率先走向生态文明的共生主义新天地。

师！

——我们需要发现自然、文化运行法则而自身超然物外的思想者！

——我们需要善待他者自处高贵而胸怀天下的幽雅气度！

果如此，我要再次引用“中国学”开创者费正清先生去世前说的那句发人深思的话来结束今天的发言，他说“中国既然有独一无二的过去，它必将有独一无二的未来”。这个未来，就是引领人类超越与整合工商文明的现代主义，率先走向生态文明的共生主义新天地。

互动

网友：你所提出的公民概念是全球化的公民还是一个国家范围内的公民？公民和民族之间的矛盾应该如何化解？第二个问题是利益共同体和共产主义的世界大同有什么不同？

钱宏：我刚才说了，我不是一个学者，也不是一个政治家，我把自己假设为一个世界公民，以这样的立场、这样的感觉来探讨公民的概念。如果你要从学术上去讲，那可以从古希腊城邦国家的公民讲起，然后讲到近代、讲到法国大革命、讲到俄国革命，一直讲到中国人通过日本把公民概念的引进。我把这些背景都简化，我讲的公民就是一点，它是一个承载人性中的公共性，公共性承载的载体，或者说承载力量。在这个意义上来讲，我说的公民它没有国家概念。但是我们作为现实中生活的一个公民，它并不排除你跟某个家族、某个地域、某个国家发生关联，因为你一定是具体的出生在哪个地方、哪个国家、哪个家庭里面的，你当然要去关注变化发展，比如说我到了欧洲，我还在讲我的老家江西的情况，希望他们关注它。但是我不认可一种说法，你这是爱家乡、是爱国，我还是把它理解为一个公共性，我是在这个意义上去做的。

网友：钱先生您的理念是根于自然和人性的，是人类的基本大道，你有什么方法实现这个大道呢？对当前的金融海啸您有什么基本的看法？

钱宏：首先我不是一个政治领袖，也不是学术专家。关于美国金融海啸的问题，工商文明以美元为主导的世界体系，它和世界经济的发展，特别是战后的恢复，它是起到了巨大的作用，但是这个体系本身是一开始就存在着问题的，只不过它带来了很多好处。它的问题没有充分暴露的时候，大家没有意识到它，它的坏处是以前我们的货币、我们的通货是以黄金作为基本的符号，金融并没有单独地搞出来，还可以搞金融创新、搞次贷，美国一枝独秀，美国人发现反正以美元结算，我只要有一个强大的国家，然后不断地印我的钞票，来支撑，亏了就往这里面填，然后世界各国不得不按照这个法则来。格林斯潘进行了反省，金融风暴出来他们还是很有良知的，他自己出来承认，他犯了历史性的错误，光靠金融创新，虚拟资本不断地膨胀，没有实业资本，你就不管实体资本发展，泡沫总有一天要吹破。其实我们中国这30年，特别是90年代以来走的就是这样一条思路。像今年的股市一泻千里，还有楼市，为什么泡沫了还降不下来？就是因为地方政府和房地产商希望通过别的方式来躲过这样的难关，实际上如果说中国的老百姓看得很清楚，除非要结婚紧急需要房子，大家都不去买它，这个房子一定会降下来的。现在以美国为主导的体系是不是要改变的问题？它是一定要改变的。所以20国讨论会开始的时候，我当时写了一篇文章，大家聚在一起，要制定一部反操纵法，这个世界不可能由少数国家玩弄于股掌之间，大家很穷的时候你是帮助了很多人，但是最后带来的结果就是金融海啸，就是世界的金融危机。我觉得我们中国人要跳出这些小圈圈去看问题。有些人带有煽动性的语言，比如讲美国人高消费，但是美国人通过金融海啸之后有反思，他们觉得我不消费了，一不消费对我们的影响更大，本来我们很多产品就是针对美国市场的，然后现在不消费了，你说我高消费了，我不消费了，我不超前消费了，我也紧巴地过日子。

时间：2007年8月15日

节目："中欧社会论坛·中国直播室"之五

主题：从开放到大同

嘉宾：黄万盛，哈佛大学燕京学社高级研究员、教授，哈佛大学教授杜维明的高级助手。主要研究方向为儒家思想与中西方文化比较，2001年以来主编"哈佛燕京学术系列"多种著作，在海内外获得广泛的影响，其独著有《道德理论实践》、《危机与选择》等。

黄万盛：
从开放到大同

谢谢主持人，谢谢组织方。让我有机会借助中欧社会论坛通过奥一网视频和网络上的朋友们有一个聊天和交谈的机会。

首先，我想说的是，原则上我不是新儒家思想的代表人物，严格说来我甚至不能算是儒家学者，因为我不是以儒家研究为我的终身志业。虽然，我对儒家的思想有深刻的同情，但是我距离它的标准还差得非常远。有期望追随这个理想，但是未必能做到新儒家的要求。很多人说自己是新儒家，严格意义上我只是学者，事实上，我在西方学术上花的工夫要远远多于我对中国古代学说的研究，但是，我有这样的自觉，一个人的文化生命中最深刻的部分总是来源于他的文化的根源性认同，即使像鲁迅、胡适那样曾经激烈反传统的人也不例外。因此，我愿意把这些儒家所代表的思想财富转变成我成长的文化资源。也希望一个民族几千年的文化和智慧的积累能够主动转变成这个民族在现代条件下继往开来的思想文化动力。虽然这一点希望曾经是那么困难，甚至被认为是荒唐被动的，但是，今天看来，可以接受这种理念的人是越来越多了。什么是这套文化思想资源的核心？有各种各样的说法，可以进一步探讨，在我看来，最重要的是，由"为人由己"而"推己及人"而"大同社会"，这里包含了宇宙观、社会观、人生观，包含了社会经济政治的核心价值和理想目标。孔子在经典《礼记·礼运》里，阐述了大同社会的理想："大道之行也，天下为公。选贤举能，讲信修睦。故人不独亲其亲，不独子其子，使老有所终，壮有所用，幼有所长，鳏寡孤独废疾者，皆有所养。男有分，女有归。货恶其弃于地也，不必藏于己；力恶其不出于身也，不必为己。是故谋闭而不兴，盗窃乱贼而不作，故外户而不闭，是为大同”。过去的30年中，我们强调开放，现在当然还要继续开放，值得我们学习的东西还很多很多，能够长久地保持开放的心灵，是生生不息与日俱进的重要条件，但是，经由开放要想达到的目标是什么？如果没有这个理想目标，开放的社会也可能发展成一个在价值上完全失控的社会，成为弱肉强食物欲横流的社会。这就是我要和大家交流的主题“从开放到大同”。有些人认为，儒家的大同是古代的乌托邦，现在经过了千年的演进，如今中国的社会现实与孔子时代相比，相差可谓十万八千里！这些理想还有现实的价值吗？我认为，正是现代的发展，创造了很多前所未有的条件，今天讨论这些古代价值的现实性事实上更加生动，也更加紧迫。我们不妨从“视频”说起。

>> 由“为人由己”而“推己及人”而“大同社会”，这里包含了宇宙观、社会观、人生观，包含了社会经济政治的核心价值和理想目标。

今天和大家聊天，是我第一次在视频上和众人作谈话和交流。我想从我对视频的了解开始。人们知道视频是一个新的技术，新的交流工具，在社会学家和人文学者的眼中，这样一个媒体的新兴力量，正在迅速地改变着社会。而这个观念已经深入人心，并且日益进入社会的实践运作。在美国，将于明年（2008年）举行的美国总统的大选，而今年就已经进入了视频辩论。这是美国建国200多年的历史上，第一次用视频介入美国总统选举的机制。前一阵美国邀请一些演讲人作视频演讲，取得了非常好的效果，使没有政治权力参与的老百姓可以通过视频进行直接的交流。当然，也给其他的人物很大的政治压力，比如有些政治人物现在考虑拒绝参加视频。在以前的美国选举辩论中，都是电视台推举出来的主持人事先准备好问题，然后有意识地挑选在场的观众。所以答辩者总是信心满满，他都是有准备地回答问题，现在面对视频，是当下的，是有机的互动，有些问题使他出乎意料。也许这些出乎意料才是最真实地反映了现实的问题。过去人们认识民主，主要集中在选举机制上，自从罗尔斯的理论提出后，人们接受民主最重要的是对社会政治和经济生活的全民参与，选举也是参与的一种方式，而视频正是提供了现代社会参与社会政治生活的最先进的技术手段，使民主得到进一步的提升和改善，民主不是少数政治利益集团的垄断和程式化的选举游戏，而真正可能是全民利益的参与互动。没有社会全体成员的公共参与，“大同社会”便是不可能的。

所以，视频不仅在很大程度上改变了选举关系，而且也改变了民主的品质和形式。我想它有一些重要的意义正在呈现出来，需要有进一步的研究和发掘，可以断言，当我们真正迈入视频社会的时候，人们的广泛联系和公共性品质的改善，必将把我们的社会带入全新的阶段，今天的很多政治体制上的弊端将会被视频的潮流荡涤清扫。

这是从积极方面看，但是技术是由人来运用的，也可以因为价值立场的缺失，使技术运用产生严重的负面后果。

10多年前，美国学者卡斯提尔提出一个观念，叫做“屏幕社会”。注意到屏幕对人们生活影响的重要性，有很多的批评意见，引起许多学者重视，他们讨论的主要是电视屏幕，那是单方面的宰制性的屏幕，他们的批评集中在屏幕的负面影响上，比如广告轰炸制造社会的消极消费，庸俗的电视剧传播的低级趣味，以及刺激感官欲望为目的的游戏节目等等。最近，有人从美国回来，谈中国的电视节目，觉得很担心。因为中国电视上的游戏形式和内容乃至操作方式都是从美国搬过来的。美国有些健康节目，但是搬过来的那些品位是最低的，就是以刺激为主的游戏节目，再加上暴力的卡通、打斗、自杀，这样的东西通过银幕腐化了人的精神世界。我觉得这个担忧有道理。

在今天的条件下，由于市场经济的充分发挥，由于市场的标准在迅速成为社会标准，这是我们最担心的。市场经济成为市场社会，精神领域的一切判断标准都以市场的价格为基础来考虑。导致精神的边缘化，导致道德底线的突破。导致人文境界的失落，所有的这些方面，正在成为我们这个时代最主要的危机，当然不只是中国，美国也有这样的情况。差别在于，在美国，有很多力量在批评和抵制，而在中国，更多的人在欣赏和培植。这是相当危险的。

>> 比如在哈佛，原来一个最好的学生的标准是什么呢？是有深刻的智慧，有责任感的社会关怀，有强烈的人文意识，能够关怀他人，能够有意识地把自己培养为可以引领社会前进的责任性人物，人们普遍认为这是好学生的标准。

比如在哈佛，原来一个最好的学生的标准是什么呢？是有深刻的智慧，有责任感的社会关怀，有强烈的人文意识，能够关怀他人，能够有意识地把自己培养为可以引领社会前进的责任性人物，人们普遍认为这是好学生的标准。哈佛的座右铭是“为增长知识和智慧走进来，为服务祖国和同胞走出去”。现在的情况被改变了。在校园里人们最欣赏的能干的人，是最可以在股市当中兴风作浪的人，能够轻而易举掠取财富的人。金钱取舍成为衡量人的基本标准，甚至最高标准。这是人类精神的危险的倾向。希望引起学者的注意和关怀。

这些问题在下一代的培养中更为突出，我们知道卡通，卡通主要产于日本。美国市场上流行的卡通绝大多数都是日本生产的。孩子们一有时间就到网上玩卡通游戏。美国有些家长很担忧，日本通过卡通，把他们的价值观念、人生信念、生活特征传入到美国，美国的孩子是看日本的卡通成长起来的，将来美国的孩子会不会成为“日本的孩子”？由于家长的传承和学校教育被边缘化，网络上的激励和互动成为主要的渠道，甚至超过学校、教会和家长。这些东西成为精神建设中前所未有的因素，我们对它几乎没有经验，这值得我们花很大的力气来了解。

在这个意义上，视频、网络，我们的主持者、参与者，他们怀着什么样的心态，什么样的责任伦理，什么样的关怀伦理，来运营这些节目，就成为关键的问题。因为这是网络品位、网络质量和网络责任的一个体现。我大致有这样一个想法：一个健康的社会，基本上它的文化精神结构由三方面构成：精深的学问，负责任的媒体，健康的大众文化。

精深的学问，一个社会应该有一个学术知识分子的群体，通过他们严格的自律，来发展严肃的、精深的细致的学术。有责任感的媒体，他们可以从精深的学术当中得到媒体运营的信念和资源，把精深的学问和现实的社会需要结合起来，引导社会的基本格调。在这两个结构下，发展一个社会的健康的大众文化。一个好的社会的精神结构，应该有精深的学问，有责任的媒体，健康的大众文化形成可互动的良性循环。健康的大众文化，可以形成有质量的公共关怀，成为精深的学术必须面对的课题，而精深的学问可以提高媒体的品味，加强媒体的社会责任，保证有责任的媒体真正成为社会良知的声音。例如《纽约时报》和法国的《世界报》，它们正试图在资本主义商品社会中保持知识分子的良知；而有责任的媒体可以提高大众文化的素质，形成广泛的共识，来抗拒各种各样的恶势力对大众的侮辱和污染，这是一个良性的运作。如果我们丧失这种良性作用，那就会出现一个恶性的循环，非常接近我们现在的情况，最肤浅的学术急不可耐地拥抱最急功近利的媒体，急功近利的媒体迎合最恶俗化的大众。把整个社会卷入利润化的恶性循环。在这个过程中的各式人等，仅仅从个人出发，完全不在乎未来和理想的目标，媒体只是以吸引眼球，制造轰动效应，而肤浅的学术只是乱人心智。假如整个社会在这三个层面上运作，那么必定是负面的腐朽社会。

>> 一个好的社会的精神结构，应该有精深的学问，有责任的媒体，健康的大众文化形成可互动的良性循环。

学术知识分子，媒体工作者，日常生活的普罗大众，有没有可能形成良好的健康运作，来发展社会的文化品位，发展社会的生活情调，塑造这个社会精深和长远的生活意义，尽量避免恶的循环？

>> 什么是民主？民主是公共论辩。民主是生活在这个社会之中的人，参与这个社会的建设和治理，这样的一个基本的品质能不能保证，基本权利能不能落实？而这远不是我们以前说的一人一票制。

从现在的情况来看，视频的积极因素开始不断地成长，前面海外学者批评的屏幕社会的负面因素正在被限制和调整。这当中表现为视频体现出社会关怀，对各种社会事务主动自觉参与，更多大众发展了参与评论和探讨的意识。这样一种取向，实际上正好是符合了现代政治学在批判性地考虑了单一的选举民主之后的深刻的反思。什么是民主？民主是公共论辩。民主是生活在这个社会之中的人，参与这个社会的建设和治理，这样的一个基本的品质能不能保证，基本权利能不能落实？而这远不是我们以前说的一人一票制。一人一票的选举民主基本无关于社会的精神成长，多数决定赢家通吃的原则无法保障权利的普遍落实。这些问题导致政治学的转向，人们更关心作为参与的民主应当如何实现。现在通过媒体创造一个宽广的渠道，让各个阶层，各个人等都能参与公共事物的讨论，这是有关媒体、视频的非常积极的发展方向。

>> 各个阶层的人，只要有人文关怀，只要有积极的政治参与和社会参与，只要对他者的存在有同情理解，都可以成为大同社会的建设者。

在中国，视频和网络也在塑造新的社会活动的空间。最终的目标应该确定在通过网络创造社会的有机性，去形成社会生活的真正的公共空间，通过这样的努力，来为我们这个社会塑造和培养有深刻关怀的公共知识分子。公共知识分子是深刻的人文关怀，积极的政治介入，对社会生活有同情、有关爱，叫做同情的理解，具有这些品质的人。他是社会成长真正的基础和动力，是一个积极的主要的支点。孟子说“士农工商”，士为四民之首。突出士的作用，农民生产食粮，工人创造器用，商人通有无，都是社会积极的部分，也都是可以推动社会发展的力量。但是士更重要，因为士才是保证社会发展方向的根本所在，因为士创造社会的价值和道义准则，在士的引导下，农工商才可能不是一己私利的图谋者，真正成为社会的公益和良知，在这个意义上，即使是商人，在中国都有可能成为公共知识分子，我们把他叫做儒商，就是用经济活动，用企业活动来推动社会的人文成长，不只是满足简单的经济要求，而是能够把经济要求和人文关怀结合起来。所以，各个阶层的人，只要有人文关怀，只要有积极的政治参与和社会参与，只要对他者的存在有同情理解，都可以成为大同社会的建设者。媒体对于塑造这样的大同的群体有着当仁不让的积极的作用。

所以，不能把媒体仅仅当做言论自由表达的平台，这是不够的。我有一次在纽约跟一个媒体的领袖讨论所谓媒体跟言论自由的关系。他认为言论自由包含胡说八道，没有胡说八道就没有言论自由。我不能同意这样的看法。我们现在知道很多的网站，特别是博客，你发一个帖子，别人可以跟进，这是有言论自由的发展空间。但是我们仔细看一下，讨论有一个严重的落差，有参与者在提出各种各样的问题，但是也有污言秽语，也有骂人、不负责任，极为简单的粗暴的发泄，这个存量不小，占了很大的空间。言论自由不意味着胡说八道，不意味着彻头彻尾的不负责任地说话。我们应当知道言论自由的权利是公权，不是我个人的权利，我说出来的话是对他人的尊重，也是对自己的尊重，是要让这个社会变得更加美好，所以要求我的言论是有责任的。而不是完全没有责任意识，想说什么就说什么，这其实是腐化言论自由的毒药。如果所有人都用这样的方式进行言论，你会对言论自由没有信心，你总是和污言秽语破口谩骂的人谈话，这会丧失言论参与的愿望。言论自由没有作为内在的自我要求，这是一个很大的问题。

>> 言论自由的权利是公权，不是我个人的权利，我说出来的话是对他人的尊重，也是对自己的尊重，是要让这个社会变得更加美好，所以要求我的言论是有责任的。而不是完全没有责任意识，想说什么就说什么，这其实是腐化言论自由的毒药。

当然，后面另有一个危机，当我们强调言论责任的时候，不要把言论责任当做言论歧视。有些言论可能不好，但是在后面有深刻的价值。所以，我想我们在讲胡说八道的时候，其实后面是有歧视的问题。胡说八道本身也有语源学上的问题，古代时候，胡人说话和巴蜀人说话中原的人听不懂，所以叫做胡说八道，其中的“八”，原本是“巴”字。对一些自己不顺耳的意见应该有足够的宽容，但是同时要坚定言论责任和言论自由相互的公共空间的尺度，这也是我们一个价值信念的问题。

我们讲视频，讲个人和他者的互动，讲公共性建立，就涉及到后面题目上所讲的公民社会的问题，这样宽广的公民参与社会恰恰是建立在宽容和负责任的公民舞台上的。媒体是非常重要的。

为了了解公民社会，我们简单地讨论一下人们对公民社会的一些探索。在不那么严格的意义上也有把公民叫做市民的，英文中“公民”的单词是与城市有关的。市民这个观念，实际上是从城市居民的概念中出来的，最早见于古希腊人。希腊是城邦社会，住在城邦里的自由民通常就是市民，希腊社会还有很多奴隶，这些奴隶是没有市民身份的。因此，希腊的市民本身是一个排斥的概念，是身份等级的划分。柏拉图就曾经说过“感谢上帝，使我是一个自由民而不是奴隶”。可以参与财产的交换，可以参与城邦讨论的这些人，叫做市民，奴隶是不拥有这些权力的。这一点非常重要，我们应当知道，公民这个概念本身并不能推导大同社会，它是有严重缺陷的历史资源。

真正使得公民这个概念具有现代涵义的，是法国大革命。法国大革命为什么能够使得公民成为公共性的人格体现？我们讲公共性，不是一个纯粹的理论概念，而是有强烈的实践性，在这个意义上，公共性是有人格载体的，就是人作为公民的自觉的自我定义，如果没有公民的自觉，公共性不能成为社会的核心力量。法国是最早发展公共性人格的西方国家。这跟法国大革命前的社会机制的转变有关系。因为在十六七世纪的欧洲，欧洲传统的国家开始发生改变，原来的国家是属于国王的。在十六七世纪，小业主、收田租的僧侣阶层等中产阶级开始成长，这些成长的横向力量，构成了新的社会关系，作为国王的国家事实上已经不能包容这些新的利益集团，时代要求改变国家的性质，要求分享曾经被国王垄断的权力。所以当时的欧洲存在着国王的国家和社会的国家之间的紧张。所谓社会的国家，就是社会的利益阶层可以参与国家事务的讨论和决策。强烈地要求改善社会的决策机制、运营能力和经济目标已经成为欧洲启蒙运动的一个政治目标。这时法国出现了特殊的机遇，被迫改革的国王放弃了，准备出逃法国，联络欧洲的皇室和贵族，扑灭法国的改革。结果，国王上了断头台。原来国王的国家突然成为一个权力真空，这个国家的权力需要填补，启蒙的精神财富发挥了巨大的作用。法国大革命用艰苦卓绝的方式，使社会定义了国家，掀起整个欧洲政治改革的浪潮，从那开始，国王的国家逐渐转变为社会的国家。人类历史开启了新的阶段。

>> 这是人类近代史上最伟大的变革，在本质意义上，就是社会的各个群体和个人来组建社会，决定社会的前途和命运。人民是社会真正的主人！

这是人类近代史上最伟大的变革，在本质意义上，就是社会的各个群体和个人来组建社会，决定社会的前途和命运。人民是社会真正的主人！在法国大革命的时候，在法国的大街上，最流行的打招呼的称谓就是公民。“公民，早上好”。已经是普遍的话语方式。我们读雨果的《九三年》，可以看到当年的景象。顺便说说，称谓在学术上有比较深刻的人类学意义。比如文化大革命，红卫兵之间的称谓是战友，一般老百姓的称谓是革命同志，等文化大革命的浪潮转化之后，我们叫做师傅。看到年纪大一点的是师傅，年纪差不多也是师傅，师傅成为这个社会的标志。再过一段时间之后，师傅这个称谓也变了，比如同行之间有老板的称谓了。在文化大革命中，不会听到有人把另外一个人叫做老板的。现在的社会多元化，而且社会当中称谓的歧视也开始变化。比如小姐在广州就不好听。称谓变得开始复杂化，现代社会几乎没有对人的普遍称谓了，例如“同志”、“师傅”，这一方面可以说明社会越来越多样化，那种把所有人变成一种人的控制型社会已经不可能了，但是，另一方面，也可以看到现代中国社会的公共认同和普遍认同已经越来越稀薄，日常生活和社会关系的公共性的人格自觉正在严重地消解。这是有人类学意义的课题。

法国大革命的时候，把公民当做普遍的称谓，是非常重要的政治文化现象。也就是说，人类历史上第一次在一个普遍参与公共生活的意义上，真正形成人格载体。这个力量就叫做公民。我想有一个相当小的细节可以说明：我们知道犹太人，从耶路撒冷被放逐出来以后，在相当长的时间里他们一直是“离散的民族”。从来没有国家真正接受他们，他们一直是寄生的流亡者，根本没有办法在流亡之中建立自己的国家认同和公民身份。法国大革命，第一次把法国向犹太人开放。犹太人可以成为法国的公民，可以参与法国公共事务的讨论。我读过一些文章，犹太人对法国赋予公民的身份，有深刻的感情。第一次有归属感，有家园感，有一个认同意识，族群的认同意识开始向社群和国家的认同转变。这样宽广的关怀，是法国大革命的公民理念塑造出来的。这是一个辉煌和伟大的目标。这个目标即使在今天，也仍然值得我们去反省，仍然值得我们去追逐。因为这样的以公民的名义全民普遍参与的力量，在后面的发展中有很大的扭曲和转向。比较重要的是苏格兰启蒙学派代表的社会民主理念，把公民这个概念和现代的民主结合之后，公民有一点回复到古希腊的公民的意义上。

>> 第一次有归属感，有家园感，有一个认同意识，族群的认同意识开始向社群和国家的认同转变。这样宽广的关怀，是法国大革命的公民理念塑造出来的。这是一个辉煌和伟大的目标。这个目标即使在今天，也仍然值得我们去反省，仍然值得我们去追逐。

在现代民主的意义上，个人成为独立法人，即所谓的公民变成独立法人。我是一个独立的法人，所以，我可以决定我的行为，因此我有权利选举政治领袖，我有权利对国家发表评论。这样的定义，产生了一个附加的产品，就是财产关系和法人的介入，这是苏格兰启蒙学派非常核心的观念，从财产关系了解人的存在，使得普遍公共性的人格力量变成一个迅速跟利益群体结合的力量。所以现在讲公民社会，很难离开横向的组织，很难离开利益集团讨论这个公民社会。中国也有不少学者热衷讨论和引进西方公民社会的理论，他们关怀的重点也是所谓的“NGO”，横向组织，利益集团，把人看作仅仅属于某个特殊的利益集团，在利益集团的角力中寻求社会的均衡，这是远远不够和比较渺小的，只要社会是利益的角斗场，弱势和少数就永远别指望得到公正对待和普遍关爱。其实真正深刻的公民社会就是要突破利益集团的限制，我不是仅仅局限在小团体的利益当中，而是把整个社会作为实现我的目标。在西方的思想体系中，也有这样的理想。比如认为公益可以建立在相互镜像的公民社会基础上，都属于这样的思想资源。就是真正地让人通过自我来体现整个人类价值，我们能够创造这样的人类生活。而不只是说我的利益取向，我只是属于利益的小集团。要逐步地突破这些边界。在这些方面，我们有一些反省的资源在逐步出现，它能够帮助我们了解所谓公共性和个人之间合理的关系应当是什么样的。单纯的和绝对的个人自由，可不可以成为真正公共性的哲学和政治基础。这些问题现在变得非常尖锐。

>> 当一个以个人自由为绝对前提的社会，把所有的社会责任都因个人自由落实在个人身上的时候，这是不是一个合理的社会？

我想有三个重要人物的思想资源可以和大家交流，一个是前哈佛大学的哲学系主任，叫诺齐克教授。这个教授已经过世，英年早逝，非常可惜。他提出了一个著名的学术问题——做人有没有选择做奴隶的自由？这是从南北战争提出来的，我们是北方代表独立、自由。要去南方，打败南方的奴隶主，解放奴隶。结果确是我们去解放他们，他们反而和奴隶主联合起来打我们。联军问那些奴隶，你们为什么这样？他们说：奴隶主虽然有时候打我们，但是给我房子住，给饭吃，到了一定的年龄给我成立家庭，还过得去。你们倒是好，现在把我们解放了，可是谁来管我们住，谁来管我们吃，像我这样的人，社会上谁要我，我这么穷，哪个女子要我？这里面包含一些深刻的问题。所以，诺齐克提出，人有没有选择做奴隶的自由？所谓自由，就是选择的权力，是对这个问题提的。这个问题中还有另外一面，我认为应当发掘出来，当一个以个人自由为绝对前提的社会，把所有的社会责任都因个人自由落实在个人身上的时候，这是不是一个合理的社会？就是有一些个人为什么要成为社会的一员？是因为他的社会力量不充分，他不能解决特殊的问题，他没有能力像股票高手一样炒作自己的退休金，所以他的退休金会变得越来越少。即使是独立的个人，他们的能力是不平衡的，因为能力的不平衡，不能承担全部落实在他们身上的责任。社会需要承担对这些人的义务和责任，假如把所有社会的责任通过个人自由这个理念，全部返回到个人身上，这是不是理想的和合理的？这样的问题让我们探讨个人和社会究竟是什么样的关系。

第二个人物是法国教授罗伯特·普特南，他写了很多重要的著作。他有两本书，一本书叫做《孤独的保龄球》。在三四十年前的美国，打保龄球是非常普遍的事情。只要你吆喝一声，街坊邻里就会有很多的人出来，一起去打保龄球。社区中存在的问题，如交通、教育、治安、邻里关系等等，在打保龄球的时候，通过相互交流，都得到了解决。现在的状况是，一个人西装革履地去打保龄球，在保龄球场上，没有任何人跟他有关系。原来打保龄球拥有的有机的社会互动在现在的活动当中完全不存在了，所以他的书名叫做《孤独的保龄球》。现代美国社会，制度、法规、政策，加上媒体的教唆影响，使得越来越多的人成为孤独、绝缘的个体。

另外一本书是讨论意大利北部的合唱团的。意大利的北部阿尔卑斯山非常峻酷寒冷，从经济条件来讲意大利南部比北部好。但是事实却是北部的经济比南部要好，什么原因？听上去非常不符合逻辑。他作了几年的田园调查，发现：在意大利的北部有喜欢唱歌的传统。意大利是盛产歌唱家的。意大利北方的老百姓一有休息的时间，就站在村中央的广场上亮嗓子，一个人唱，其他的人也跟着唱，还有一些人用本土乐器跟着伴奏。这成为了互通信息有无的机会，大家利用这些信息获得了共同的发展，所以整个意大利北部的经济比南部好得多。他提出了一个重要的观念，那就是社会资本，也就是社会存在组织的方式，社会的有机联系，社会中人与人间的相互关系可以成为社会发展的资本，而不是生产的原材料，也不是开发的技术。所以经济的发展是人文参与的人文活动。不只是今天讲的货币投入，设备引进，就把经济搞起来了。这是罗伯特强调的社会有机性，强调社会公共性的建立，甚至是经济活动都不能离开的重要因素。

>> 社会存在组织的方式，社会的有机联系，社会中人与人间的相互关系可以成为社会发展的资本，而不是生产的原材料，也不是开发的技术。所以经济的发展是人文参与的人文活动。

这可以帮助我们了解社会与公共之间的关系。公共性本身就是深刻的价值！

第三个是加州贝克莱大学的教授，林达。他写的书叫做《公共成长》。他强烈地批评了小政府的观念。对政治学有关心的网友们你们一定了解，在中国这10年来，普遍流行的是大社会，小政府。这是英美的政治制度理念，法国的政治理念跟这个有些差距。这套理念进入中国后，造成有很大的影响。他是批评小政府的，政府把一些责任放弃了。这些责任终究要有人承担的，当不能承担的时候，他应该有更强的力量来承担这些责任。他甚至有一个极端的观念，他认为正是因为政府责任的放弃，个人承担责任能力的减弱，才是黑社会组织真正产生的原因。他强烈地批评了小政府的观念。我想，重要的问题恐怕还不仅仅是国家政府的大和小的问题，而是国家和政府如何定义的问题。人们为什么需要国家和政府？在最根本的意义上，就是因为这种天下大道的利益不是个人和任何特定的利益集团都不能凭一己之力而能实现的，它必须靠国家的统筹协调才能完成，因此，国家在本质上不是一个权力机构，而是一个服务机构，国家服务于个人和各种利益集团，使他们能够为一个共同的社会同心协力，也因此，国家更不能成为各个利益集团之上的更大的利益集团，如果国家作为一个至上的利益集团，那人民就一定成为刀俎下的鱼肉。国家是大爱，这种大爱可以覆盖和包裹所有的人。大爱无言，如果到处都是国家言说，人民当然就是噤若寒蝉。今天，由于全球化的开展，19世纪形成的民族国家正在逐步转型，传统的国家疆界被不断突破，新的国家如何真正成为社会的服务机构，这是非常有挑战性的历史使命。可以看到，当我们讨论公民社会的时候，后面牵扯到一个非常广阔的领域。有政策的选择，有伦理目标，有国家定义等重要的问题，如何了解个人，如何了解社会的组织和义务，这个课题实在太大了，但是同时又是非常现实和具体的。

>> 过分物质化的社会，就会有精神性要求；过分的贫富差距，就会有普遍正义的呼喊；过分的欲望宣泄，就会有呼喊人文的声音，我希望的是，在这些社会反响后面，我们能看得更远更深，不是阶段性的任务，而是我们的终极使命，

我先介绍一些相关的背景资料和初步的思考，让我们了解这个公共社会的重要性和面对困难的程度。中国曾经有丰富的资源可以发展公共和大同，这些年来，改革开放又形成了很多新的资源，当然也产生了不少相关的问题，而问题是可以转化的。过分物质化的社会，就会有精神性要求；过分的贫富差距，就会有普遍正义的呼喊；过分的欲望宣泄，就会有呼喊人文的声音，我希望的是，在这些社会反响后面，我们能看得更远更深，不是阶段性的任务，而是我们的终极使命，这样我们可以少走弯路，为世界作更大的贡献。这其中，最重要的就是我们对习以为常的那些价值如何进行深刻的反思。

在眼前，有一个例子可以举。我知道奥一网是非常有公共关怀的网络媒体，你们曾经帮助过很多得了重病而没有钱救治的人。你们通过向网友的募捐和征集帮助了很多人。你们前一段时间帮助一个叫做刘小娟的女孩子去做脑肿瘤手术。这属于公共责任和公共权力之间的关系。媒体是一种公共权力，当然要履行公共责任。这个女孩子花了5万元人民币把脑瘤切除了。还有8万余元的款项。也有网友说你现在手术成功了，可不可以把多余的钱拿出来给更多需要的人。这个小孩子说：我不能拿出来，每个人

都有保护自己生命的权力，我现在没有完全好，我不能给你。这个问题很有意思，你所说的个人自由，个人权力是在自我定义上发展的，还是有公共基础的个人自由和权力？我在讲我个人自由的时候，后面的我都不考虑。我只关心我自己，有没有这个可能性？一个真正的个人自由，是有一定的公共性的。我们在发展个人的时候，绝对不能发展成为一个孤立绝缘的个体，要发展成为深刻的关怀，这样的人格力量才能塑造我们期待的公民社会。

>> 一个真正的个人自由，是有一定的公共性的。我们在发展个人的时候，绝对不能发展成为一个孤立绝缘的个体，要发展成为深刻的关怀，这样的人格力量才能塑造我们期待的公民社会。

在这个意义上，我想人的自我了解是一个相互参照，并且在各个程度上都是一个需要考验的修身过程。英文当中讲自我定义，我要了解我自己，可以有两个句子来表达。第一句话是“Who am I？”我是谁？我用I，是主格，这是自我反省。另一句是“What is me？”用me，是宾格，别人眼中看到的我，在一切人眼中看到的我是什么样的。你从自我出发，这并没有错，所谓“为人由己”，当然要从自我出发，但是，这不是一个封闭的自我。一个开放的自我一定要有参照性，这个参照性是非常广阔的，一个人的参照性可以是他的父母和兄弟姐妹，一个家庭的参照可以是它的邻里，一个社区的参照可以是它的族群，一个族群的参照可以是它的国家，一个国家的参照可以是整个人类，人类的参照可以是所有的生命，生命的参照可以是大化流行的天道，这就是“推己及人”，而及大同。在哲学上我们称为“本体的连续存有”。正是在这个连续存有的过程中，展开了关于公民社会公私的有序的问题。哈佛大学的杜维明教授曾经提过这样的观点，你自己作为中心的时候是私，你的家庭是公。你把家庭发展出来，把它当做私的时候，你的社群、村庄可以是你的公。永远有一个是你的公的对象存在，只要发问的主体存在，你永远都可以发展公和私的连续互动。当族群，国家成为私的时候，天下其他的国家，就会变成你的公；当把这一点变成私的时候，大地万物就成为你的公；当你把大地万物变成私的时候，宇宙便是你的公，当然，在宇宙之上还有天道。我们可以进一步提出这样的看法：任何一个人是在一个充分的公私辩论的结构中存在的，这个私就是自我使命，会有各种外部的东西帮助他成长。这是有深刻关怀的人文存在。假如你的私完全不发展公，完全没有他者的参照，连你的父母兄弟姐妹都不能包容，这个私就是极端的自私，我们通常说连畜生都不如，这样的个人，无论是个人自由，还是个人权力，不要说发展，就连自保都不可能。同样，反过来，你用公把所有的私去掉，那公就成了没有任何基础的唯一的存在，这样的公其实是最大的暴政，因为它把任何个人和社会阶层存在的空间都取消了，这是非常严酷的社会。因此，强调公私的连续互动，强调个人和社会和天道的互动，其实也是反对暴政的过程。如果“公”的暴政完全释放，也是非常危险的社会。

>> 我们应该有一个社会的理想，在公和私地置换过程中充分地了解个人和公共的价值以及利益关系。为人由己，就是你做什么样的人跟你自己有很大的关系。但是这样的人不推己及人也不行，而经过推己及人，不断反思，我们就能够实现真正大同的理想社会。

我们应该有一个社会的理想，在公和私的置换过程中充分地了解个人和公共的价值以及利益关系。为人由己，就是你做什么样的人跟你自己有很大的关系。但是这样的人不推己及人也不行，而经过推己及人，不断反思，我们就能够实现真正大同的理想社会。

另外，我还想说的是，我们正在经历经济和社会的重要转折阶段。我们试图去了解它，但不能说我们已经准备好了。我们知道功利主义的鼠目寸光，在过去的二三十年里，使我们丧失了远眺未来的信心和能力。于硕博士（编者注：中欧社会论坛总监，本期节目互动嘉宾）刚才提到，差不多15年前，作为一个现实化的全球经济运动开始蓬勃地发展了。它创造了几个基本的改变：第一是经济的权利被改变了。以前的经济是民族国家的经济，我们可以在国家掌控的各个经济要素当中了解它的相互联系。在这个意义上，计量经济学可以充分地发展。满足什么样的情况，经济可以增长；出现什么样的情况，经济会下跌。当然，人文的介入，社会资本对经济的影响，它也解决不了。包括分配的问题，也不是经济学要解决的问题。但是对财富的增长，对金融流通量的控制，可以根据一个国家经济的条件作出有效的判断。现在的发展是突破了整个国家的边界，国家在讲主权概念的时候，实际上是一个经济的实体。国家越来越成为跨国公司和国际金融的政策制定者。国家要改变各种各样的法规政策，国家不需要盖更多的摩天大楼来吸引别人，还要给出中国老百姓想象出的异类政策来帮助中国人进入？国家已经成为协同者，这是自我认同，没有人逼她。这个选择的被动，就是因为国际的企业和国际的金融资本，国际的技术可以创造效益，可以创造利润，这个东西是最大的资本。

虽然，中国老百姓是勤劳致富的民族，是可以忍耐和吃苦的民族。但是这么大经济体的出现，光靠忍耐和吃苦是不行的。这是和中国的生产力相互作用，共同作用的一个结果。仅仅通过这么小的一个分析，事实上，国家权力对国家经济的掌控已经非常有限了，真正对国家发号施令的是全球的城市。所有经济的指令不是来源于白宫、华盛顿，事实上是来源于全球公司的某一栋大楼，某一个特殊的按钮。当按钮按下去的时候，几百亿的资金从一个地方转移到另一个地方，上千亿的资本可以从一个地方转移到另一个地方。刚才于硕说在物理学上理解的经济活动已经成为一个非常重要的构成。我们现在了解的经济活动，在空间的意义上叫做电子空间中的经济。速度和时间是相对的观念，今天的经济不是物理时间，不是年月日，今天的速度是由电子速度在运行，我们用物理的概念如何了解这些事情？几乎做不到。在这样的情况下，仅仅靠一个国家的独立的力量来面对全球性的经济危机已经完全不可能了，没有任何的可能性。

我想举一个例子：由于贷款带来的危机，可能影响美国的金融系统。这个危机的解决靠欧洲的央行，美国的央行、日本的央行联起手来，向美国的银行注入300多亿美元来解决，这是靠一个国家能解决的吗？全国的政治领袖、经济领袖必须共同考虑世界性经济危机的应急和处理方案。人类有没有考虑从铺张糜烂的生活方式到有序的生活方式。这样严重的贫富差距是否符合我们的道义？我们作为学术专家，面对这样的情况是不是有良心的责任和正确的考虑？现在没有一个大行的经济问题是单纯经济的问题，只要经济学家来考虑，而不需要有人文学家，有政府领袖，有学术领袖来参与的。我们真正到了一个时代，这个时代到了一个前所未有的空间，让它存在的问题真正成为全人类的问题，真正成为整个人类的困境，而不再是一个国家，一种特殊的意识形态，不仅仅属于某个宗教的形态，没有人可以逃避灾难的后果，没有人可以逃避这个责任。我觉得中欧论坛在这样的情况下提出这样的主题是有特殊意义的。

>> 我们真正到了一个时代，这个时代到了一个前所未有的空间，让它存在的问题真正成为全人类的问题，真正成为整个人类的困境，而不再是一个国家，一种特殊的意识形态，不仅仅属于某个宗教的形态，没有人可以逃避灾难的后果，没有人可以逃避这个责任。

互动

网友：有个关于新儒家的问题我比较感兴趣。在大众媒体中经常会出现一些所谓的新潮的新闻，哪个地方成立了私塾，读四书五经，恢复儒家的礼仪，举行各种尊孔的礼仪，从北到南都有，甚至有人要求建立孔教、佛教。我想问一下黄教授，对这样的现象怎么样看待？以及新儒家思想在中国是属于什么样的状况，前景如何？

黄万盛：一开始我就说过，我实际上是对儒家的思想和命运有深刻的关怀的学者，而不是新儒家。这个问题很好，这个问题也是我们长期在面对和考虑的问题。大致可以这样说，到目前为止，成功的现代化经验几乎没有一个地区和国家是完全割断自己的历史，把自己的历史记忆全部付之一炬，然后真正浴火重生的。即使法国大革命经历了那么大的变迁，法国人民仍旧寻找自己的记忆来帮助法国成长。中国在五四运动走了一段弯路，它提出了全盘反对传统的口号。儒家和其他的中国文化资源，无论在政治生活还是在日常生活中，受到的冲击都是非常大的。在积极的意义上，如果这个文化真正有生命力，它经历了那么严重的考验，在今天的条件下，它能够重新起来，或许正是它有生命力的一个表现。我的意思是，先不忙着评价，先问一下我们对这个现象是否有足够的了解？这个是什么样的现象？如果没有价值，为什么会出现？假如它还有一点点价值，它真正的价值在哪里？这是一个非常有挑战的问题。

从我的学术经验来说，雅斯贝尔讲过一个问题，叫做“文明的轴心时代”，差不多在公元前的四五世纪，在克理特岛出现了希腊文明，在中国出现了儒家和道家，在耶路撒冷出现了犹太教基督教文明，在恒河有印度文明，有一个大文明爆发的核心时代。这个大文明的核心时代为以后的发展奠定了基础。有人说西方哲学是对柏拉图的不断的解释。它是在一个大文明的可能的动力下，可能的潜在的空间下，去不断创造发展的。就算柏拉图自己提出的问题不一定能完成，但是它具有深远的意义。后面的学者的思想可能超越了柏拉图，但是柏拉图作为创造的智慧有一种巨大的生命力。那么，作为我们这个民族来说，中国古代文化的生命意义究竟是什么？

>> 作为我们这个民族来说，中国古代文化的生命意义究竟是什么？

我有一个观点，一般的儒家学者在讨论的时候也许都能认可的观点，我们这个文明，是对人的凡俗生活的存在有深刻理解的文明。它不在红尘之外建立一片净土，一个天国，它不去建立一个绝对超越的世界，但是它又是有理想和有目标的文明。所以它是塑造君子人文，塑造人伦天道的理想。从社会互助，到终极体验，都用一个社会凡俗来解释。这样的社会资源在今天的条件下是不是完全没有任何的生命力？我想经过社会的风雨考验之后，它要想再生，必须有一个发展的动力，能够回应现代社会的价值困境。我们现在要做的是要有一点耐心，来了解它的规模和潜质。而不是以五四运动的心态，它怎么又来了，我们要打倒它。而是要有对大文明的深刻的价值的敬重，要有大的谦恭。思想不是通过自我叙事，不是每天创造一个潮流话语就可以诞生出来的，一定是在思想体系中通过各种严肃的问题的不断思考积累起来的。

美国作为现代化程度非常高的国家，有机会你们到波士顿去，到纽约去，马路上随时可以看到纪念碑。因为某某人做了什么事情就立了一个碑。美国是一个历史短暂的国家，他们非常尊重他们的历史文明和历史智慧。我们有5000多年的历史，但是有没有尊重我们的历史文明和历史智慧？当然有糟粕，但是没有文明哪来的糟粕？你用什么标准去评价它是糟粕？除了小脚之外，我们曾经说的糟粕里面都有深刻的智慧。

>> 我们有5000年的历史，但是有没有尊重我们的历史文明和历史智慧？当然有糟粕，但是没有文明哪来的糟粕？你用什么标准去评价它是糟粕？除了小脚之外，我们曾经说的糟粕里面都有深刻的智慧。

比如：古代思想中的重要的见解，去掉对它的扭曲和误解，对现在的社会还是可以产生积极的影响。所谓的“君君臣臣父父子子”，过去被当做封建等级制加以批判，其实它是对权力角色的严格要求，而不是一个权力的滥用。“君君”是说做君是要像君的样子，同样，做臣子要有臣子的样子，做父亲的要有父亲的样子，做子女的要有子女的样子，这是一个责任的意识，而不是权力的滥用，是对君、臣、父、子的一个要求。什么叫做君？我们会想到在龙椅上穿龙袍的皇帝。这么简单吗？古代有一个君王，有一个君子，都用“君”字，什么意思？君者群也。成为一个君，是因为有那么多的芸芸众生，那么多的群众愿意来追随你，他们真正在你身上感受到关爱、精神的力量和睿智，感受到你处理问题、协调问题的能力，他才愿意追随你，这样才使你成为君。所以要求君一定要有群众基础的。没有群众基础是成不了君的。假如一个君没有群众基础，天天虐待老百姓，这样的君算不算君呢？如果把这个君杀掉，可以吗？在古代，弑君是十恶不赦之罪。孟子说，可以杀，杀这样的人是铢独夫。这样的人是一个孤家寡人了，不是一个君了，而是一个独夫。君和独是相对的。中国创造了一个文化资本来严格和约束这个君，我想这个是一个资源。我们需要有一点耐心把它弄懂。这个问题我就说到这里。可以举一反三。

时间： 2007年9月14日

节目： “中欧社会论坛·中国直播室”之六

主题： 文化建设与纳税人的权利

嘉宾： 任剑涛 时任中山大学政治与公共事务管理学院院长、教授、博导，现为中国人民大学教授、博导

互动嘉宾： 郭巍青 中山大学政治与公共事务管理学院教授

任剑涛：

社会怨恨疏导与国家持续发展

非常荣幸受“中欧社会论坛”的邀请讲这个论题。我们对社会的把握是个人的把握，这种把握是不准确的。同时不讨好的是，经过一个社会转型的过程，人们对社会的理解是多元的理解，一元理解很难获得多元认同。无论怎么样，我们对中国社会发展的问题始终都是关注的。正因为如此，我们对同样的问题有不同样的理解，但是我们在关注同一个问题。这个问题是中国发展到今天，确实是处于一个发展的十字路口或一个拐点状态。我们怎么样看待今天的发展，我们怎么样引导今后的发展？这些问题摆在我们的面前，不容回避。

我今天想对中国的社会状态作一个评价，并分析一下国家发展解决这个社会问题的可能性。我的演讲题目为《社会怨恨疏导与国家持续发展》。讲到怨恨，大家可能落在“恨”字上，觉得我的主题有问题。中国改革开放的发展怎么用恨来定义呢？我们这些年贫富发展确实有恨。但这个恨只是一个分析性概念，并不包含明显的价值色彩。

我分四点来讨论：第一，对社会怨恨的结构作一个描述。第二，分析对社会怨恨如何作一个良好的疏导。第三，对社会怨恨的疏导状态和国家的发展关系结构作一个相关分析。第四，主要落到中国当前社会怨恨导致的现实状态，由此勾画我们在国家政策上如何化解普遍怨恨，为社会发展提供社会土壤和发展动力。

一、社会结构转型中的怨恨

>> 我们正在从一个农业国转变为工业国，正在从乡村社会转为都市社会，从农民社会转为市民社会，从封闭型的社会转变为全球性的、开放性的社会。

首先分析一下，社会结构转型中的怨恨。结构转型不是社会某方面发生转变，比如交通更便捷，找公务员办事更好办，我所谓的转型不是指这些转型，这个层面上的转型是社会要素意义的转型。对中国来说，遭遇的转型问题是结构的转型。其特点是“五千年未有之大变化”。换句话说，中国文明五千年没有经历过这么剧烈的社会转型，它对我们民族产生了极大的心理考验和社会考验。这一转型，一句话概括起来，就是我们正在从一个农业国转变为工业国，正在从乡村社会转为都市社会，从农民社会转为市民社会，从封闭型的社会转变为全球性的、开放性的社会。这种改变是痛苦和喜悦紧密伴随的。对中国社会来讲，是我们完全没有经历过的社会变迁。从历史的角度来说，任何人处在这个阶段，既是幸运，又是不幸。幸运的是，我们遭遇了历史上罕见的、这么大的转变；不幸的是，社会分化太过剧烈，但富人有富人的问题，穷人有穷人的问题。

这使我们处在一种公共话语和社会话语的氛围之中，这个氛围是转型社会的生活体现。这种从传统到现代的社会结构转型，导致普遍的社会怨恨的出现。无论是西方当代工业社会，还是中国传统农业社会，社会怨恨都不太明显。在成熟的工业社会，人们对自己不满的状态已习以为常，希望在理性的社会进程中逐渐加以解决；在传统农业社会，社会的普遍交往缺乏支持条件，因此难以形成普遍的怨恨情形。社会普遍怨恨的出现，通常是在社会转型最为剧烈的时期。社会的结构转型，呈现出新旧杂生、方生未死、矛盾丛生、犬牙交错的焦灼状态。这时候，我们原来习惯了的东西正在消逝，给人安全感的、新的秩序和习惯还没有形成。我们期待的东西正在得到，但是又不能满足我们的要求。这时人们必然遭遇痛苦的体验，使我们对怨恨产生亲近感。于是，怨恨成为转型社会一个核心的伦理状态。怨恨，既不同于仇恨，也不同于不满。仇恨驱使人行动，一是报复，二是仇杀。不满，则是因为达不到自己的目的产生的失落情绪。怨恨处于不满和仇恨之间，这种情绪还没有下落到非以某种行动来泄愤的地步，但对于现状确实感觉不顺自己的心愿，社会总是不能够满足自己的意愿，他总是觉得自己是被这个社会亏待的一员。

怀抱怨恨的人，心里一直怀有不满，这种不满在强势地增

>> 他总是处在愤激的批评当中，但实在又拿不出一个替代性的方案解决问题。

长，但他并不怀抱深仇大恨。就中国来讲，这些人对改革开放不满，但是又觉得不改革开放不行，但自己的出路究竟在哪里他们并不清楚——因为改革开放，造成他收入不高甚至下降，看到富人他感觉愤恨，质问社会为什么不给自己富裕的机会；但看到穷人，虽然心里掠过一丝安慰的情绪，但他也怨恨，觉得这个社会对穷人太不公平。这种感觉长期无法付诸行动来解决，内心的结无法化解。在解决问题的出路上，要说打破结构，他不愿意；要说赞美现状，又难以说服自己。于是他总是处在愤激的批评当中，但实在又拿不出一个替代性的方案解决问题。

怀抱怨恨的人们，有一个趋同的心理，那就是人人都要争抢道德高地，以此来表现自己并不是因为个人的遭遇对社会不满，而是基于高尚的理由表达公共的关怀。今天人们熟知的从政党、政府到组织精英，都雷同地表达对公民的同情、对未来的展望、对理想的诉求，就是这么出笼的。这实际上对中国社会的发展是不利的。

分析怨恨形式可以发现它的特点。首先，怨恨不是付出行动的仇恨，仇恨就要打破社会秩序，就要顽强地建立新的结构。怨恨作为一种社会状态，主要体现在个人的追求、教育、经济状况达不到期望的时候形成的累积性的愤懑情绪。其次，怨恨有一个扩散效应。它会在居以产生的社会空间里迅速散播开来，以至于无法克制。这时社会问题不在于已经出现的怨恨和愤懑，而在于社会问题的存在到了一个规模的滞胀状态。个人的不满有可能是对私人生活而言的，但是这种不满一旦转弯到怨恨的时候，就会使人们认定那是政府导致的。我们如果对公共问题感到不满，就会丧失公共建设的热情，然而我们却不知道怎么处理好公共事务。我们对公共事务的美好要求是自然的，但是不知道公共事务不可能臻于完美。这样势必导致社会处于滞胀状态：我们既不知道发展方向在哪里，但我们又不愿意退回原来的状态，可我们又觉得现实是令人不满意的。前途渺茫，过去不堪回首，当下令人难以容忍。社会停滞不前，稍有社会问题就可能导致心理爆炸。我们会明确觉察这个状况对社会的发展是不利的。因为社会的发展一定要向前推进。可见，现代化的转轨不是简单的探索可以解决问题的，它必须面对人们的感受，尤其是怨恨的感受。

>> 我们既不知道发展方向在哪里，但我们又不愿意退回原来的状态，可我们又觉得现实是令人不满意的。前途渺茫，过去不堪回首，当下令人难以容忍。社会停滞不前，稍有社会问题就可能导致心理爆炸。

因此，在这样的情况下，我们有必要追究一下社会怨恨的形成机制。形成普遍的社会怨恨，大致有三个导因：

第一，一个市场经济时代，利益的创制是最为重要的事务，利益的分配就会以一种不均衡的状态存在。从理智上讲，我们可以接受这种不均衡，利益获得的不平等是正常的，差异的平等是可以接受的。但从情感上讲，无论利益分配的差异是怎么来的，我们都难以接受。我们会表示愤慨，不能容忍。这使我们的生活充满紧张感，所以今天无论是为富人讲话，还是为穷人办事，无论你有什么样的理性、耐心，试图讨好各方，反而受到各方的讨伐。实际上，就现代化历史来看，任何一个发展中国家，经济处于发展瓶颈状态，一定要建构符合社会需要的公平分配体制，但是这种体制的建构总会滞后于社会需求，因此与社会发展相比总是显得跟进不及时。这种强烈的对比状态，构成了社会转型时期怨恨生存的社会土壤。

第二，上述经济怨恨长期郁积，逐渐从社会底层弥漫到中产阶级的时候，经济怨恨便开始有了政治含义。比如今天人们都知道，房价持续5年走高，对中产阶级最不利。因为社会底层本来购不起房就心生怨恨。中产阶级原本可以买房，现在也买不起房了。这就不是单纯的分配问题，而是社会的政治问题了。当人们对国家政策的形成、执行，对整个社会政策的认知都有一种高度焦虑感的时候，怨恨就是一个政治问题了。中产阶级对社会发展的期待状态在降低，相应对社会基本制度的不满在蓄积。如果经济怨恨不能理性疏导，就极有可能导致政治上的灾难性后果。从经济不平等扩展到政治不平等，怨恨就会成为一种社会普遍结构，社会怨恨就会演变为怨恨社会。今天还不能说我们中国社会是仇恨社会，也不能说仅仅是不满社会。而是一个由怨恨建构成的社会。

>> 当人们对国家政策的形成、执行，对整个社会政策的认知都有一种高度焦虑感的时候，怨恨就是一个政治问题了。中产阶级对社会发展的期待状态在降低，相应对社会基本制度的不满在蓄积。如果经济怨恨不能理性疏导，就极有可能导致政治上的灾难性后果。

第三，社会怨恨的结构和自身的发展趋势，需要一个开放社会的政治建构。但中国一直是一个政治高压社会，社会怨恨没有任何合法途径得到理性疏导。就分配不平等问题的处理而言，怨恨的化解机制迄未启动；就政治的参与来讲，空间没有拓展；就权力体制对于权利诉求的姿态上讲，权力不仅不知道如何尊重权利，甚至一直对权利采取高高在上、横加指责的态度。这无疑固化了中国社会的怨恨状态。需要强调的是，形成完整且完备的社会怨恨疏导机制，需要容忍、理性、谅解、过程。但我们都知道，在社会生活当中，容忍是非常艰难的。看到别人享受财富，要忍受，穷人要想占有财富，只有等到政府的分配和社会的慈善，这是多么考验人意志的事情啊。倘若国家权力与社会组织不能运行在一个宽松的平台上的话，怨恨只会累积而难以疏导。

> 社会状态真正落到仇恨的地步，局面就难以收拾了。我们今天会特别留意新旧阶层之间的关系，对之处理不当，它们之间就会陷入对抗的状态。这是疏导社会怨恨最悲壮的、也是最失败的一种结果。

从怨恨的导因上化解怨恨自然是恰切的选择，但对怨恨社会的可能走向也需要了然于心。怨恨社会的第一个走向是忍受取向，第二个走向是无可奈何，第三个走向则是诉诸反抗。对现实的不满导致了怨恨，社会若是不能疏解怨恨则会导致人民怨恨社会。而以怨恨的方法疏解怨恨则加重着怨恨。今天中国从官方到民间都在关注“利益不相关者”的破坏行为于聚众闹事，就是沿循怨恨逻辑出现的新的社会现象——我本来是旁观者，但是利益相关的人一造反，我也就跟着闹事，这是一种从无可奈何递升到爆发性行动的反映。只要偶然性的契机出现了，利益是否相关与他是否参与闹事就已经没有直接关系了，只要能抒发怨恨，他就会奋不顾身地投入。怨恨状态还可能进入仇恨状态。社会状态真正落到仇恨的地步，局面就难以收拾了。我们今天会特别留意新旧阶层之间的关系，对之处理不当，它们之间就会陷入对抗的状态。这是疏导社会怨恨最悲壮的，也是最失败的一种结果。

可见，在社会怨恨形成普遍态势的时候，我们应该有效疏导社会怨恨。疏导社会怨恨有利于促进国家的持续发展。

二、疏导社会怨恨的三种类型

社会怨恨必须加以疏导，这应当是今天中国人的共识。但如何疏导社会怨恨呢？社会怨恨的疏导可以选择的路径有三种。其一，革命路径。对一个国家来讲，社会怨恨的疏导，首先决定于这个国家的政治处境。政治状况注定疏导怨恨的基本选择模式。今天中国的基本政治处境是我们刚刚告别高歌革命的时代，我们全神贯注地积累社会财富也仅仅只有30年时间。这一方面使得我们对革命时代的火热还怀有眷恋，我们还自觉不自觉地采用革命时代烂熟于心的治国理政的方式方法。所以我们进入电视时代的时候，经常看到纪念革命的专栏节目，告诫我们不要忘了革命先烈英勇奋战打下来的江山，不要让革命先烈的血白流。制作这样的节目，主观愿望当然是好的，岂不知动机与结果并不能就此统一起来。因为在后革命阶段，人们对革命的神圣性再无认取，革命甚至变成了笑话。试图以革命的方式来应对后革命的问题，本身就显得笨拙。这种诊治怨恨的方式，带来的结果是社会怨恨不仅没有得到有效疏导，而且还将社会怨恨引导到煽动革命的危险边沿——我们今天宣传革命的理想，意味着这场革命只能“革革过命的命”。这是革命思维中人基本意识不到的问题。

同时，在革命的精神氛围中推进的中国经济的急速发展，不是一种精细型的社会动员与资源配置方式，因此，财富是积累起来了，但比积累财富远为艰难微妙的财富分配制度则被可怕地遗忘，此前导致革命的严重贫富不均问题，再次突兀地出现在社会政治之中，一时间社会保障、社会福利的财富分配取向激发了人们分享财富的激越情绪，这是社会出现了重新被卷入革命壁垒的普遍怨恨。

于是，革命的统治思维瞬间就发动了起来，以为是应对怨恨的有效方式：掌握国家权力的人们认定，一定要采取政治高压的手段，保障经济发展的稳定环境。因此，哪里出现问题都必须采取灭火的姿态。稳定就此变成政治强控，我们生怕出事，但不出事是不正常的，出事才是正常的。这是和平年代的社会的正常现象。

>> 稳定就此变成政治强控，我们生怕出事，但不出事是不正常的，出事才是正常的。这是和平年代的社会正常现象。

对任何转型的社会来讲，社会怨恨都是必然遭遇的。我们中国一定要在社会心理上加以接受。同时明确意识到，对社会怨恨采取高压控制的方式是于事无补的。以对红色传统无限度的宣传，唤起人们对革命的红色记忆，绝对是一种危险的游戏，因为通过红色记忆进一步唤醒的是以革命手段解决怨恨的问题。历史就这么陷入轮回的怪圈。从晚清政府力求控制社会普遍怨恨到中华人民共和国试图解决同样的问题，中国人已经经历过一个百年轮回，我们谁都不愿意再经历第二个百年轮回：统治者应当以民主的方式来疏导社会怨恨，而社会公众则应当以解决问题的务实态度来逐渐实现自己的期望。

其二，道义路径。解决社会怨恨问题，没有革命的热情鼓噪，也没有太多的宏大愿望，仅仅希望怨恨的方面和导致怨恨的方面，落定在道德的平台上将怨恨加以化解。这是中国人除开革命思路之外最为熟知的解决社会怨恨的进路。因为千百年来中国的统治者迷信以德治国，民众则乐意被统治者道德感动。于是，在这样的社会系统中，每个人可以表达自己的道德愤慨和道德同情，人们竞相占据道德的高地，国家弥漫着道德的感人气氛，领袖感人的笑容与歉疚的表情同在，民众兴奋的感怀与激动的泪水交织，但过后社会怨恨没有丝毫的化解，相反凝固得更紧。

在刻意营造的道德环境中，我们怎么真正有效地解决怨恨问题？中国人一般不予理会。常识告诉我们，致力表达道义关怀的解决怨恨方式绝对解决不了任何问题。因为中国传统的道义伦理传统，是不问具体的社会条件来应对人们的道义需求的，但现实社会生活中引发怨恨则是因为具体社会处境的差异，换言之，社会怨恨是有条件存在的。道德同情心驱使人们关注问题，但并不相应地解决问题。道德义愤表达结束了，问题还是问题，它不会自动得到解决。因为怨恨问题的解决，既需要雄厚的经济资源，也需要精细的制度设计，更需要解决问题的经验累积，没有相当的时间和实践，怨恨从何下手解决都会处于一种云遮雾障的状态。所以要想解决怨恨，社会必须付出代价。在道德义愤的背后才是关键的问题。如果我们面对社会怨恨，尤其面对社会底层的怨恨，如果仅仅用道义手段来制止他们，那就更容易形成一个化解不开的怨恨结。因为高姿态的道义表达与低姿态的问题解决之间，使人们容易产生一种无法弥合的心理距离，这种距离使人们逐渐疏离道德感怀，堕入愤恨的造反境地。

其三，疏导路径。社会怨恨的疏导机制，是面对导致怨恨的具体问题采取的务实解决怨恨的方式。在这样的思路中，首先对怨恨的认知，就与革命进路和道义进路不同。怨恨疏导既是经济问题，又是社会问题，更是政治问题。不采取具体务实的姿态，我们就无法理解怨恨的具体结构，就无法针对性地设计解决怨恨的方式、方法、手段和举措。

>> 疏解怨恨，我们强调要看政府在干什么。政府什么资源都垄断，因此怨恨的聚焦对象肯定是政府，政府能否通过政策的调整，将怨恨降低为不满，再将不满转变为满意，是解决怨恨问题的关键。而真正有效地解决怨恨问题，需要政府机构、公民组织和公民个体关联地努力。

其四，疏导怨恨需要我们以更精细的思路来处置。在社会多元化的发展进程中，怨恨的出现并不是某种单纯的原因导致的，因此疏导怨恨是必须一个连接国家、社会与市场力量的综合系统工程。在这三个因素当中，政府具有决定性作用，这是由中国政府的全能现状注定的。疏解怨恨，我们强调要看政府在干什么。政府什么资源都垄断，因此怨恨的聚焦对象肯定是政府，政府能否通过政策的调整，将怨恨降低为不满，再将不满转变为满意，是解决怨恨问题的关键。而真正有效地解决怨恨问题，需要政府机构、公民组织和公民个体关联地努力。就公民而言，怨恨自然具有社会导因、国家缺位，但公民自身是否克尽了自身的职责，也是一个必须追究的问题；对于社会来说，社会是一个冷漠的状态，还是一个相互关怀的结构，决定了人们对于这样的社会是不是心存归属感的问题。一个关怀他人的社会，会极大地降低怨恨的心理强度。所以，国家、社会、个体的不同责任及其坐实，是化解怨恨的综观条件。

三、社会怨恨与国家发展

疏导怨恨可以为国家的持续发展奠基。寻求国家的可持续发展，只能是在社会处于良性运作机制的前提条件下才有可能。而一个良性的社会运作机制，必定是公民都能理性应对社会治理问题的结果。为此，我们需要分析，社会怨恨和国家发展的关系问题。

从常识的层面上看，国家与社会的互动关系乃是一种双向互动的关系，一方面，国家是可以塑造社会的；另一方面，社会也可以反过来塑造国家。这种相互影响可以分为两种类型：一是以社会限制国家，达到两者关系的调和。一个社会在政治上有效限制国家，显得越是没有革命性，国家的发展就越是显现出持续性。二是以国家协调社会，国家要协调社会就必须通过法律保障和政策支持，社会显得安宁和谐，所谓人心思定，理性谋求发展，国家与社会的关系也就处于相互适应的状态。

这样的互动情形，已经为发达国家的基本经验所一再证明。英国自13世纪以来，国家与社会就处于积极互动的状态，到1688年光荣革命，英国便正式落定在国家与社会相互制约、互相促进的宪政法治的政治平台上，以至于现在，英国都还保持了国家发展的良好势头。除了南北战争之外，美国基本上也是国家与社会持续调和。国家开创之初，13个州的代表聚集宾州讨论创立的新的国家基本法律的时候，反复的讨论、彼此的对诘、最低限度的共识，就成为国家建构的基本原则。美国的持续发展在这中间似乎可以获得答案。

国家积累财富的需要，与公民基本权利如何扣合，是国家与社会理性互动两个关节点。社会的理性协商、成员间的合作意愿、公民的组织成熟程度，是宁静和谐社会的基本标志。而国家权力受到有效限制，权力皈依伏法，心甘情愿地为权利服务，是国家力量的体现。倘若国家权力、社会权利没有一个良性互动的空间，社会仅仅想满足个人的愿望、国家仅仅想控制住社会，那么国家与社会就处于双损的状态——社会的怨恨情绪日积月累难以化解，国家的发展动力日渐衰竭难以强盛。在大国中间，法国的情况值得注意。法国是一个努力想跻身世界霸主的国家，但1789年至今都未能如愿以偿，那就是法国人没有能够建立其国家与社会的积极互动机制，社会的自私与国家的控制相互计算，结

>> 社会的理性协商、成员间的合作意愿、公民的组织成熟程度，是宁静和谐社会的基本标志。而国家权力受到有效限制，权力皈依伏法，心甘情愿地为权利服务，是国家力量的体现。

果造成社会组织仅仅想维护私利，而国家则仅仅想控制住社会，压制社会的权利诉求，法国闷闷不乐的二等强国地位就此注定。法国社会的怨恨程度显然高于英美国家。

>> 在“国家”通吃“社会”的情况下，岂能出现“社会”保障？

一般中国人都觉得社会怨恨没有办法靠“社会”来解决。这是政治权力崇拜心理在作祟。由于“社会”是一个严重缺乏自信的空间，因此怨恨中的人们都梦想有一个英明的救世主出来，将大家从水深火热中拯救出来。在英名领袖面前，我们没有怨恨，甚至我们缅怀那种没有怨恨却实在是相当低水平的生活景象。这就是今天中国人竟然缅怀文革的社会心理基础。今天的社会怨恨，投向文革寻求解决之道，实在是南辕北辙：人们认为文革时中国人享受着普遍的公费医疗保障，即使是在农村，赤脚医生也为民众提供了医疗保障。这个说法完全不符合历史常识——在“国家”通吃“社会”的情况下，岂能出现“社会”保障？

从切实的角度考虑，社会怨恨的疏导需要从两个角度着手：既要强调国家可以塑造社会，因此在规范国家权力的前提条件下，保证国家权利服务于社会；同时也要注重社会的自我塑造，公民的组织程度与公民的理性自治程度是对应的，只有公民不仰赖国家而务求自治，社会就可以塑造国家。从这两个角度分别观察，社会怨恨的国家疏导机制具有几个要点：第一，国家必须提供保障公民权利的法治机制。今天中国公民权利在法律文献上是有保障的，但在法律实施过程中的实质性保障则显得不足。我们既没有给公民自我组织的权利，也没有给公民自由诉诸法律以求保障的权利，更没有给公民与国家抗争的有效制度安排。因此，要想化解全民怨恨，就必须重构国家。国家的法制化是化解普遍怨恨的唯一制度出路。

>> 要保证公共政策的公共性，必须首先保证制定政策的机构和人士被约束在法律主治的政治制度平台上，否则公共政策就永远是政策制定者个人偏好的产物，而不是保障行政相关者利益的公平政策。

第二，公共政策的保障。公共政策的公共性，既在于克制政策制定和执行过程中的不平等，也在于保证政策制定和执行中的公正性，否则人们很难对公共政策感到满意。今天中国的公共政策缺乏公共性的保障，公共性常常是制定政策的领导者个人的感受结果。要保证公共政策的公共性，必须首先保证制定政策的机构和人士被约束在法律主治的政治制度平台上，否则公共政策就永远是政策制定者个人偏好的产物，而不是保障行政相关者利益的公平政策。

第三，司法保障的体系。独立的司法体系是最为关键的。政府必须在法律规定的范围内游戏。法律的有效运作，可以保证社会仅仅服从于法律权威，绝对避免执政党、政府、社会与公民相互之间为了局部私利而勾结。司法的程序安排必须是完全公正的，司法程序一旦具有偏帮的性质，或者司法程序对于不同的人有不同的增减，法律的权威性就会顷刻间丧失。失去法律信任的社会，就会陷入无比怨恨，甚至仇恨的社会心理死穴。

社会怨恨的疏导还需要社会的健全机制。这是指一个社会应首先建立起心平气和的心理氛围。假如一个社会陷在革命的泥潭里，不仅不想自拔，而且糊涂地鼓动革命，这样的社会就会自毁前程。在和平安宁的环境中，人们寻求渐进地改变令人不满的现实，逼近人们相对满意的状态。就此而言，革命氛围对于怨恨化解是绝对有害的。因为它让人们处于躁动不安、怨天尤人、愤激抗争、伺机对抗的心理状态。其次，社会怨恨的社会自身疏导，必须给出一个与国家不同的公民“社会”空间。希望国家包办一切，而公民又能够切己自反、自我约束，那无异于痴人说梦。按照业缘、地缘、趣缘等等因缘组织起来的社会，只会对国家治理有百利而无一害。中国的国家权力自古至今对于社会自治的高度警惕，实在是一种幼稚的政治心理作怪的结果。再次，社会化解怨恨，需要诉诸社会组织之间的理性商讨习性，诉诸公民组织、非政府组织和公益组织之间的理性博弈，而不能祈求国家权力的粗暴干预。疏解怨恨，必须是在日常生活中练习出来的相互宽容与尊重的心灵习性中才能实现的。

只有在国家权力与社会权利之间达成积极互动的稳定状态之后，才有可能化解社会怨恨，并使国家持续发展。

>> 只有在国家权力与社会权利之间达成积极互动的稳定状态之后，才有可能化解社会怨恨，并使国家持续发展。

四、当代中国的怨恨状况与发展动力聚集

最后，我们回到中国的状况上来看一看。中国社会的普遍怨恨状态，可以从一条手机短信得到认知——“房改把你腰包掏空，教改把你父母逼疯，医改提前为你送终”。这是从人们对于物质生活现状的认知上得出的结论，同时，中国社会严重的贫富分化引发的社会怨恨就更是令人触目惊心。“仇富心理”的泛滥在某种程度上显示了社会对财富分配不均的严重不满。与此同时，各个社会阶层都发生了导致怨恨的不满情绪——掌握权力的领导阶层因为“双规”等危险而感到高度的不安全；农民失地之后生活没有保障感到很无奈而怨天尤人；工人因下岗转岗丧失了生活来源而觉得国家和社会亏待自己；教师和学生认为不能自由思想而对被权力禁锢感到很不满；人们都觉得这个社会缺乏兜底

制度而感到前途渺茫很郁闷……社会普遍陷入怨恨而无法挣脱。从这些方面可以断言，中国社会已经成为一个怨恨社会。

>> 直面怨恨是疏导怨恨的前提，分析怨恨形成的机理是成功疏导怨恨的基础，而真正疏导怨恨需要中国社会进行结构性的改革。

考验中国人的是，我们能否拿出面对怨恨的勇气，并尝试去化解怨恨？从当下的情况来看，我们面对怨恨的社会能力还很低下，因为人们总是以往回看的心理寻求疏导怨恨的可能出路。为此，我们必须强调，直面怨恨是疏导怨恨的前提，分析怨恨形成的机理是成功疏导怨恨的基础，而真正疏导怨恨需要中国社会进行结构性的改革。

分析中国普遍怨恨形成的导因，需要从理性的视角切入。今天的中国之所以成为一个怨恨社会，简单分析起来，有三种原因：

第一，我们政治发展严重滞后于经济发展，解决经济上积累财富的手段远远丰富过政治上设计公平分配财富的愿望，社会要素之间的匹配处于严重失衡的状态。从一部现代改革史来看，经济体制的改革往往携带着政治体制改革的要求。虽然政治体制问题的解决，远远复杂过经济体制问题，但不等于说政治体制问题始终可以迟滞，甚至完全加以回避，必须解决政治体制的现代安排，才足以为经济的持续发展提供政治动力，也才足以为人们宣泄不满和怨恨提供通道。但中国社会始终拒绝提供疏导怨恨的政治手段，这就注定社会处于一个不稳定的状态。像城市房地产急速发展中的拆迁过程中出现的“史上最牛钉子户”一类现象，恰恰证明这个社会的多重失败和叠加怨恨——被拆迁户怨恨政府和商家不给予满意的补偿，商家不满拆迁户的漫天要价和政府的袖手旁观，政府不满商家的“无能”和拆迁户的“自私”。但归咎起来都是因为这个社会缺乏起码的公正游戏的规则。这就是一个政治体制改革的问题。

第二，虽然中国推行市场经济已经有30年左右的时间，这种经济形式也给我们带来了巨大财富，但我们并没有建立起规范的市场经济体制。国家对于市场的肆意支配既是潜在的，也是显在的——交通、通信、能源还不能真正的市场化，国家几乎完全支配着主要的市场要素。真正有效的市场配置尚不能启动，压制性的国家权力将市场和社会一同强控起来，两者实施上被国家随意地支配。因此，人们确实越来越强烈地感受到社会经济发展的不平衡。私人无法在国家法律于政策保障下从事高效的市场竞争——因为我想从事的电力、电信、煤炭、能源生产，竟然没有可靠的国家准入！在经济价格的国家强控和财富积累的多元手段之间的碰撞，不仅导致了国家经济秩序的紊乱，而且使国家这个政治巨无霸惨败给国有经济这个经济巨无霸。在没有机会发财的情况下，你我都想发财的愿望迅即成为泡影，不出现普遍的社会怨恨反倒是怪事。

>> 在没有机会发财的情况下，你我都想发财的愿望迅即成为泡影，不出现普遍的社会怨恨反倒是怪事。

第三，今天的文化封闭是导致怨恨的另一个原因。这样说人们也许会不服，改革开放30年我们的文化还封闭？确实还封闭。但相对于文革时期的可笑封闭，比如我们认定“全世界三分之二的劳动人民处于水深火热之中，我们要先解放全人类，然后才解放自己”，今天是另一种封闭，这种封闭将我们置于社会的洞穴假象之中。这种封闭就是，我们自以为改革开放已经完成了中国的振兴任务，接下来要做的是中国怎么领导世界的问题！一个刚刚脱离普遍贫困的国家能够产生这么有勇气的民族理念，倒也是中华民族能够顽强生存在这个世界的精神基础，但这种观念也实在是与人们必须面对的真现实相差太远。这使我们民族遮蔽住了自己的理性眼光，不知道我们向发达国家学习的任务远远没有完成。而这对怨恨及其疏导产生的不利就是，人们认为国家已经如此强大，却未能给个人以更多的发展手段，人们心生怨恨，也就在情理之中。

因为资源有限、发展空间有限，一个社会、一个国家提供的个人发展机遇也就总是有限的，相应地个人努力的结果也就相差很远。在这样的情况下，我们能否以理性的态度面对社会的不公平，个人的不同处境，便成为社会能否安宁和谐的重要保证。

对今天的中国而言，怨恨的疏导不能采取高调的道义姿态，更不能采取政治的高压，最重要的是要寻找有效化解怨恨的现实路径。第一，我们必须构建民主政治，承诺公民权利的平等性。这样，人们在社会政治生活中不至于感到压抑，对于自身的际遇也就会理性地对待。社会上层不能因为自己的发达而高高在上、傲视一切；社会下层也不至于因为处境不利，而遭受欺凌、不受尊重。第二，我们必须建构经济公正机制。对今天的中国来讲，必须承认不同社会阶层具有不同的社会职能，不能仅仅将之放置到道德的高地上加以考量。商人首先得具有面对财富说话的能力，不能要求他们成为面对道德说话的人。商人就是商人，他不是慈善家。政治家也就是政治家，他偏爱权力，不能将之视为毫不利己专门利人的道德楷模……因为专业化的社会分工形成的各种职业从业者，都仅仅是因与职业分工而谋生的行动者，任何人都没有理由高高在上地站在道德高地指责他人，尤其是那些依靠

>> 任何人都没有理由高高在上地站在道德高地指责他人，尤其是那些依靠纳税人供养的公职人员，更不能对民众采取一种居高临下的道德榜样姿态，训导民众应当如何如何。

纳税人供养的公职人员，更不能对民众采取一种居高临下的道德榜样姿态，训导民众应当如何如何。在转型社会复杂的现实中，中国人说话要有理性，要经得住理性的考验。诉诸理智，人们自然就可以恩怨分明、因果了然，怨恨的社会机理就会明显得到舒缓。

建构疏导社会怨恨的理性文化，对于聚集丧失已久的改革资源具有决定性意义。理性文化的形成，是一个民族从根底上解决怨恨问题的需要。如果怨恨在根底上得不到解决，国家要想持续发展就完全无从期待。我相信，如果每一个公民能够将公民权利放置到理性的平台上，对自己社会处境的利与不利作相对的审视，人们之间绝对可以达成理性的默契。这当然是不容易做到的事情。因为人们的生活非常现实。现实的生活总是让人无法心情宁静，因为个人的社会处境也总是难以实现一致和公平。从结果上看，人们的这种心态是可以理解的。但从过程上看，只有人们心态平衡，并且这种心态介入社会生活，他们才可能从社会生活中吸取资源，推动个人与社会的共同发展。这正是陷入困境的改革需要的社会心理土壤。

互动

郭巍青：我觉得怨恨社会这个词提得非常的好，而且真的是概括了改革开放30年以来在公众情绪方面一个突出的特征。我觉得这个概括是相当有意思的。我想问一个问题，作一些讨论。如果说公众存在许多怨恨，并且形成普遍的怨恨需要疏解，一个难题是这个疏解的力量或者疏导的出口是否在社会当中存在着？这里是否有矛盾？如果人人都在怨恨，是需要我们自己找到一个方式疏导，还是要另靠某一个方式的力量？这里面需要再讨论。假如我们有积极的心态能够面对这个怨恨，我们不能说是一个怨恨的社会。如果说普遍存在一个机制，一大堆怨恨，我自己无法从怨恨中走出来，这个怎么样从社会力量中寻找到一个疏导怨恨的机制，还需要在座的讨论。

任剑涛：我同意郭教授的说法。我的阐述仅仅是对社会状态的一个宏观描述。针对个体，我刚才提到了很不容易接受现状的个人心理状态，因为个体经历是具体的、客观的、抽象的。当一个社会成为怨恨社会的时候，某些个体发现了怨恨的不健康，某些个体根本不知道这种怨恨，某些个体则仅仅处在埋怨当中。今天中国社会就是这样。比如今天中国的安全事故出得确实比较多，但大家几乎总是出于埋怨安全事故出得多而已。没有多少人愿意花些时间去追究深层原因。针对怨恨的个案来讲，我们社会的关注度、公民的理性度，整体上来讲是不够的。针对个案的社会同情心、领导干预力度也都是不相称的。即使人们乐于化解社会怨恨，在个人之间实行互助，但方法也总是道德化的，结果往往事与愿违。比如深圳来了一个病人在网上吁求帮助，说自己没有钱动手术，生命仅存一线生机。结果深圳人不管三七二十一地捐赠，病人手术后得救，但捐赠款还有剩余，她却坚决不转赠别的急需的病人施行手术。这笔捐赠财产变成了她自己的财产。可见，解决怨恨病不是一个简单的道德问题，而是涉及到社会运行的精细安排问题。在理性成长当中，深圳捐赠事件这种代价是无法避免的。我们还不能完全解决社会怨恨的问题。但不断经历化解怨恨的社会事件，是让人们努力学会把社会怨恨降低到最低程度的有效方式方法和手段。

主持人：下面是网友提问的环节。有网友问：怨恨是不是仇富的一种？有富人说：我们也想回报社会，也想做好事，我们不知道把钱捐给谁。您如何看待这个情况？

任剑涛：对仇富机制来说，机理比较复杂，中国人期望发财，可以说有三个动力：第一是改善困窘的个体生活。第二是争取成为人中豪杰。第三是达到光宗耀祖的目的。因此，一个人一旦成为富人，他内心不可抑制地会生出自满情绪，于是他倨傲的态度遭人嫉恨。我们中国人这种仇富心态跟传统文化有关系。不是我们说中国特别落后，特别糟糕，造成人们仇富，这有现实的原因、也有历史的原因，更有政策的导向原因。传统文化仗义疏财的理念，是要求一个人发了财要赶快拿出来跟人分享，不然你就是坏蛋。这种财富心理是很糟糕的。商人就是商人，我们必须承认一个推动社会财富增长的人，你是没有理由去谴责他的。如果法律上有漏洞，我们可以去完善，使富人合法致富；假如社会机制有问题，我们应尽力加以改善，使富人更关心公益。但我们绝对没有理由去要求一个合法致富的人必须当散财童子。对贫困者来讲，生存的压力使他们不容易进行这样的道德区分，他们容易从财富占有的结果上去看待贫富问题，因此容易形成仇富心理。这就需要社会加以有效的疏导。

>> 我们必须承认一个推动社会财富增长的人，你是没有理由去谴责他的。如果法律上有漏洞，我们可以去完善，使富人合法致富；假如社会机制有问题，我们应尽力加以改善，使富人更关心公益。但我们绝对没有理由去要求一个合法致富的人必须当散财童子。

对怨恨要有一个双向化解的进路。对富人来讲，确实应该在

>> 让穷人脱贫，既要富人散财，也得使穷人独立。捐赠和被捐赠是一个道德的关系。如果一个穷人认定自己就是天经地义接受别人恩惠而不思进取的主体，那这个穷人在道德上也是卑劣的。

公平、公正的情况下，提倡有序捐献。发达国家对工商业者的盈利有一个规定多少比例的捐赠。国家对捐赠免税，富人乐得树立慈善形象。但在中国首先是政府不让利，不对捐赠免税。其次是富人心理不妥，认识不清楚财富本身的社会性质。贫穷者眼看富裕者缺乏同情心，心生仇富怨恨，也就不是什么怪事。我有一个朋友就财富分享问题的一句话说得好，说你赚了100万，你的家人帮你花；赚了1个亿，你所在的地区帮你花；赚了10个亿，政府帮你花；赚了100个亿，全世界帮你花。在这个意义上讲，富人一定要有社会责任心。让穷人脱贫，既要富人散财，也得使穷人独立。捐赠和被捐赠是一个道德的关系。如果一个穷人认定自己就是天经地义接受别人恩惠而不思进取的主体，那这个穷人在道德上也是卑劣的。

主持人：网友还问，国外是怎么解决怨恨疏导问题的，他们有什么建议？

任剑涛：国外的做法太复杂了，让郭教授回答一下。他在国外待了很长时间。

郭巍青：我对国外的经验了解得其实并不多。但是大家都可以看到主要的发达国家的状况。他们在发展的路程上，应该说大致上也经历过激烈的社会对抗，也经历过社会底层的激烈的情绪表达以及用其他方式的表达，然后都共同地达到了一个相对高的生产发展阶段，以及高的社会富裕的水平。我觉得总的过程应该可以给我们一个很有启发的借鉴，就是说经过我们的努力可以免除对抗，走向共同富裕。中国自己在过去的100多年，200年的时间当中，由于一个巨大的社会转型，处在一个激烈的对抗当中，因此产生各种对抗和不和谐的现象。我想我们到了今天是有一个稳定的条件来讨论怎么样化解怨恨，怎么样把社会财富和凝聚力提升到一个新的高度。我们来看别的国家的经验，按我自己的体会可能有两条比较重要：

第一条任教授已经讲了，在社会制度和公共政策的设计方面要精细地顾及到方方面面的问题。我想怨恨源自有人觉得我的问题长期得不到关注和解决，这和政府只关心一个经济发展问题，而不能及时发现财富分配问题有关系。

因此我们要纠正的一个方法是要在制度上有一个更好的设计。第二条，我想西方国家一个好的经验，就是不同的社会各个部分或阶层，以及不同处境的社会群体，是存在相互交流机制和对话的平台的。无论什么方式，用选票的机制，用公共演讲，或者用媒体或其他的方式表达，它是存在的一个机制，存在的一种意愿。不同的要求、不同的利益，都有同等的表达。而且互相要有一个辩论。我想这种表达和辩论的传统会慢慢地实现。这样既可以使自己的话说出来，而当别人说话的时候，你也让别人说，看他是不是在附和。如果你跟别人说话，听到各样的境况的时候，你就会越来越心地坦然。我们要么形成一个具体的解决方案，要么找到我们共同妥协的边界在哪里。如果有这样的习惯，每个人都会更理性地看待这个社会。这是西方社会重要的经验。用这样的经验回头看我们自己，不要忽略经济以外其他方面的诉求。我觉得应该建立一个更加自由和开放的表达平台。中国人是比较含蓄的，不太善于言辞。自己有问题会憋在心里头，我们主张说出来，表达出来，作一个合理的辩论。这对整个国家和社会的情绪、精神文明的建设会是一个大的好处。

主持人：还有网友认为，现在消费压力非常大，一不小心就变成负翁了。如果没有进入商品房社会，社会会很和谐的。任教授怎么看这个说法？

任剑涛：这个看法是中国普遍的看法。我们总是把前三四十年的幸福指数看得比最近三五年要高。因为此前房子不用愁，尽管房子小一点，质量差一点。但是今天要靠自己的努力。努力太辛苦，幸福体验就不足。这里显示了一个可悲的情况，那就是我们中国人对幸福的理解出现了偏差。中国人习惯上认为唾手可得的那才叫幸福。如果不开心就不叫幸福了。现在这种幸福是靠我们自己努力获得的。这种获得充满了紧张感，是一种必须体验痛苦之后的高级幸福，我们中国人就接受不了。上个星期我去了朝鲜，他们现在农民都还是由政府分房，但你感觉那种生活的状态肯定接受不了。因为被国家全方位控制起来的生活怎么都不能说是幸福的。幸福是有很大的范围的，劳动着是幸福的，唾手可得不是幸福。我们不能滞留在农业时代的幸福感上，以为不用艰苦的劳动就得到某种惬意的生活就是幸福。在现代分工与专业化的社会中，一个人只有通过艰苦的奋斗，获得了固定的分工位置，幸福感才会油然而生。古代社会那种脱离社会分工体系，“采菊东篱下，悠然见南山”的幸福感觉在现代社会里是无可挽回地消逝了。因此，重建中国人的幸福感，也是走出怨恨的必须途径。

>> 幸福是有很大的范围的，劳动着是幸福的，唾手可得不是幸福。我们不能滞留在农业时代的幸福感上，以为不用艰苦的劳动就得到某种惬意的生活就是幸福。在现代分工与专业化的社会中，一个人只有通过艰苦的奋斗，获得了固定的分工位置，幸福感才会油然而生。

时间： 2009年2月22日
节目： "中欧社会论坛·中国直播室"之七
主题： 解放小摊贩 扩大城市就业
嘉宾： 何兵　北京大学法学博士，中国政法大学法学院教授

何兵：
解放小摊贩　扩大城市就业

2006年8月11日，河北来京人员崔英杰在海淀区卖烤肠时被城管截获。在索还三轮车未果后，崔持刀刺向海淀城管分队副队长李志强，致其死亡。城管队长喋血首都街头，本身就属爆炸新闻，而事件后来的演变更值得聚焦和细细品味。

事件在城管内部和社会上引起强烈反响。北京5000多名城管中，有3000人参加了李志强遗体告别仪式，市政府面临的压力可以推知。为了告慰英雄并抚慰他的同事，市政府罕见地授予其"烈士"称号。"烈士"称号只能授予制度的楷模。杀害制度楷模的人，当然死罪难逃。但故事却发生了转折。公众发现，在部队服役期间曾获"优秀士兵"称号的崔英杰并非李逵式的凶煞恶魔，他也是遵循制度的楷模，他谋生艰辛，但性情温和，乐于助人。崔英杰的清白历史与悲惨现状曝光后，学界、媒体等民间社会遂深度介入。检方对杀人罪犯的指控与公众对弱势群体的同情，同时上演，剧情忽然紧张。著名军人老作家魏巍发表网文："连我这个老兵也禁不住心里难过，让我也为这个退伍兵，为这个苦人儿求个情吧！"

各方的紧张气氛，随着崔英杰的"死缓"判决而缓和下来。但城管与小贩之间的都市游击战，仍在继续。这场持续几十年，危害千万人的"都市游击战"，并非不可避免。小摊贩治理中的失误，折射出中国当代行政决策的诸多积弊，必须设法清除。

小摊贩关乎大就业

崔英杰辩护律师的一段陈词网上广为流布：“贩夫走卒、引车卖浆，是古已有之的正当职业。”贩夫走卒，确实古已有之。但自古至今，贩夫走卒最易受害。白居易《卖炭翁》中的那个卖炭老人，就是一个“市南门外泥中歇”的唐朝摊贩，一个没有拔刀相向的崔英杰。古已有之的小摊贩，在建国之初，就因为它的“非计划性”，被冠以“资本主义尾巴”，归入国家严厉打击对象。改革开放后，虽然私人交易合法化，但对城市流动小摊贩，依然沿袭严格监管的传统。直至1999年11月，北京市《关于加强对外地来京人员经商和利用违法建设从事经营活动管理的通知》，依然对小摊贩采取严堵政策。它规定外地来京人员申领个体营业执照，必须持有户籍所在地县级以上工商行政管理机关核发的营业执照或者出具进京经商证明；经营场地的合法证明；初中以上文化程度学历证明；育龄妇女必须持有暂住地计划生育主管机关核发的《婚育证》……凡不具备上述证件、证明材料的，一律不得核发营业执照。摊贩皆是沿街作业，所占街道本非“经营场地”，无法取得“合法证明”。加上其他苛刻条件，使外地人在京合法摆摊几无可能，而小摊贩的主体正是外地来京人员。

>> 贩夫走卒、引车卖浆，是古已有之的正当职业。

摊贩经济在政策方面受到排斥的主要理由：一、影响规范化市场运营，打乱政府城市规划；二、侵占道路，破坏周边卫生环境；三、欺骗消费者，出售不安全、不健康食品。小摊贩用“地沟油”炸制食品，用变质原材料生产食品等爆炸性新闻，助长了取缔行为；四、影响城市外观等。官方语言中，小摊贩是一种落后和不文明现象，是“脏乱差”的源头。安徽合肥为创建文明城市，提出“无摊城市”的口号。河南洛阳为创建文明城市，全面取缔店外经营、占道经营和马路市场。

虽然面临多重打压，但小摊贩却像雨后春笋，茁壮成长。小贩久治不愈的根源在于社会客观的需求。据报，北京市“十五”结转10.8万名闲置农村劳动力，第一产业有30万农村劳动力需要向第二、三产业转移。预计“十一五”期间，有40.8万农村劳动力需要向第二、三产业转移。首钢等国企改制、事业单位改革等原因导致78.76万人失业。新增劳动力登记失业人员57.43万人，期末城镇登记失业率将达到3.5%左右。另据《北京市2003年外来人口动态监测调查公报》，2003年北京市409.5万流动人口中，摊点经营人员占6.78%。依此数字北京有近30万名游商。另据上海浦东新区2007年初步统计，新区的摊贩有8000个，遍布城乡，外来人员占到65%左右，下岗再就业占30%以上。市民对设摊投诉占到投诉的60%，成为投诉热点。

>> 小摊贩有这样几个特点：本小、利大、无税，虽然不合法且地位低下，但靠劳动吃饭，道德上问心无愧。

小摊贩不仅可以解决温饱，而且还有发家可能。小摊贩有这样几个特点：本小、利大、无税，虽然不合法且地位低下，但靠劳动吃饭，道德上问心无愧。我国内地从事摊贩职业的人口总数，至今未见官方或学术数据。据中国台湾的调查，截至2003年8月底，中国台湾地区摊贩从业人口计443797人，占总就业人口4.6%。参照这一比例进行粗略测算，中国内地摊贩就业人口约为2553万人。在就业日益严峻的当下，小摊贩的确关乎大就业。

城管追逐与小贩抵抗

小贩队伍与时俱进，城管的行政职责与时俱增，城管的对策似乎只能“扩军”。从1997年成立至今，北京市城管从无到有，现有内部机构七个，直属单位三个，事业单位三个，十八个区县各设相应机构和人员，全市共有城管执法人员5000多人。此外，各级城管还聘请了为数众多的城管保安。虽屡经扩充并动员民间力量，城管仍感到兵力不济。10年间，北京市城管已担负起14项城市管理职责，被授予了308项处罚权，范围包括但不限于：市容环境卫生、城市规划（无证违法建设处罚）、道路交通秩序（违法占路处罚）、工商行政（无照经营处罚）、公用事业、城市节水、园林绿化、黑车、黑导游……其中任何一项如欲足额完成，足以将城管拖垮。城管人员“朝九晚五”的工作时间根本无法实现，有时人均加班时间超出国家规定36小时的4倍。广州市城管副队长因创建卫生城市，连续60多天工作到深夜，结果猝死在家门口。

城管的任务有多重？以查处黑车为例。北京黑车有7.2万辆，而正规出租车只有6万辆。2007年4月，北京16委办局掀起为期一个月的打黑车“狂飙行动”。虽然一些“黑车”落网，但更多的是“暂时休整”或“战略转移”到远郊。官方坦陈，整治效果不理想。一位城管形容，黑出租车就像大海里游来游去的鱼，在大街小巷穿行往来，数也数不清。面对十倍百倍于自己的小贩、黑导游、黑出租、小广告发布者……，城管陷入“人民战争”的汪洋大海。一如北京某城管负责人所言：“自城管成立以来，对小贩的打击从未停止，打击手段也不断变化，并且屡次施以重拳。”城管口中的“打击”，小贩名之为“扫荡”。虽然“扫荡”多年，但小贩们说“可是我们还没被赶走”。

旷日持久的追逐与抵抗，让小贩们从战争中学会了战争。他们自发组织起来，联合雇佣职业暗探，与职业城管相抗衡。这些职业暗探对城管严防死守，几乎“服务到家”。他们不满足于一味地防御，尝试着主动出击，骚扰对手。冒充群众拨打举报电话，把城管引到假地点，这种疲劳战“严重影响了正常执法”。他们跟踪城管队员回家，对城管队员施加无法言说但又切实存在的人身威胁。他们企业化的工作效率与职业化的敬业精神，让官僚化的城管相形见绌。如果没有其他因素介入，自然竞争的结果，一定是城管而不是小贩落败。

小贩即使落网，抵抗也并未结束。“软磨硬缠”是一种有效的抵抗。“老人、妇女、儿童以及残疾人”被充分利用起来了。由他们软磨、硬缠、耍赖、谩骂，对城管实施“软暴力”。这种“一哭二闹三躺倒”式的抵抗，对执法人员的精神损伤不亚于人身伤害。他们不惜躺车底、堵车头扩大事态，争取“观众”。观众们的斥责，人民群众的“不理解”，让城管的正义感严重受挫，心理上灰溜溜的。这种“软暴力”以及它唤来的社会同情，可以从根本上摧毁城管的战斗意志。海淀区城管大队一名干部说：李志强事件从根本上动摇了不少城管队员的信念，为工作搭上身家性命，死后还受到种种非难，值吗？

>> 观众们的斥责，人民群众的“不理解”，让城管的正义感严重受挫，心理上灰溜溜的。这种“软暴力”以及它唤来的社会同情，可以从根本上摧毁城管的战斗意志。

对城管有直接杀伤力的还数“硬暴力”。且看部分媒体的报道题目：“摊主滚烫一瓢油泼向城管执法队员”、“无照菜贩手执双刀砍伤两名城管队员”、“成都女摊主暴力妨碍执法用尿泼城管”、“城管叫屈：几乎天天挨打”、“摊主为报复城管人员，将赤裸儿童尸体挂在其门上”……据上海杨浦区统计，2006年全年共发生暴力抗法案件214起，涉及乱设摊整治的142起，队员受伤人数238人次。

对国家政局极为不利的是，这些无处不在的“软暴力”和“硬暴力”，会不经意地突然诱发群体性动荡。2007年6月6日晚，河南郑州因城管打落摆摊女生门牙，导致一千多名学生包围城管，焚烧车辆。2007年6月14日晚，由于城管野蛮执法，兰州上百市民围堵执法车近4个小时。

城管与小贩的暴力化

>> 当法律规则难以操作而上级命令又必须执行时，城管只能自创规则。一旦城管摆脱正式规则的约束时，执法就只能凭纪律和良知了。纪律和良知若再失守，暴力就开始了。法律不允许城管使用暴力，而完成任务又必须借助暴力，非法施暴成了必然选择。暴力一旦失控，就难有边界。

按照现行的行政处罚法，城管对小贩进行处罚，至少应当表明身份、告知权利、收集证据等，而实际上小贩瞥见城管就溜之大吉。当法律规则难以操作而上级命令又必须执行时，城管只能自创规则。一旦城管摆脱正式规则的约束时，执法就只能凭纪律和良知了。纪律和良知若再失守，暴力就开始了。法律不允许城管使用暴力，而完成任务又必须借助暴力，非法施暴成了必然选择。暴力一旦失控，就难有边界。

我们再看2007年2月7日《京华时报》的报道，事件则完全是黑色的了：

盘踞海淀塔院小区的“地头蛇”和城管分片队员张某某、小区物业经理潘某某、保安队长张某勾结，用“城管抽查”的名义打击不交保护费的小商贩。据水果小贩刘义等人介绍，收“保护费”始于非典前的两年，最多时有二十多人收钱，张某某也收。张的势力范围“地方大，位置好，一个摊位每月要收2000元”；紧挨张某某地盘的是物业经理潘某某的“摊位”，“每月收1600元”；保安队长张某占有四个摊位，每个在800元左右。“城管抽查”成了收费手段，不交钱，城管就带保安来抄你。上级单位检查时，这些人会提前打招呼。刘义称：“他们生意兴隆！我们算了一下，一个人一年至少能收十几万。”

收费始于2001年，警方抓捕在2007年，收费期约6年，其间黑白两道相安无事。各方分配比例比照权力大小：城管张某某“地方大，位置好”，单个月收2000元；物业经理的地盘紧挨着张某某，单个月收1600元；保安队长的摊位月收800元。应当可以纳入国库的数百万“税源”流失了。人民政权在张某某所管的“片区”被彻底非法化。

北京城管队员非法化最确切的个案，要数顺义区城管高丽营分队队长的常某某。他被法院径直判以“参加黑社会性质组织罪”和“敲诈勒索罪”。在少数城管暴力化的同时，小贩社会也开始暴力化了。他们或者自行组成黑社会性质组织，或者寻求黑社会性质组织的保护。通过暴力强行划定并垄断利益，属于典型的黑社会性质行为。这些人居无定所，三五成群，气焰嚣张，跟踪威胁城管队员，以致城管“特别害怕”。如果任由事态发展，结果可推想而知。从小贩角度，由于他们无法组成正常社会，也无法寻求政府保护，只好组成“新疆帮”、“安徽帮”等类型的私人社会，必要时寻求黑社会性质组织的帮助。

镇江试点：摊贩民主自治

城市管理中的摊贩治理，并非城市化进程中无法克服的“中国难题”，世界各地都曾经历过失业人群“摊贩化”，经历过从排斥驱逐到认同疏导。非法化小摊贩和激烈的取缔，各地也曾发生过，但国家正式制度驱使数百万官员与数千万摊贩，进行长达二十余年流泪加流血的“都市游击战”，无论其规模还是其惨烈程度都属世界史上罕见。治理小摊贩并不难，各国有着近乎共同的答案，要旨是：一、小摊贩合法化，划定区域和时段，让其有序经营；二、成立小摊贩自治组织，实现自我治理和约束；三、国家提供必要的制度规范和监督救济，协调摊贩与其他利益集团的关系，避免摊贩社会黑化。这些治理原则，已为韩国、日本、美国等国和我国台湾地区实践所证实。中国内地有限的几个试点单位，收效也极其良好，让我们来看2007年3月19日《解放日报》的报道：

>> 城市管理中的摊贩治理，并非城市化进程中无法克服的“中国难题”，世界各地都曾经历过失业人群“摊贩化”，经历过从排斥驱逐到认同疏导。

3月8日下午6点，下班高峰，小摊点摆成一字长蛇阵。卖臭豆腐的，烤羊肉串的，卖馄饨的，三轮车、桌子摆放得井井有条。地面出奇的整洁，不像很多城市脏水横流，苍蝇群飞。“要是几个月前来，绝对看不到这幅场景。”城管中队长江志正说。摊点生意和“市口”直接相关，每个摊位都设法前移，动辄就堵得动弹不得。为抢占地形，摊主们时不时打得头破血流，成为镇江市“脏乱差”的典型。执法队员跟摊主的关系，势同水火，“动谁的摊子谁就跟我们‘拼命’”。

城管大队长尹小雪想，能不能换个思路，让他们进行自我管理呢？为此，镇江市城管局联合公安、工商等部门，先后召开三次协调会，启动“民主自治”试点。八位摊主一致同意无记名投票选出正副小组长，通过抽签进行摊位排序。商定自路口向北20米内摆放摊位，按序号定时轮流交换位置，正副组长监督协调。试点一个月，效果出奇的好。自治组长黄世萍说，现在大家规规矩矩，既用不着起大早抢位子，也不用跟城管队员吹胡子瞪眼。上家泼了脏水扔了垃圾，下家就会提醒清扫；下家生意忙不过来，上家就在旁边搭把手。

镇江城管把民主自治的好处归纳为一箭三雕：秩序规范了，市容整洁了，关系和谐了。城管的工作模式发生质的变化，从执

>> 政府打击小摊贩的理由无非“脏乱差”，而“脏乱差”其实是政府错误管出来的，并非摊贩经济的胎记。

法为主转变成协调为主。有什么问题，聚在一起开个会，提个醒就行了。城管在与不在，现场的秩序、卫生都差不多！现在矛盾解决了，城管也可以“隐身”了。

义士路小贩自治效果“出奇的好”，其实不奇。政府打击小摊贩的理由无非“脏乱差”，而“脏乱差”其实是政府错误管出来的，并非摊贩经济的胎记。政府非法化小摊贩，摊贩们的利益无法保障，无法形成恒定的社会关系网络。小贩之间、小贩与居民之间的秩序难以生成，即使生成终当短命，因为这些秩序都在国家打击之列。朝不保夕的小贩，当然无心将摊位装点得整洁漂亮，因为说不定哪天被抄，投入就会打了水漂。小贩无心树立信用，因为信用依靠日积月累，而小贩只能“打一枪换个地方”。由于法律不认可小贩之间划分的利益范围，小贩之间只能奉行“先占为王”的丛林规则，天天抢占地形，“时不时打得头破血流”。无从讲信用、讲卫生、讲秩序，一切失序，“乱成一团糟”。借用浦东新区张学兵区长的话：“乱设摊是我们管出来的，主要责任在政府。”

一旦政府转变立场，事物就回归本来面目。秩序形成了：通过抽签进行摊位排序；自路口向北20米内摆放摊位；按序号定时轮流交换位置。自主选择的秩序被自觉地遵守，无需国家执法。城管在与不在，现场的秩序、卫生都差不多！大家规规矩矩，互相帮助，其乐融融。

小贩治理中的个人、社会与国家

摊贩经济的政治和经济正当性，学界早有归纳。一般认为，摊贩经济并不缺乏效率，它是市场经济的重要组成部分。摊贩经济不仅增加GDP，还有更多的优点：一、满足低层和普通市民阶层的生活需要，廉价的摊贩市场是他们消费品的理想来源。二、丰富城市文化。摊贩经济能营造一种特殊的城市街头文化，让游客和市民感受地方的特殊风味。如法国巴黎街头艺人的展示，我国传统的庙会、夜市，不仅提供购物便利，还是城市文化独特的景观。三、摊贩是恢复街道活力，有效利用公共空间，增加城市魅力的佳径。“欧洲有露天吧台，亚洲有街道摊贩”。摊贩制造街头的喧闹，活跃着城乡的交流。四、解决部分就业。许多人受资金、技术、年龄限制，只能自我就业。而起点低、资金少、操作容易的摊贩生意，自然成为就业捷径。

分析摊贩经济的政治正确性及治理的技术细节，一个小贩都能从实践中得出真知：“我觉得马路设摊为国家释放了很大的压力，不是什么羞耻的事情，不应该取消。管理上有几点：第一，马路单边摆放；第二，统一形象摆放。比如一个摊位不超过两米，就可以设计一个两米长的工具，大家统一在这个范围内。第三，统一时段经营。可分为早市和夜市。摊位固定大家都不会抢摊位了。第四，有一个摊位申请人工作卡制度，不要有炒摊位的现象，维护真正需要的人的利益。第五，要有限制经营项目的管理，这样不会出现大排档脏乱差，或者黄碟之类。第六，要有卫生管理。可以出台一个守则进行考核。没有做好卫生自理的，可以取消经营资格。”

那么，这个并不复杂在互联网时代更不难发现的“正确答案”，为何20多年来一直没被政府部门“采信”？摊贩非法化背后的利益和真正的推手究竟为何？

小贩非法化的始作俑者是工商部门，此后职责移转给城管。小贩非法化固然让一线的城管很辛苦，但另一方面，正是通过这种义正辞严式的“造事”和责无旁贷式的“揽事”，作为新设部门的城管成功地使各界相信自己“重任在肩”，成功地站稳了脚跟并扩军，提升了城管在政府系统中的“权重”。2007年3月9日，北京革新西里社区决定试行小贩自治，效果良好，但消息传出后某城管科长就直摇头：“划定了一个地方就能摆摊，那城管执法怎么办呢？居委会认可他们了，那城管到底是算他们违法还是不违法呢？”

由居委会“划定一个地方”，城管当然难以认同，因为这涉及城管与居委会谁享有“认可权”这一核心问题。居委会单方面“划定”，在城管看来属于“擅自篡权”。虽然政府设立城管的目的是“集中行使行政处罚权”，不应享有行政许可权，但组织一旦设立，组织的目标就会异化，会优先关注自身的命运。面临“失权”威胁时，城管便不再言苦言累，颇有不辞辛劳之意。一个月后，居委会主导的试点被迫取消，街面又回复到“脏乱差”。

权力意味着利益，正是通过非法化小摊贩，城管才“重任在肩”，得以大量行使处罚权，从而获得与处罚权相关的合法和不法的利益。合法利益包括处罚权、变相许可权，将事业编制转为行政编制的可能等；非法利益包括收保护费、默许亲朋好友设摊等。如果摊贩合法了，“那城管执法怎么办呢？”这句屈原式的

>> 权力意味着利益，正是通过非法化小摊贩，城管才“重任在肩”，得以大量行使处罚权，从而获得与处罚权相关的合法和不法的利益。

天问，不经意间现出庐山真面目。

利益的复杂性决定人们心态的复杂性。虽然非法化摊贩经济可以使城管获得合法和非法的利益，但同时也使他们失去许多可以获得的利益。由于城管的不法行为多发生在众目睽睽之下，致使城管的口碑和公众形象恶化。如“一跺脚，二瞪眼，三掀摊子四罚款，不用问是城管”。城管恶化的公众形象直接损害执政党和一级政府的公众形象，弱化了城管领导集团的政绩，降低了城管部门的利益交涉能力，并使从业人员丧失职业的荣誉感，自上至下陷入迷茫之中。当生命和健康天天面临真实的威胁和损害时，城管不可能不怕。围观群众的骂声使他们迷茫和焦虑，“不知道自己是功臣还是罪人”。但决定战争的，是将军而不是士兵。一位城管队员感悟道：“其实谁都没有错，是我们的体制不够健全。”由于我国行政部门实行领导班子办公会议决策制，这些基层的经验、智慧、利益和情感，无法左右决策。领导除了考虑基层现实，还要考虑上级态度、部门扩展和自己的政绩，政策形成具有不确定性。正如魏巍所批评的：“有些地方政府官员，满脑子形式主义，虚荣观念。为了自己的‘政绩’，脱离当地的实际情况，无视人民的生计，高调地提出什么构建‘无摊城市’。”由此不难发现，部门利益诱导和领导层专断是导致错误决策迟迟不能修正的原因之一。

>> 部门利益诱导和领导层专断是导致错误决策迟迟不能修正的原因之一。

原因之二是中央与地方分权制度的不合理。小摊贩的治理，法理上属于地方事务而非中央事务，没有必要进行中央决策。但我国中央与地方之间事权划分不明，习惯上地方依赖于中央，而中央立法又习惯于“一刀切”，地方难有选择的空隙，不同政策之间比较和竞争机制无从生成。即以摊贩治理为例，各国治理的实践是通过牌照发放来实施管理的，而在我国，牌照之发放属于行政许可事项。依行政许可法，省级以下政府皆无权创设，即使中央部委也无权创设。行政处罚法上也有类似规定。中央政策法律相互冲突。政策面上，中央强调向地方分权，如国务院关于《全面推进依法行政实施纲要》第19条要求“适当下移执法重心；对与人民群众日常生活、生产直接相关的行政执法活动，主要由市、县两级行政执法机关实施”，但具体制度上，又通过《行政许可法》和《行政处罚法》将设定许可权与处罚权上收，地方难有机动处置之余地。

原因之三在于决策的非公开性。虽然《行政许可法》规定，设定行政许可应当公开听证，但至今为止，行政部门习惯于非公开决策而非透明决策。仍以摊贩治理为例，近来国家工商总局及建设部分别表态，要放松管制。但决策过程中，有哪些利益需要考量，决策过程中争议之焦点与存在之困难，皆未见公之于众。行政系统仍习惯于自身内部非公开决策，然后将结果“周知”公众。上海市曾公开宣布于2007年五一前出台摊贩合法化政策，媒体并广为报道。此后却未见下文，仅告知存在难度，力争年底前出台。究竟决策中存在何等之难处，公众并未与闻。虽然决策者可能会听取相关部门意见，但由于没有公开的辩论程序，相关事实和证据无法提交，各方利益无法有序表达，意见无从整合。普通人民无法旁观和参与政策决策，无法发现和纠正错误的政策决策。

第四个原因在于决策行政化而非立法化。小摊贩的治理，涉及小摊贩、社区居民、商场、临街住户等多方利益，直接关系到人民的基本生活——例如没有好摊贩导致没有好早点，应当属于立法事项而非行政事项，应通过立法程序整合社会意见。由于我国行政立法与权力机关立法界线不明，且立法机构运行机制不合理，无法有效立法，致使应由立法机关完成的任务，交由行政部门来完成。立法整合机制不能有效运行，只能依靠部门协调。由于小摊贩治理事务涉及工商、城管、公安等多个部门，各部门互不隶属，一旦产生争议无从决断，只能有赖各方调和立场。其间要是任何一个部门强硬作梗，决策便无法形成。

第五个原因是社团管制过严。数以千万计的小贩不能组成利益集团，小贩们无法通过集团，将自身利益关系有序有力地进行表达。由于不能组成集团，在利益博弈中，被原子化的小摊贩们，无法与集团化的居民集团和官僚集团相抗衡，在决策程序中，成为“沉默的大多数”，甚至被妖魔化。又因为利益所关，他们不得不进行“都市游击战”，抵抗和反击不合理的制度，用无声的躲避、有声的还击和顽强的生存，唤得社会对他们的存在、利益和价值的重新审视。摊贩治理还涉及社区参与治理的问题。有议论认为可以将摊贩交由社区治理，而社区作为一个社会组织，也没有成熟。

>> 在利益博弈中，被原子化的小摊贩们，无法与集团化的居民集团和官僚集团相抗衡，在决策程序中，成为“沉默的大多数”，甚至被妖魔化。

时间：2007年8月30日
节目："中欧社会论坛·中国直播室"之八
主题：文化建设与纳税人的权利
嘉宾：李公明　广州美术学院美术史系主任、美术学研究室主任，广东省第九届政协委员

李公明：
文化建设与纳税人的权利

文化建设事关每个纳税人的切身利益，但是纳税人把钱交给了国家，这个钱用于文化建设是怎么花的，他们有没有花冤枉钱，这些是我今天要讨论的问题。尽管这些问题看起来不是很复杂，但是在生活情境里，很多问题不像我们所想的那么简单。我想我们还是要敏锐地发现问题，理性探讨问题，同时更需要无畏地追问现实。

文化建设决策缺乏公众参与

首先，我要谈的是在文化建设过程中的"拍脑瓜"现象。近年来，文化建设依然存在"拍脑瓜"的现象，公众很少能参与某个文化建设的决策过程。比如说某地打算建立一个大剧院，公众如何行使监督权值得我们研究。近几年，全国各地涌现了建大剧院的热潮，例如已经建设完成的重庆、上海、广州的大剧院都投入了10个亿以上的资金。杭州、宁波、东莞也正在投入巨大的款项建立大剧院。这时我们就要问：今天，我们国家还有很多贫困落后的地区，那里人们每人每月的最低生活保障甚至低至50—60元。在这样的国情下，中国需不需要那么多奢侈的大剧院？大量投入建设资金之时，纳税人的知情权究竟体现在哪里？这是一个重要的问题。

过去，我们总是说通过公众的讨论和参与，能够减少决策的失误。我认为公众参与不仅仅关乎决策的科学性，而且是纳税人的基本权利。这不是一个工作方式的问题，而是保护纳税人合法权利的问题。在文化硬件的建设过程中，当我们的文化决策者决定将大量资金投入某个项目的时候，他们有没有考虑纳税人的利益，这是一个权利观念问题。

与硬件建设相比较起来，更应该监督的是大型文化活动庆典，对于这类活动，纳税人很难获得知情和批评的权利。例如：广州南海神庙修一个喷水池花了2个亿，这是不是应该花的钱呢？广州市旅游局说，整个庆典活动没有花政府一分钱，广州财政局说花了不到100万。那么这个活动究竟有没有花钱，我们民众有权利去了解。

我注意到一个现象，现在有很多关于文化盛典的报道，但是对盛典所投入的钱是怎么来的，最后给大家带来什么收益，很少有人去作后续报道。我想起一个可以作为对比的例子：2006年8月，我去英国爱丁堡，当地正好在举行著名的爱丁堡艺术节。爱丁堡艺术节是世界闻名的文化节日，当时有人提出要向政府申请60万英镑作为活动经费，但是最后英国政府否决了这个提议，尽管每年爱丁堡艺术节都为城市带来了很大的收益。

“艺权交易”成为灰色空间

旧的体制产生了很多的文化单位、协会、中心，现在很多城市也不断出现文化院、艺术中心、摄影中心。可能某一地方的领导人，喜欢书画、摄影，就大笔一挥，重新设立一个某某协会。这时纳税人就要提出疑问：为什么要我们花那么多钱供养那些协会？

对老艺术家名流，我们应该感谢他们作出的贡献，政府也应该支持研究者研究他们。但是现实中这种研究往往变了味。为艺术名流修建楼台馆所，背后谁受了益，我们都不清楚。去年有一个老艺术家要建艺术园，政府和他自己都出了钱。这些艺术家本身非常富有，而且他要做的事情可能继续会跟他自身的利益相关。凭什么纳税人要出这笔钱给他修建艺术园呢？在官员与文化名流交往的过程中，我们是不是也应该有对“艺权交易”的监督和限制呢？在现代生活中，文化艺术家的产品很多都具有货真价实的经济利益，而有些艺术家则特意与官员保持来往。从这些方面，我们可以看到一个什么问题？当纳税人对文化建设的权利界定不明确之时，“艺权交易”得不到有效监督，就会形成一种灰色空间。

>> 当纳税人对文化建设的权利界定不明确之时，“艺权交易”得不到有效监督，就会形成一种灰色空间。

国外很多地方建立的纪念文化名人的协会，都是用基金会的钱，而不是用纳税人的钱。比如说，英国的狄更斯纪念馆，就是利用基金会的资金去做的，这跟纳税人的钱区分得非常清楚。刚才我讲到了文化建设的“拍脑瓜”现象，其实所谓的专家，也有可能是利益集团的一分子。他们论证的时候是否公正？很多问题都值得我们考虑。因此，纳税人应该有重要的话语权。

媒体的舆论监督是实现纳税人知情权的重要途径

第二个问题，如何实现纳税人对文化建设事务的监督权。这个问题比较复杂。文化建设有其专业性和复杂性，一般的公众可能不具备对某一文化建设的专业认识，但是这样是不是就不用保障公众的知情权呢？由于问题的复杂性，我们就可以避开纳税人的监督吗？其实，在这个方面，纳税人需要更多的知情权。因为问题复杂，我们怎么知道一个艺术家建一个当代艺术馆，是否符合我们的利益呢？如何实现纳税人的知情权？其中有一条很重要，就是通过媒体的途径。媒体可以收集各方面的信息数据向公众进行传播。公众关注的有短期利益，也有长期利益。媒体应该充分把一个文化项目的长期效益和短期效益，清清楚楚地向公众传播。但现实状况并非如此，很多建设方案、庆典方案，都是在小范围内讨论，实际上我觉得传媒应该向公众发布这些信息。

另外，公众对文化投入的认知和理解也需要媒体通过对各种文化设施的报道、评论来提高。比如，国家大剧院，据说里面有5000多个座位，每个价值5.6万人民币。有人说5万多元可以解决一个山村小学的建设问题，为什么国家大剧院要用如此豪华的进口座椅？如果媒体把文化建设的各种数据发布出来，肯定会便于公众了解。

>> 自由、平等的舆论监督，是实现纳税人监督文化人的一个重要途径。它是一个程序，也是一种制度，是整个公民社会非常重要的一环。

自由、平等的舆论监督，是实现纳税人监督文化人的一个重要途径。它是一个程序，也是一种制度，是整个公民社会非常重要的一环。当然，我不说，大家也知道，媒体在现实环境下遇到非常大的阻力和困难。谈一个小例子：前几年某市申办某项运动会的前夜，市政府说一旦申办成功，马上就举行庆典，搞真正的焰火晚会。我马上写文章说：纳税人必须要知道为什么办庆典，为什么花那么多钱？他们不知道是不行的。后来我发到报社。结果因多种原因该文未见报。

文化公民权利：以文化吸纳政治

第三个问题，其实是对上面两个问题的理论性综合，就是文化公民权利。最近有一本书叫《公民权利研究手册》，其中有一个重要的概念，就是文化公民权利。我们以前了解的是政治的公民权、经济的公民权。文化公民权是公民向政府购买文化产品的自由，以及独立发表见解的权利。尽管很多人认为这是敏感问题，不能谈、不能碰。但是我们有很多途径可以迂回，用一种社会的文化观念去接近它。

比如说，行政学里有一个提法，就是以行政吸纳政治。我觉得这个观点很有意思。就是很多政治的诉求遇到障碍时，我们用一个行政的讨论、行政程序的方法把它解决好。我们现在所提出的文化公民权利，就是以文化吸纳政治。在文化公民权里面，公民有权利自由地选择他们所爱好的文化产品、服务。多元的文化有多维的视角，我个人觉得文化公民权概念的提出，对我们思考纳税人对于文化建设的批评、知情的权利有很重要的帮助。而且在文化公民权的概念之下，我们提到的硬件的建设、庆典的活动等一系列文化建设问题都可能得以解决。权力机构、各种利益集团等所面临的一些困境，假如从文化的角度纳入公民权都是可以解决的，因为人们没有办法拒绝一个在政治文明的社会里的公民应该有的权利。

>> 权力机构、各种利益集团等所面临的一些困境，假如从文化的角度纳入公民权都是可以解决的，因为人们没有办法拒绝一个在政治文明的社会里的公民应该有的权利。

互动

网友：在城市建设中，人们往往最关心经济问题，现在关于拆迁户的利益保护问题成为焦点。但是很少顾及公民的城市文化权利，就是公民对城市面貌诉求的权利。李老师怎么看待，公民现在不需要这种权利，漠视这个权利是什么原因呢？

李公明：这个问题提得非常好。我们知道拆迁户是弱势的群体。对他们的安置也好、迁移也好，如果能使他们居住得不错就可以了。但是在这过程中的的确确忽视了他们在经济诉求以外，还有文化诉求。给他们安置的地方，在文化设施方面的配套是很欠缺的。从政府的角度来考虑，即便是一些比较超前的设施亦可以考虑建设起来。比如在这种拆迁户居住的区域里面，为他们考虑设立一些图书馆等文化设施，这种示范作用，对他们的实际帮助应该是非常巨大的。

网友：我看李教授写过一篇文章《今夜谁仍然害怕鲁迅》，其中你表达了对鲁迅的思念。这篇文章也在学术界引发讨论，很

>> 鲁迅的一生的的确确是对权势的一种反抗，这种精神财富在当今社会仍然有一定的影响。我认为更重要的是他的精神教我们在生活中如何与不合理的现象作斗争，而且能给予我们鼓励。

多学术界的人认为鲁迅过时了，你写这篇文章的出发点是什么？

李公明：鲁迅文化是中国一个很重要的现象。对鲁迅的评判当然是可以多角度的，我不认为鲁迅是完美无缺、非常高大的。但是我对鲁迅先生的判断是和当下的情境联系起来看的。比如鲁迅的一生的的确确是对权势的一种反抗，这种精神财富在当今社会仍然有一定的影响。我认为更重要的是他的精神教我们在生活中如何与不合理的现象作斗争，而且能给予我们鼓励。所以，在一些历史的纪念日里，我们会看到很多网友把鲁迅的文章张贴出来。这说明鲁迅先生当年的思想和精神财富，对我们今天的生活仍然有战斗性的作用。

网友：*有报道说你最近在倡导开展一个新宣传画运动，能不能介绍一下这方面的情况以及它的意义？*

李公明：其实这个活动跟今天讨论的文化建设话题是密切相关的。2004年，人民美术出版社做了一个回顾50周年的艺术展，出版的是人民美术出版社50周年的宣传画。我觉得那的确就是一部共和国发展的图像历史。宣传画在动员人民响应国家号召时，起到了非常大的作用。进入市场经济以来，宣传画的作用急剧下降，几乎从我们的生活里消失了。我们知道有广告宣传画，但是不知道有没有政治宣传画。到底宣传画还有没有作用？能不能作为一个重要的影响因素出现在我们的生活里面？

我认为社会弱势群体利益的表达，需要方方面面的渠道去引起社会对他们的关注。我也提出一个非常重要的渠道就是宣传画。所以，从2004年、2005年开始，我和我的学生创作了一批新的宣传画。这个新的宣传画的概念与过去有关部门自上而下的动员方式是不一样的，我们是发动学生进行创作。今年春节，我看到一个报道：西安有一些农民工给老板寄送贺年卡。贺卡上写："老板，您好。请发回我们的工资。"我觉得这非常好，于是我和我的同学也开始宣传新春贺年卡，这个活动得到了很多人的支持。后来我们又到农村去画壁画。因为很多年没有这个实践，我的学生也都觉得很新鲜。我们画了"农村的根本出路在于解决农民的土地问题"，还画了"财务公开"、"建立农会"等题材的作品。这只是一个开头，我们很希望通过我们的宣传画，把民众的更多诉求表达出来。我觉得政府应该注重这种文化的传播形式，艺术和人民保持血肉关系是非常重要的。

时间：2007年8月27日

节目："中欧社会论坛·中国直播室"之九

主题：城市化，从物理空间到心理空间

嘉宾：章仁彪　时任同济大学法政学院院长，教授、博导，中国高教评估研究会常务理事

章仁彪：
城市化，从物理空间到心理空间

"全球化"与城乡二元结构背景下的中国城市化

今天中国的城市化是在全球化的背景下进行的。世界上的"全球化"运动首先是以美国为首的发达国家G7推动的，但今天"反全球化"也在成为一种全球化的运动。我认为今天的全球化有三大基本特征：一是市场经济的全球扩张。资源的市场配置是一种相对最优化的配置，这一点随着最大的社会主义国家中国选择市场经济作为基本的改革方向就很明确了，WTO、OECD、APEC、IMF等组织都在推进市场经济；二是科学技术的全球同步。这是全球化的动力，也是全球化的一个重要的特征之一，所谓的High-Tech时代，如IT、纳米等新材料技术、基因及"克隆"等生命技术，已经成了全球共同追逐的高科技；三是生态环境的全球联动。这也是必然结果，20世纪末以来人类达成的最大共识之一就是"only one earth"，我们只有一个地球。这三者构成的"全球化"是一把双刃剑，它既带来巨大的机遇，也带来巨大的挑战。

中国的城市化是在全球化的背景下，与全球的生产网络、市场经济、科学技术连在一起的，它又对全球的生态环境有巨大的影响，这正是考察中国城市化首先要关注的背景。

中国的城市化就是在这样的背景下进行的，同时它又具有自己的特征，是城乡二

元结构背景下的城市化。传统的户口政策（农业人口和非农业人口）、中国的土地政策（虽然土地都是国有的，但农村土地是农民的集体所有），这两个基本背景就为今天中国的城市化带来国外未曾有过的新特征。特别是第二个特征，正是因为农村土地的集体所有制，为今天的城市化提供了丰富的土地资源。而许多问题与特点也是由此而来的。在一个人口占全球1/5多，其中农业人口占80%的中国，城市化更大的问题是一个空前规模的大范围的人口流动和职业变动，以及居住区域生活方式的变动，所以中国城市化首先带来的巨大的地理—物理空间的变迁是史无前例的。

城市化中的三大空间变迁与社会和谐问题

城市化是人类改造自然的结果。中国正在进行的城市化，是否与历史上已经有过的18、19世纪产业革命后出现的大规模的工业化带来的城市化一样呢？我们的答案：是，也不全是。什么叫城市化？传统的城市化很简单，就是农业劳动向非农业劳动的转移，乡村人口向城市人口的转移。这就是城市化的特征，我们城市化率也是这样统计的。历史上有过的城市化主要是一种自发的，随着工业化的人口集聚，劳动力转移带来的必然结果。今天中国大规模的城市化，不是传统的、自发的，作为自然历史过程的“自在”的城市化，而是作为国家战略选择的城市化，成了一种带有明显的“人为”性质的、政府主动推动的城市化，这就需要更多的理性自觉。这很可能需要我们在各个方面对城市化的草图定义有新的思考。特别是作为地理—物理变化的城市化总是同时带来社会—经济空间的变迁和文化—心理空间的震荡。这就是我想讲的今天中国城市化的基本背景，以及带来的新的挑战。提出三大空间的变化正是为了引出城市化定义的重构问题。这将是中国城市化引出的对人类发展模式的再思考：人类自觉推动的城市化将是人类对于21世纪发展模式的新探索。

>> 城市化不仅是一个人口和劳动力的聚集过程，同时也是文明的辐射和普及发展的过程。今天的城市化应该是一个推广现代文明的过程。

刚才讲到的传统的城市化定义已经交代了，那么新的城市化定义怎么重构呢？这就是说，城市化不仅有量的表征，而且有质的规定。特别是今天作为自觉的国家发展战略的角度必须考虑城市化的质的规定性，质量的发展目标。所以，我认为城市化不仅是一个人口和劳动力的聚集过程，同时也是文明的辐射和普及发展的过程。今天的城市化应该是一个推广现代文明的过程。用我们现在的语言来讲，我们要让改革开放的成果让全体人民共享，特别是农民如何享受城市化的成果，我们至今没有好好考虑。应该说长期以来，包括改革开放以来，我国的社会经济发展很大程度上是由农民作出了巨大的牺牲，或者付出了很大的代价换来的，包括农民土地、生存环境的巨大代价。所以，城市化不仅是一个自然的物质—地理空间的变迁，也要关注社会—经济空间的变迁。这是第二个层次的空间城市化问题。这里还有进城的农民工是不是真正的城市市民了？进城的农民工享受到了城市市民的待遇吗？这是我们值得思考的第二空间问题，比如，当从非城市居民成为城市居民以后，首先要居者有其屋，这就是一个巨大的挑战。这是物理—地理空间的基本生存条件问题，同时又是一个社会—经济空间的公平问题。这两个空间大家都注意到了，政府也正在给予更多的关注。

但是，我今天着重要提出的是城市化发展的第三个空间变迁，就是指城市的变迁同时是一种文化—心理空间的震荡变迁。这是一个更深层次的变化。其中很重要的一个问题是城市文化和农村文化的差异。还有文化的地域特质的惯性带来的文化“休克”和冲击问题。特别是在中国，巨大的人口的地域流动，相当于欧洲几十个国家的人口迁移。在这个流动过程中，不同的乡俗，不同的习惯，在进入城市这个空间时遇到了巨大的碰撞。特别是农民进城后发现了一个截然不同的人际交往空间。大家知道，乡村本质上是一个同质化空间，一个熟人社会。我们进入的城市是一个陌生人的社会，城市是异质化的空间。进入城市打工的人，他们要转化为市民，不仅是社会经济物质待遇的问题，更深层的还有一个对城市的认同问题，或者说，同时是一个被承认与被同化的问题。这是很重要的文化心理空间的认同问题，英语叫“Identity”。如果他没有对这个城市真正认同，而城市又始终把这些人排斥在外，他的心理就会感到失望、沮丧、挫折，日积月累，积怨下来就会衍生成为社会未来发展的危机。

>> 他没有对这个城市的真正认同，而城市又始终把这些人排斥在外，他的心理就会感到失望、沮丧、挫折，日积月累，积怨下来就会衍生成为社会未来发展的危机。

回到文化—心理空间。这与前面讲到的物质—地理空间和社会—经济空间都是相关的。为什么相关？现在大量推广廉租房，今天有报道说北京在开会讨论这个问题。上海也搞过大量的平价房，当时市政府定3000元每平方米的房子，就这个价，不能动。搞了若干个大型的土地基地，但是都是在外环线之外。我同房地产和搞城市规划的朋友交流过，他们说这个没有办法，这是级差地租决定的。贫困的人住不起市中心的高地价区的，只能住在外环区。我说工薪阶层住到交通还不便的外环之外，每天怎么上下班？外环也许更适合小车阶层居住。这还会带来文化心理的问题，带来穷人更多的“仇富心理”和富人的傲慢心态，使贫富的对立更为深刻。

再比如我同城市规划界朋友讨论，城市强调功能规划，城市功能到底怎么规划？功能分区，这里是CBD中央商务区，这里是高级住宅区，这里是教育区，这种功能规划是不是真正的科学？我觉得这值得我们反思。也许从规划者来讲，这是最简便的、最节省的、最经济的规划，让最贵的土地让最有能力的人购买。但是从文化心理上分析 ，这可能是有潜在风险的。2005年秋冬之交巴黎郊区的骚乱应该带给我们未雨绸缪的预警。

现代城市的“三生”功能和城市的“认同”与“宽容”兼济问题

>> 城市功能中核心的应该是生活功能，城市应该为生活更美好创造条件。简单地说就是既要以人为本，又要可持续发展。

讲到城市的功能规划，我还想谈谈我对城市功能的理解。城市的功能是多样的，最基本的是“三生功能”：一是城市具有生产功能。没有经济基础，城市如何运营发展？就业就是个大问题。二是城市的生活功能。来到城市是为了生活，居住在城市是为了生活得更好些。三是城市的生态功能。就是环境建设问题。城市的三大功能要协调发展，就像我说的城市变迁中的三大空间变迁。城市功能中核心的应该是生活功能，城市应该为生活更美好创造条件。简单地说就是既要以人为本，又要可持续发展。可持续发展依然是服从于“以人为本”。

在“全球化”背景下，大家都在讲可持续发展。在民族国家依然存在的情况下，可持续发展是有民族利益、国家利益的。有些国家拼命地进口煤填海，进口一次性筷子，不是它没有木材，不是它没有燃料，它也是讲可持续发展，是要让自己民族的子孙后代能生活得更好。在当代国际背景下，可持续发展是有很大的歧义的。

现在“以人为本”人人会说，房地产开发商都说我的房产“以人为本”，以谁为本？“白领人士的选择”，“成功者的天堂”、“罗马贵族花园”等等。住得起就是成功者，住不起你就是非成功者。所以“以人为本”成为了一句商业口号。当房子造在郊区的时候，他说这是“诗意地栖居”，回归自然。如果房产商在市中心拿到一块地要卖高价的话，就叫“新都市主义”，回归城市中心。虽然都是打着“以人为本”，但是我认为，企业为了获得更多的利润，这也是可以理解的。“效率优先”永远是企业正确的目标，没有效率，企业如何纳税？但是对政府而言，社会公平问题始终是政府第一要保障的主题。

在城市发展过程中，刚才讲到文化心理蕴涵着可能的冲突，这与我们的政策导向、公平导向非常相关。今天提出和谐社会的概念，正是我们已经到了应该关注这一个基本问题的时候了。

讲起和谐社会的概念，首先什么是和谐？社会的和谐需要家庭的和谐，家庭的和谐还需要心理的和谐。这就是我强调在城市的现代化的建设过程中文化—心理空间建设的重要性。第一阶段工业化城市化主要是基础建设，物理—地理空间的建设；第二阶段更要注重城市的环境功能建设；第三阶段城市发展必须把文化—心理空间的重建作为一个重要的课题。这是我想对快速进展的城市化提出的一个思考。当然，刚才讲到的这个城市文化—心理空间建设中有一个正确的自我认同的问题（Identity），“认同”同时需要包含一种“宽容”。

>> 社会的和谐需要家庭的和谐，家庭的和谐还需要心理的和谐。

城市应该具有比乡村更大的宽容性，它要会宽容多样性、异质性的文化。所以，“认同”与“宽容”结合，你要有你的文化认同，你要有权保护自己的文化生活方式传统，但是你也要宽容他人的生活方式。这就是尊重多样性问题。只有在认同和宽容的相互协调的过程中，才能建设成和谐的城市、和谐的心理空间。没有心理的和谐，如果人人都觉得“欠我的多，还我的少”，这样的心理状态是无法构筑和谐社会和谐城市的。

>> 只有在认同和宽容的相互协调的过程中，才能建设成和谐的城市、和谐的心理空间。

城市，何以让生活更美好——未来的“小城镇，大战略”

上海世博会的口号是“城市，让生活更美好”。我觉得这样的表述似乎有一点问题。言下之意，乡村是不是只能让生活更糟糕呢？或者至少可以问，乡村就不能让生活更美好吗？这个主题词的英文表达也许更妥当，就是“Better City，Better Life！”只有更好的城市，才能有更好的生活。它的潜台词很清楚，只有把城市改造得更美好，才会有更美好的生活。古希腊哲人亚里士多德说：人们来到城市是为了生活，人们居住在城市是为了生活得更美好。今天，亿万乡村的青年奔赴城市，做着“城市梦”的时候，同样带着这个愿望。所以，城市化正带来中国亘古未有的一个巨大的社会变迁，在这个社会变迁之中，我们应该有物质—地理分布空间的变迁与社会—经济空间变迁的结合，还要有文化—心理空间建设的推进，这才是我们要的城市化。也许20世纪初，世界上百万级的大都市就只有个位数，如果再往前推100年，19世纪初，全世界百万人口的大都市只有一个，那就是当时中国的首都北京。当然中国历史上也有过百万级人口的城市，那就是北宋时的开封，后来衰落了。到了20世纪末，世界百万人口以上的特大城市已经达到了多少？达到了这一年全年的天数，那就是366（闰年366天）。大都市将成为城市化发展中的最大的变化，就像中国一样，不管是上海、北京，还是深圳，这些都是巨型的城市。这些城市是否能真正使人们的生活更美好呢？我曾经把英语中的Urbanization “城市化”分译为“都市化”和“城镇化”两个词，在中文语境中两者的差异是显而易见的。可以讲，我提出“都市化”是为了体现城市化的质的规定性，即文明的积聚提升与辐射扩散的统一，为了经济社会的发展，同时也是为了把现代文明的表率作用进行扩散，下一步还要回归“城镇化”，那就是作为承受大都市文明辐射和分享文明成果的郊区化式的小城镇发展。未来的“小城镇”发展，应该是真正的人类文明的“大战略”。

>> 西方的“逆城市化”并不是一种真正的“反”城市化，它实质上更是一种深度的城市化，或者是一种“后城市化”。它是在不放弃都市文明的前提下，能够享受自然、乡村环境的优雅和宁静。

西方朋友常说，你们中国还搞什么城市化？我们都在反思城市化，不要城市化，我们都已经在“逆城市化”了。实际上，我认为西方的“逆城市化”并不是一种真正的“反”城市化，它实质上更是一种深度的城市化，或者是一种“后城市化”。它是在不放弃都市文明的前提下，能够享受自然、乡村环境的优雅和宁静。所以，我想中国未来的城市化，在21世纪应该为人类创造一个新的城市化模式，我们既要有大都市的发展，同时也要有小城镇的发展，都市的发展应该是一个都市群。所以我说，现在的城市发展不能“摊大饼”，要有所限界。

上海的城市发展曾经有过一个规划，用一个外环线把上海市的内城600平方公里用100米的外环绿化带围起来，隔绝一下城乡。但是现在控制不住了，随着交通、地铁的延伸，外环边上先是造别墅，还有一些乡村风光。现在地价更涨了，就开始造小高层，然后高层又成片了，高楼一出城，城市又有点像“摊大饼”了。

我在欧洲感觉到一种连绵的城市带是比较好的。比如鲁尔地区，那是欧洲人口最密集、城市最多的地区，它有上千万的人口，但是分布在很多的城市，一般城市都不超过50万。它的城乡分布很合理，坐火车5分钟就出城了，再过5分钟又看到一个城市了，途中照样有乡村风光。所以，城市并不是消灭乡村的运动，我们不要理解为消灭乡村就是城市化。应该是城市和乡村协调发展。

>> 城市并不是消灭乡村的运动，我们不要理解为消灭乡村就是城市化。应该是城市和乡村协调发展。

城市空间协调发展的三大原则之我见

我讲了城市化发展中的三大空间变化问题，和城市功能中以生活为中心的“三生”协调问题，现在我想谈谈我对解决自觉的城市化发展基本战略的理解，这就是我提出的：“超越技术中心，回归以人为本；扬弃消费主义，实施可持续发展；化解文化冲突，构建和谐城市”三大原则。

第一，超越技术中心，回归以人为本。怎么来建设更美好的城市呢？首先我们要意识到，中国的城市化需要“超越技术中心，回归以人为本”。比如，我们以技术为中心可以改变城市的天际线，如果城市的天际线越来越高，那么城市的规模就越来越大。上海正在造的环球金融大厦将成为世界第一高。这些技术都可以做到，然而是不是把我们的一切，无限地依赖于技术呢？大家知道，“科技是一把双刃剑”。我想作一个纠正，科学不是双刃剑，科学的本质就是求真，让人们更多发现世界的本真面目。何弊可言？只有利，没有弊。“双刃剑”在于技术，技术的本质就是谋利，任何技术的产生都是为了以更小的“力”获得更大的“利”，以最少的做功，获得最大的回报。所以我觉得要特别提出的是，超越技术中心。城市的发展，要以人为本来考虑。在一个高楼林立的地区，人会感到一种压力，心理的压抑，一种无名的烦躁。我们在黄浦江边看浦东陆家嘴，非常现代化，但这里会有许多新的问题，不仅是人的心理感觉，实际对自然环境都会有影响。据我校研究风洞的专家说，都市的高楼太多，风力切向的变化大，有时会突如其来一阵怪风。所以不能相信只要有技术就可以了。要超越技术中心，回归以人为本应该是中国城市化健康发展的第一要义。

第二，扬弃消费主义，实现可持续发展。为什么要扬弃消费主义？城市化可以拉动内需，这是很重要的方面。“刺激消费”的时候要考虑资源的可承受度。如果汽车业大大发展，中国每个人、每一家都开车，如果中国像美国式地使用人类的石油能源的话，那么五个地球的石油都不够。当然中国要对人类负责，我们

>> 人类应该学会节制自己的无边消费主义，“求富”的心理可以理解，“比富”、“炫富”的心理不可有。当然，发达国家首先要节制扩张、浪费、奢侈的生活方式。

提出科学的发展观。我们今天的发展仍然需要注意拉动消费，拉动内需，但要扬弃消费主义，不要以刺激消费为唯一目的，这才能可持续发展。记住，我们始终只能满足人的合理需求，即人民群众日益增长的物质文化需求，用英语的表述是needs，而不可能满足人的所有的欲望wants，“欲壑难填”啊，人类应该学会节制自己的无边消费主义，“求富”的心理可以理解，“比富”、“炫富”的心理不可有。当然，发达国家首先要节制扩张、浪费、奢侈的生活方式。

第三，化解文化冲突，构建和谐城市。文化心理空间的变迁值得我们更加关注。马克思曾经有一个概念，叫做“人化自然”，包括人对自然的改造，以及人对自然的回归。也包括人对人的生物自然的改造。今天城市化的快速进展，我们不能拒绝人们向往城市生活和加速城市化进程的美好愿望，但是我们的城市规划者、城市组织者、城市建设者如何对人类的未来有所考虑，使我们的城市化成为新的文明、新的生活方式的展示，这点也是值得我们注意的。特别是不能忽视对化解中国快速城市化带来的对人的文化心理的冲击和震荡的关注。中国虽然不存在西方城市中的“族裔”冲突的根源，但中国城市化中移民的“籍裔”问题是否会产生类似的矛盾？还是值得我们警惕的。当然，防止类似问题的关键是我们的政策导向的公平正义和民主法制的完善，以及社会文化心理的宽容与调适的能力。还是这个观点，心理和谐，才有社会和谐。这也是对执政者智慧的考验。

我想回到“Better City，Better Life！”这一振奋人心的“世博”主题，祝愿所有的“城市梦”都能圆满地实现，也祝愿我们中国的城市化成为21世纪——人类城市化世纪的新示范。

时间：2009年3月15日

节目："中欧社会论坛·中国直播室"之十

主题：户籍改革的目标是公正与效率

嘉宾：党国英　中国社会科学院农村发展研究所研究员，宏观经济研究室主任、博导

党国英：
户籍改革的目标是公正与效率

谈到户籍改革的问题，我的核心观点就是要解放，通过管住房来控制人口规模。

我理解户籍这个东西就是人口登记制，它方便社会管理。所谓社会福利是政府要给居民提供一些公共服务，这个公共服务的提供过程当中有一个效率问题，解决效率问题的方法就是要瞄准公共服务施加的对象。瞄准服务对象的一个主要措施就是对公民的信息要有一个登记，特别要认定谁是服务对象，通常的做法就是要对服务对象作一个所谓的登记，这就是户籍制度。

户籍制度约束力逐渐变小

有些人说户籍为什么要附带一些所谓社会福利的因素？我想一定要附带这样的因素。问题在于户籍附带什么样的福利？仅仅依靠户口制度来解决我说的瞄准的问题够不够？除了对老百姓、对服务对象进行瞄准之外，还有没有其他的？我们要关心的是这样的问题，而不是说户口一定要和福利分开。

有些人说，户口制度一定要和福利制度分开，不能附带什么。这样的话，户籍制度的功能就要打折扣，所以我想我们首先要接受这样一个认识。

户籍问题不是说要取消的问题，而是要改进的问题。我们现在户籍制度的特点不

>> 我们现在户籍制度的特点不在于它要不要，而是我们的户籍制度有一些不平等的内容。

在于它要不要，而是我们的户籍制度有一些不平等的内容。这个不平等的内容还体现了政府对老百姓流动的控制，为什么要进行控制呢？中国社会其实是由一个军事控制的社会转向民间化社会的过程。建国之初对经济进行管制，实行命令经济，要求对老百姓进行控制，这不是说你需要不需要，而是政治家们、军事领袖们认为需要。我认为需要不需要呢？我认为也需要，但是具体方式可以做得更好一些。

我们从1955年开始对人口的迁徙就进行了限制，1958年出了一个《户籍登记条例》（以下简称《条例》），有些人说《条例》已经体现了对老百姓的限制，但是第六条有一句很有意思的话：公民应当在经常居住的地方登记为常住人口，一个公民只能在一个地方登记为常住人口。法学家为什么重视这个问题呢？我们的户籍制度不需要改革，就按照这句话的精神重新设计就行。1958年之后，没有明确废止这个条例，通过政府的文件就把这个《条例》改掉了。

别的我们都不说，我们就要1958年这个《条例》，虽然不好，但解决我们的问题已经足够了。第六条后来得不到实行，特别是在改革开放之后，大量人口开始比较自由地流动。比如说我们的农业户籍人口大概是9亿出头，而我们农村的常住人口是多少呢？是7亿出头，大概有两亿的农业人口是城市常住人口，但是他们在城市没有户籍。按照《条例》第六条的规定，这两亿人立刻可以登记为城市居民，但是能不能做到呢？不能做到，也就是说《条例》这一条现在没有办法实行，1975年，宪法修订的时候，干脆把自由迁徙这句话取消掉了。

我们现在进一步看中国户口政策的变化，有没有向好的方向变化的情况呢？我认为是有的。实际上，户籍制度对中国人的约束力度在逐渐地变小。

中小城市的户籍基本上放开了，特别是中西部地区，东部放开的程度要小一点。还有一些地方甚至允许农民带地进城，本来法律是不允许的。我们的问题实际上不单单是城乡户籍的差异问题，而是原住民和新移民之间利益的较量问题。

其他国家的情况怎么样呢？美国早期没有人口登记这一制度，政府手里有了资源，给老百姓提供公共福利，特别是社会保障的时候，需要对公民身份进行认定，每一个公民都获得一个社会保障号。美国因为社会保障号码的存在，等于也有了一个人口登记制度，它的人口登记我们就能理解了，事实上就是天然地和所谓的福利联系起来了，因为起源就是要实行社会保障。

我们改革的最终目标也不要好高骛远，能够按照1958年《条例》的第六条做我认为就不错。对于户籍制度改革，我们的确需要一个合适的理念。人是追求自由的，农民为什么要跑到城里去？很多在书斋里面做学问的人不懂这个东西，老喜欢说人待在原生态的乡村里面多么美好。根本不是这样，物质匮乏的原生态社会是人欺负人的社会。为什么中国农民一定要背井离乡到城里面去？那是一个奔向自由的选择，我们要尊重人的自由。

>> 物质匮乏的原生态社会是人欺负人的社会。为什么中国农民一定要背井离乡到城里面去？那是一个奔向自由的选择，我们要尊重人的自由。

门槛要保证简单和公平

自由是好的，但是自由要受约束，要受什么样的约束呢？不是要侵犯你的个人利益，而是要解决一个公共性的问题，当你的自由损害别人自由的时候，就需要一种公共的力量加以干预。公共力量干预的时候要讲效率，最大的公共力量就是政府，政府要有效率，就要有一些措施，要方便管理，要保持城市的活力。怎么样有效率呢？通常就是能不管的就不要管，能交给民间组织管的话，我也不管，力求尽量简化。西方国家在考虑人口国籍转移的时候，要选择积分制，我们自己也效仿，我认为在国内人口转移就不要搞积分制了，要简化，简化就可以提高效率。

还有两个理念：一个是平等；一个是稳定。平等就要求我们要拒绝身份的歧视，在这样的问题上，我觉得所谓学历的标准就不太好，你明知道有大量的人，特别是弱势群体没有学历，能不能采取一些更好的办法来解决这个门槛问题，这个门槛尽量要保证简单和公平。

在公平的问题上，我觉得浪漫主义者有一个毛病，在原住民和新移民之间的考虑，他们通常要保障新移民的权利，原住民的权利需不需要保护呢？深圳的户籍人口，他们的利益需不需要保护？我曾经看到欧洲历史上的法律文件，这个法律文件规定一个小社区它形成了自己的章程，其中一个内容就是“我们拒绝其他人到社区居住”，那我们就要问，这个拒绝对不对？号称追求自由的欧洲人的确有这种案例，明确拒绝，这有没有道理呢？合理不合理呢？原住民的利益要不要保护？

现实当中是什么样的情况呢？原住民经常不喜欢新移民来，关于公平和平等的问题的确是一个历史范畴，平等体现了一种宽容，特别是既得利益者要有宽容的态度，他们这种宽容的境界到什么样的水平和这个群体的教化关系太密切了。所以这是我们的一种提倡，好像是逐步在接近的目标，但是我们很难说某一个状态就是一个最佳的状态。从现实来看的话，我们在朝着这个方向努力。

原住民在接纳新居民的时候，如果原住民的利益不受损害的话，形成一个所谓帕累托改进，由于调整，使得总福利没有下降，相反总福利在提高，那么原住民应该接受这种调整，这种改进叫帕累托改进。

在户籍这个问题上，我们要讲稳定，短期的目标和长期的目标能够更好地衔接，比如说我们在承受户籍改革压力的时候，能够与我们财政的状况相互平衡，这都是需要考虑的问题。

拥有租用标准住房可落户

>> 我主张户籍制度改革要实行单一规则，对新移民进入一个城市需要有一个门槛，这个门槛一定要平等、简化。

我主张户籍制度改革要实行单一规则，对新移民进入一个城市需要有一个门槛，这个门槛一定要平等、简化。这个门槛就是住房。

我认为你拥有，甚至你租用政府认可的标准住房，你就可以落户。违章建筑不落户，一套80平方米的房子，我们800个人买一套房子，我们落800个户口行不行？不行，人数要有规定，临时居住也不要落户，这个规则应该是比较简单的规则。

我提出这个规则，人们会有什么样的疑虑？最让我感到荒唐的疑虑是实行这样一个制度会大量涌入人口影响承载力的问题，这个说法非常荒唐。为什么？比如说深圳市把800万的常住人口转为户籍人口，有什么大量涌入的问题？他们已经涌入，还怎么大量涌入啊？有些人说改革了以后，会有更多的人进入，我认为这个理由不能成立。就北京而言，实际上深圳也是这样，有些楼房有设备层，设备层里住了大量收入低的人，如果收入低又住设备层，人家为什么要继续大量涌入呢？

开发商会不会提高房价？提高房价的可能性不大，要解决户口的对象已经买房了，已经租房了，开发商还能提高房价吗？要说房价可能上升的话，比如说在一线城市实行这样的政策，有些人说买了房我就能够落户，那我就来买，增量的仅仅是这样一些人，这仍然不会产生大量涌入的问题。

抬高房价的作用不会太明显，劳动密集型产业转移到什么地方去了？它到了二线、三线城市，二线、三线城市就不会出现产业空洞。一些村庄在走向衰落，甚至一些小城市也在开始衰落。原因之一就是大城市功能定位不清楚，大城市有资本密集型的产业，也有劳动密集型的产业，大城市太容易找到大量廉价劳动力了，这就使得三线、四线城市日子非常难过。城市房价有一定落差，有利于经济的均衡。

会不会有户籍的投机？官员会足够聪明来解决这个问题的。

这个办法是不是歧视了穷人？我看不是歧视穷人，不改革，穷人就在深圳、北京容易落户吗？不改革他们也落不了户，改革的话他们倒可能落户。

进城的农民工是穷人，但是因为他们勤劳，大概有20%的人比较富裕，他们在城市可以租或者可以买城市规划区的标准住房。你不改革的话，这20%的人也没有户口，改革之后，这20%的人立刻过户，然后其他80%的人逐渐有了希望。所以有一部分穷人我们仅仅是给了他们希望，而现在的制度可能连希望都没有。

这样是不是有利于稳定过渡？其实我设计的目标本身就是最终目标，因为我们最终也是谁在什么地方买了房子、拥有房子、哪怕租用房子就在什么地方落户，未来的目标也是如此。这就不存在是不是过渡的问题。

“以房管人”效率比较高

当然还需要有一些配套的考虑，首先我们要考虑到住房的规划管理问题。政府搞了住房规划，盖了那么多的房子就是让人来住，你一边盖房子，一边又害怕大量的人进来，那么政策就是矛盾的。如果想要控制人口规模的话，首先要搞好住房规划管理，比如说要搞好区域规划、要搞好质量，要解决违章建筑的问题。我们希望通过住房规划管理来实现对人口的控制。你连房子都管不了，你如何管人？通过管房子来管人，我认为是效率比较高的做法。

再一个就是居住管理，我们还是要有人口数量的控制，一定面积的房子住什么样的人要有规定。原来的户籍人口达不到标准怎么办？那你也不能把人家赶走，要采取措施，对低收入人群要搞廉租房、经济适用房等等，在历史过渡时期我们要有这样的方法，对于这样的问题我们也不要太机械。

如果深圳市改革户籍制度规定，你拥有或者你租用符合深圳市规划和各种规定的房屋，然后落户为深圳市民，会不会出现深圳市财政压力的问题？我看可能性非常小。深圳是一个年轻化的城市，年轻人可以租标准住房，或者是买标准住房，他们是不是立刻产生财政福利支出的压力？基本上还没有产生，因为还没有领养老金。其次是医疗压力，年轻人得病少，医疗保险是从企业和个人扣除一部分，他们是交费者而不是花钱者，花钱者是退休以后的这部分人。退休以后的这部分人一般都是已婚者，形成财政支出压力的，可能影响你福利平衡的主要是退休的这些人，恰好他们还有户口，需要解决户口的这些人恰好是给你账户平衡作贡献的，他们是积极的因素，不是消极的因素。

农民工的问题按我设计的办法，大概80%落不了户，当然这个事情对人家是不公平的。其中20%的人可以拥有或租用标准住房，这些人一般是高收入者，他们也不是对你的福利账户平衡形成负面影响的因素，简单说，只要我们对目标人群作一个分析的话，我看户籍制度改革不会带来财政支出的压力。如果我们中国社会已经迈向老龄化社会的话，恰好深圳在这个问题上应该更容易突破。

互动

网友：尽管我在深圳未必是处于非常好的社会地位，但是我能感觉到做人的尊严。党老师，我的问题是怎么样才能让在中国农村的人体会到做人的尊严，让他们在中国有做人的尊严？

党国英：你能理解我说话的意思，你体会到了这一点，很多农村出来的孩子体会不到。我们要把农村社会的功能进行改造，特别是我们要把农村的劳动力搬到城市去，我们要让农村变成专业农户的居住区域，让农村成为农业行业发展的所在地。基础公共服务实现社会均等化之后，你说的那这个问题就不存在了。

网友：党老师，我是1997年来深圳的，现在是一家小企业的法人代表，我也是毕业于名牌大学，应该说没有任何政治问题，但是我现在也不具有深圳户口，其中有各种各样的原因，我是小企业，我的员工都进来了，但是我进不来。党老师的文章我上大学的时候就看过了，您讲的改革、帕托累改进等等我都认同，那么我们应该用什么样的方式把这种想法通过正常、合法、合理的渠道反映到上面去，让他们在制定政策的时候知道我们的心声、愿望？

党国英：咱们这次论坛完了之后，要用简明的办法，形成一个文本，让官员容易看，你们不要写得太长。据我了解，公安部也是这个意思，公安部现在讲三句话：有工作、有收入、有住房。公安部在这个问题上思想很解放，而且户籍改革的阻力不是派出所，曾经在某地就是由于其他部门的反对而使改革受阻。

网友：我问党老师一个问题，户籍制度背后的原因是什么？可能有很多人觉得自己受到不公平的对待，10年、20年自己的户口都不能落，到底是市人事局的问题还是市政府的问题？如果更多的人能够知道政策所形成背后的历史原因和现实原因的话，可能有更多的人用自己的力量给政府施加限制的压力，这样的话也能够有一个力量推动他们解决和改变目前的情况。

党国英：我知道你的意思，但是我主张在这个问题上也有目标和桥的问题，教育部门已经在全国实行农民工孩子免费接受教育。所以仔细想一想，其实很多制度的推行麻烦不一定很大，只是受制于某些干部不思进取的惰性。

>> 其实很多制度的推行麻烦不一定很大，只是受制于某些干部不思进取的惰性。

时间：2007年8月2日
地点：“中欧社会论坛·中国直播室”之十一
主题：公民写作与中国时评
嘉宾：何雪峰　南方都市报首席编辑
互动嘉宾：苟骅　时任南方都市报深圳新闻部主任，现任南方都市报编委、奥一网CEO
三季稻　知名时事评论员

何雪峰：
公民写作与中国时评

时评已经成为普通公民表达意见的主要方式之一。南方都市报也有很多的时评，一时引爆中国时评热。国内时评热成为当代新闻成长的一大亮点，涌现出大批积极参与时评写作的网友、读者、公民以及政界知识分子。这些主体与报刊的联盟折射出当今社会个体表达的欲望和能力都有大幅度的进步。所以，有人提出了这样的概念：公民写作的时代到来了。

社会转型催生公民写作

公民写作时代，处在中国社会转型的大背景之下。1992年，邓小平南巡并发表讲话，再次启动了改革。至今已经十五六年，这些年来，中国主要发生了两件事。第一是在改革方面，确立以市场经济为主体；第二是在开放方面，中国加入世界贸易组织WTO。可以说，中国经历了开放推着改革走的阶段，同时也进入了利益分化非常明显的阶段，各个不同的利益集团博弈的时段。我们看到教育、住房、医疗、养老、国有资产流失、贫富差距扩大等民生的问题越来越严重。

此外，意识形态的争论已经在逐渐地淡化，普通公民更关心的是个人的切身利益，我们能否保障自己的合法权益，我们能否申诉正当的公民权益。这种权益在当下表现得越来越清晰，例如，作为一个广州或深圳市民我能不能在这里买得起房子，我的小孩能不能在这里上得起学，我能不能在这边养老，这种公民利益的诉求逐渐清晰。而与此同时，中国加入WTO以后，全球化的进程促使中国已经走向了一条涌向全球的不可逆道路。

就公民个体而言，法制、民主等意识都已经深入人心。例如，2006年北京有一位老先生，为了阻止房子被开发商强行拆迁，便把宪法贴满房子。因为保护资产已经写入了宪法，他说用《宪法》保护自己的房子，开发商还能拆吗？今年上半年，重庆最牛“钉子户”事情发生时，刚好是《物权法》出台的时候。有人说保护“钉子户”是《物权法》的试金石。我们通过这些事可以看出，自由、人权已经成为中国人普遍的共识了。我们可以看到城市里小区业主的维权行动如火如荼，我们可以看到基层的公民选举在全国各地展开。思想家麦克法伦说过：知道一个人的枷锁往往是自由的第一步，如果这个人对枷锁处于无知状态或热爱这些枷锁，那么他就永远不会获得自由。我们要维护个人的利益，第一步要把自己的利益表达出来。而有一个好的渠道，把你的声音释放出来，才有可能使你获得自己的利益。重庆的“钉子户”就是借助媒体捍卫自己的财产，最终保护了自己的合法权益，并与开发商达到了双赢的谈判。

互联网成为公民表达的重要平台

我们可以看到公民的表达欲望和能力空前地提高了，对公民而言最缺乏的是表达渠道。这个表达的渠道就是互联网。网络的横空出世为公民的表达提供了一个前所未有的平台。

我对互联网有两个看法：第一互联网是前所未有的、革命性的东西。它的革命性表现在：1.消除了信息的障碍。个体要捍卫自己的权利，首先要知情。我们知道，以前信息是控制在少数人手里的。而互联网时代，只要网民一上网就什么都看到了。可以说互联网消除了信息的屏蔽；2.互联网的出现提供了真正的公民表达平台。我们以前缺乏这样一个表达自己的渠道，因为作为一个普通的人，你的声音，既上不了电视，也很难上报纸，你可能根本不认识自己的人大代表，那么你的声音靠什么渠道释放呢？我们看到，在互联网时代，你可以是我们南都专栏的作者，网络时代的传播让所有的人拥有了话语权，有一个公共的平台传播，

>> 在互联网时代，你可以是我们南都专栏的作者，网络时代的传播让所有的人拥有了话语权，有一个公共的平台传播，而这个平台改变了世界的面目。传播方式的改变，推动了生活的改变，进而推动了政治和经济的改变。

而这个平台改变了世界的面目。传播方式的改变，推动了生活的改变，进而推动了政治和经济的改变。

都市类报纸的崛起揭开公民时评时代序幕

公民时评时代的到来，为公民表达提供了前所未有的大背景。从20世纪90年代以来，随着中国新闻媒体的改革，新闻界有一个重要的变化——都市类媒体的崛起。都市类报纸区别于以前报纸的重要特征是市场化运作，都市报要在激烈的市场竞争中生存，要赢得市场，就必须尊重读者和民众的需求，按照新闻规律来办事。都市报纸的崛起和网络时代公民写作时代的到来，这两种上升力量的风云际会，是一个公民崛起的逻辑关系。媒体自身的成熟也有一个过程，这里有一个小故事。我曾经跟一个时评作者聊过天，他是北方某报的编辑。那时候是90年代后期，他向总编表示想要办一个时评版。这一提议比我们南方都市报办时评版要早，结果他的总编说评论可以办，但是不可以有观点。因为时评政策性很强，火候难以拿捏，时评的观点就是做报纸的观点。这种看法持续到了21世纪初，直到新一轮媒体的崛起。比如像南方都市报、新京报，这些都市报的崛起，再加上报纸产业自身的成熟，中国的时评进入了一个时评热的新时代。

>> 都市报纸的崛起和网络时代公民写作时代的到来，这两种上升力量的风云际会，是一个公民崛起的逻辑关系。

互动

网友：现在有些地方政府为了在一些事件中便于管理或管制，分别出台了网络实名制的制度。如果出台这个制度，对公共管理者来说应该是很方便的事，很少出现漏洞。但是，网上也有很多反对的意见。三位嘉宾怎么看？

何雪峰：我们知道，近年来网民的确显示了自己的力量。在今年一系列的事情中，比如厦门的PX事件，PX项目没有通过环保总局的环保法，它可能在环境方面存在问题，可能对厦门市的民生产生影响。对于这样一个涉及到公众的事件，显然是与厦门市民切身相关的，在这样的情况下，厦门市民通过网络、短信等方式表达了自己的意义诉求。我们可以看到，这就是网络给普通的网民提供了表达意见的渠道。最终我们可以看到厦门市吸纳了网民的一些意见。厦门的PX工程已经停下来了，环保总局也要带队去做环评。

关于网络言论这块最典型的一个例子，就是济南“红钻帝国”事件，这是大家讨论很热的一个话题。我们有时评作者也对这个问题发表了看法。像红钻这一事情，其实就是牵扯到公民在网络上是不是能自由表达的问题。

苟骅：我觉得实名制是一个伪命题。我认为有关部门不用实名也可以查出来是谁发帖的。有人说不用实名制是网友乱发言的原因，其实任何一个事情都有从感性到理性的过程，都有一个从大乱到大治的过程。如果我们片面地打击言论自由，无论对中国，还是整个社会而言都是一个很大的问题。我们压抑时间太长了，就不懂表达了。就像一个小孩子刚生出来，不会走路，他要慢慢地成长才可以学会。我做网络之后有一种感触，我们的媒体在某种程度上充当了社会矛盾的化解器，或者减压器。比如有欠薪的，要向劳动部投诉。劳动部不可能百分之百地受理，或者受理了但程序是非常长的。如果劳动部不行，他会去法院去告，或者可能到了媒体这里。如果媒体不能帮助他的话，他会走向极端化，比如说游行。有一些投诉者他并不在乎追求一个很具体的目标，他的目的是疏解自己心中的郁闷。有时候我觉得言论表达也是一种治愈社会疾病的渠道。

>> 媒体在某种程度上充当了社会矛盾的化解器，或者减压器。

三季稻：有些人在网络上可能会骂人，这是正常的。但是另一种极端的现象是有意的诽谤，这个问题完全可以解决，可以进行追踪，相关部门也会去解决。

苟骅：我感觉言论的开放或自由表达，对公权力，特别是公共权力部门的人来说是有好处的，某种程度上来说，这是多了一条监控的防线。比如说这些年中国反腐就多了一道防线。

何雪峰：前不久有人把在网络上获得举报的相关材料举报上去，纪检部门就通过这种方式抓了很多的贪官。通过网络，公民其实可以做正义的卫士。

苟骅：我们一定要认清一个道理，一些过激的言论，随着整个时代的发展是不可能存在的，网民其实也有一个自律的过程，任何一个网民都会判断这个人说话是否是极端的或理性的。

>> 我们一定要认清一个道理，一些过激的言论，随着整个时代的发展是不可能存在的，网民其实也有一个自律的过程，任何一个网民都会判断这个人说话是否是极端的或理性的。

何雪峰：有那么多的过激言论的存在，恰恰说明我们这个社会公民表达自己声音和利益的渠道很缺乏。正是因为在现实生活中有的问题解决不了，网络上才会有这种过激的行为。我们要把这个制度建设、完善起来，让它发挥作用，各种矛盾就会减少，社会就会和谐了，大家也会越来越理性。我觉得有这样的一个过程，在这个过程一定要疏导，而不是堵。

>> 在公民写作的时代，公民表达是为了捍卫自己的权益。

何雪峰：我们上次和梁文道聊天的时候谈到，现在做新闻、时评的人，普遍存在无力感。这可能和中国渐进的现实有关。

我还想谈一点：在公民写作的时代，公民表达是为了捍卫自己的权益。公民是指每一个有公民权益的人，包括普通人和有钱人。

苟骅：香港特首曾荫权曾说过：作为当政者，要面对各种言论的自由，如果你不愿意面对，你就不要去做官。今天所谈论的公民写作问题，我觉得最关键还是在于网友。写作最后要形成文字，要有严明的表达，要有理性的表达，而社会要引导网民去理性地表达。我们提倡公民写作的目的无非是想把口口相传搬到报纸上来，通过传统媒体表达的严密性，对网络言论进行引导。

>> 网络写作是一个人的价值认知，一个人选择了它，就是承认了这是自己的义务，他写作是为了公民的权利。

何雪峰：这对培养理性网民有非常大的帮助。网络写作是一个人的价值认知，一个人选择了它，就是承认了这是自己的义务，他写作是为了公民的权利。所以在网络上，公民权利的最终目的就是要实现公共的表达。

苟骅：不但是公共的表达，而且是负责任、理性的表达。公民在当今社会有一个特定的涵义，他既享受作为公民的权益，也要尽公民的义务。

何雪峰：我相信一旦公共表达兴起以后，就会形成一种公共舆论，而有了公共舆论以后，就会产生公共问责。

时间：2007年8月9日
节目：“中欧社会论坛·中国直播室”之十二
主题：从黑砖窑事件看信息屏蔽机制
嘉宾：孙立平　清华大学教授、博导，著有描述中国改革处在十字路口处境的《断裂》、《失衡》两书。

孙立平：
从黑砖窑事件看信息屏蔽机制

如何形成一个确保信息畅通的机制，是我们共同关心的问题。我想通过前一段披露出来的山西黑砖窑事件，来分析社会当中使得信息被屏蔽的某种机制。今天我想谈的一个最基本的观点是，信息的畅通是和谐社会的重要机制之一。最近两年多来，中央一再强调和谐社会。但是我个人有一个观点，在构建和谐社会的过程中政策很重要，但机制更重要。

我们现在可能更多关注政策上的变化，包括一些政策使得某些利益关系得以调整，使弱势群体得到更多的关照等。但是，我觉得这些政策不具有稳定性，今天有，明天也可能没有。今天是这样，明天可能就是另外一个样子。所以，最根本的问题是能不能有一种机制去保证这些政策。这种机制可能涉及到更广泛的方面，但是我认为信息是最重要的。只要看一下我们的社会现实，就会发现我们在这个方面还处于很严峻的局面。过去30年的时间里，我们的经济发展很快。但是，我觉得在经济发展很快的同时，我们社会当中信息的质量其实是很低的。以房价为例，假如我们生活在一个城市当中，究竟这个城市的房价是一个什么样的数据，是什么样的走势，作为一个市民，很难根据现有的信息得到很清晰的答案。不同的部门发布的信息有时候是矛盾的，甚至趋势是相反的。

信息畅通机制是和谐社会的必要条件

在构建社会主义和谐社会的过程当中，存在一个很现实的问题——信息的问题、舆论的问题，在逐步呈现出来。这个问题至少和三个因素有关。

第一，在利益不断分化的情况下，如何通过信息、舆论因素，使不同群体的利益得到表达，让信息、舆论成为不同群体能够争取自身利益的一种手段。

第二，这个信息和舆论又是解决社会问题、社会矛盾的一种前提或者是手段。在利益不断分化的情况下，这种社会矛盾和社会冲突又有增加的趋势。我一直讲一个观点，一个社会或一种制度，好还是不好，区别不在于这个社会、这个制度当中有没有问题，有没有矛盾。关键的区别在于两点：首先，这个社会有没有能够容纳问题、容纳冲突的能力。也就是说，如果它有这种能力，这个社会当中所发生的冲突或社会矛盾，这个制度完全有能力去容纳它，并处于一种岿然不动的状态。另外，有没有解决问题和矛盾的制度化手段。容纳能力、制度化的手段，这是不同的制度、不同的社会在社会问题和矛盾上的主要区别。而信息、舆论在社会矛盾和社会问题的制度化解决方式当中，起着重要的作用。

>> 容纳能力、制度化的手段，这是不同的制度、不同的社会在社会问题和矛盾上的主要区别。而信息、舆论在社会矛盾和社会问题的制度化解决方式当中，起着重要的作用。

第三，这种信息舆论又是实现权力监督的重要条件和前提。当权力和经济利益有了直接的联系时，权力的监督问题就越来越突出。在这个问题上，信息、舆论可以说是一个极为重要的因素。

我们可以看到最近几年被披露出来的腐败事件，几乎没有一件是通过媒体、通过舆论这样的方式逐步被揭露出来的。也就是说，我们现在的各种各样的媒体对于监督腐败，几乎没有发生作用。这表明我们社会有一个非常严重的缺陷。而且，这个事情我们不能够仅仅看成是媒体的失职，或是媒体从业人员的失职。其中关键是我们有没有相应的制度保证信息的畅通。所以，在构建和谐社会的过程中，信息畅通的机制是一个必须的重要因素。这是我想谈的第一个问题，即信息机制在构建和谐社会当中的地位和重要性。

信息屏蔽机制运行的三大逻辑

下面我想谈一下，具体从这次黑砖窑事件来看看我们社会当中的信息机制究竟是什么样的，我把它称之为在社会中具有的一种信息屏蔽机制。在黑砖窑事件被披露之后，山西省省长在会上讲到：黑砖窑事件的一个重要教训在于没有敏锐地把握网络、媒体的动向，及时作出正确的回应。这是山西省省长讲的一句话。这句话我们各主要媒体都发表了出来，很多人会把它理解为是一句例行官话。但是我觉得，其实这句话在很大程度上道出了事件背后的实质性问题。为什么这么说？我们可以看两个基本的事实。一个事实是黑砖窑的现象存在是不是一两年的时间，而且不仅仅是存在于山西，在全国许多的省份都有相关的报道。还有一个事情，我们知道在这种黑砖窑、黑煤窑当中，奴工被骗来或者被买来的，像这样出去打工就没音信了，生不见人，死不见尸，这样的事情在一个村子里不只一两例。这种现象在我们社会中存在很长时间了。但是，我们接着就要问一个问题，我们政府有关的部门为什么反应迟缓？是没有反应能力吗？不是。当事件被披露，中央领导作了批示，全国形成舆论之后，地方政府可以说是雷厉风行，非常高效。短短时间内，出动干警几千人次，清查大量黑砖窑，不漏过任何的角落。这说明什么问题？这说明不是我们没有行动能力。但是有行动能力，却行动迟缓、行动迟钝，问题在什么地方？这个可能涉及到很多的方面。

我们今天谈的是这样的行动迟缓、行动迟钝和信息是什么关系。其实不仅仅是黑砖窑的事件，野蛮拆迁、农民工欠薪等等问题反映的迟钝都是这些信息的迟钝。这和社会当中的信息机制有关。那么这个信息的问题又出在什么地方？我觉得，这就和我们今天所谈的一个话题是有直接关系的，我把它叫做“信息的屏蔽机制”。我把信息屏蔽机制的运行逻辑概括成三点：第一点，就是能捂就捂的信息控制逻辑；第二是极个别现象的信息解释逻辑；第三个是“不危害稳定、不危害安定团结的信息就不反映”的信息反映逻辑。这三种逻辑结合在一起，构成了社会当中独特的一种信息屏蔽机制。而这样的一种信息的屏蔽机制妨碍了政府对社会当中很多社会问题、社会矛盾作出及时的反映。我们具体来看一下这三种机制。

信息控制逻辑

>> 工资被拖欠，他想要工资，有什么敏感的？人被强制劳动，丧失人身自由，家属在寻找这些劳工，这有什么敏感的？所以，在我们的社会当中，有着太多的诸如此类的所谓敏感禁区，它成为我们能捂就捂的信息控制逻辑的一个重要组成部分。

“能捂就捂”的信息控制逻辑是现在普遍存在的现象，对负面的新闻能捂就捂，一度成为一种制度。比如你要披露信息，必须要经过有关领导的批准。你违反了这样的规定，媒体要受处分，相关的记者要受处分。所以，我们可以看出能捂就捂是相当普遍的，而不是个别的。但是，这种逻辑在某些方面是在冠冕堂皇的情况下进行的。比如以事情报道出去会引起群众的恐慌等借口，而对信息进行屏蔽。于是，在我们社会当中就出现了一个很独特的现象，就是舆论上成为了所谓敏感的禁区。像这次黑砖窑事件，最初的帖子贴到新华网上也被删掉了，原因是帖子涉及了敏感话题。实际上，这样的敏感可以说是莫名其妙的。工资被拖欠，他想要工资，有什么敏感的？人被强制劳动，丧失人身自由，家属在寻找这些劳工，这有什么敏感的？所以，在我们的社会当中，有着太多的诸如此类的所谓敏感禁区，它成为我们能捂就捂的信息控制逻辑的一个重要组成部分。

信息解释逻辑

第二个逻辑，我把它叫做“极个别现象”的信息解释逻辑。只要是负面的消息，我们不去调查，不进行数字统计，它一定是极少数的。所以，当时我写那篇文章的时候，出于好奇心，在网上把极个别、极少数当作关键词，搜了一下。用“极少数”搜出来的网页有300多万。这说明，我们使用“什么什么是极少数”是极普遍的。然后用“极个别现象”作为关键词去搜，这样的网页也有46000多个。所以我们看到这样的极少数、极个别在我们的政治生活中是被广泛使用的。而关键的问题不在于多少，而在于人们为什么能使用这类的词？他说这个事情是极少数、极个别既不是他调查的结果，也不是计算的结果。没有严格的标准去规范，究竟15%是极少数，还是1%是极少数，又或者0.1%才是极少数。反正只要是坏事就说成极少数，这样在政治上就算正确。以后我们应该有一个规矩，你在用“极少数”时，要说清极少数的标准是什么，是5%，还是1%。第二，你一定得有依据，或者是进行调查了，或者根据权威的数字进行计算了，表示这个就是极少数。不能随便说这个现象是极少数就是极少数。这种极少数逻辑，实际上也是信息的屏蔽机制之一。因为这是一种对信息的解释。像黑砖窑这个事情，其实我们现在回过头去看，两年前、三年前，甚至五六年前，都有个别报纸进行了报道。但是问题是我们政府、社会为什么没有采取行动？这和“极少数”的解释逻辑是联系在一起的。一个负面事件被披露出来了，但它只是极少数的。这样就起到弱化信息、屏蔽信息的作用。因为在对信息解释的过程当中，信息当中所包含的事情严重性被过滤掉了。然后把这样一种严重的事情看作是极少数，是一些死角，这些事情就轻松得多了。由此导致体制反应的迟缓，甚至这种体制性的麻木和冷漠就是必然的。

信息反映逻辑

第三个逻辑就是“不危害稳定、不危害安定团结的信息就不反映”的信息反映逻辑。这个事情、这个问题哪怕这个信息披露出来了，只要说这个事情还不至于危害安定团结、危害稳定，接下去采取相应行动的可能性就比较小。最近中国环保总局的一位高官在讲环境治理时提到企业的“三不怕”和政府的“三不查”。老百姓不去堵马路、不去堵政府大门就不查，党中央领导不批示不查，媒体不揭露不查。

这三种逻辑结合在一起，就构成了我们对信息屏蔽的一种机制。这也说明了为什么黑砖窑事件能存在这么久，为什么我们社会反映如此迟钝。

下面谈一谈，如何建立与和谐社会相适应的信息舆论生态。刚才从黑砖窑的事件中可以看出来，要使社会对于社会矛盾、社会问题有及时、有效的反映，及解决问题的制度化手段，就必须要有一个相应的舆论和信息手段。但是，信息和舆论的生态究竟怎么能生成？或者说一个正常的舆论信息生态怎样才能生成？这是我们要面对的问题。

我们要造就一个与和谐社会的要求相适应的正常的舆论生态、信息生态，可能最先要做的是制度的建设。在有关言论的问题上，目前相关制度的建设几乎是最薄弱的环节。

>> 我们要造就一个与和谐社会的要求相适应的正常的舆论生态、信息生态，可能最先要做的是制度的建设。

所以，我认为在我们的社会中，要真正建立一个有效的使信息能够畅通的机制，首先要从制度建设上入手。我们的《新闻法》到现在还没有，中国改革30年，我们的GDP翻了多少番？在这个时候，只需要有万把字的新闻法都没有制定出来，这是我们在这方面的重要缺陷。所以，在和谐社会的构建过程中，我们应当把这个问题放到一个需要解决的重要位置上。

互动

网友：到底是谁在屏蔽信息？谁屏蔽了谁的信息？老百姓永远是受到最大屏蔽的群体。有人说信息带来财富，但现在贫富差距很大的原因是在于信息的接收率。信息被屏蔽以后，会导致更多的贫穷，信息屏蔽会加速贫穷。您怎么看？

孙立平：我觉得这位网友讲得非常有意思，他把信息的屏蔽和利益的问题联系在一起了。而我们过去看类似的问题，更多的是不是利益的眼光，是政治的眼光，意识形态的眼光。现在我们进入了利益时代。利益成为社会的一个基本关系。很多的问题，都跟利益挂上钩，后面都有了利益的背景。利益的问题是一个理性的问题，这个理性的问题是可以谈的。往往一个问题牵涉到的不是截然的是与非，而是利益的多与少。这个问题是可以谈，可以讨价还价，可以让步的。当你从这个角度看那些问题的时候，你的选择会大大的增加。

时间：2009年3月1日

节目："中欧社会论坛·中国直播室"之十三

主题：危机中的媒体责任

嘉宾：喻国明　中国人民大学新闻学院副院长，舆论研究所所长，教授、博导

喻国明：
危机中的媒体责任

传媒的力量到底是什么？我们今天所面临的危机社会，到底是如何形成的？在危机中，媒介应该如何来善尽自己的职守？

信息作为一种权力资源，分享信息就意味着分享权力。传播实际上就是最主要的表达软力量，这不同于军事强力，也不同于资本的强制，软力量有自己发挥影响力的方式。关于软力量、软实力，比较早提出这一概念的是哈佛教授约瑟夫·奈，他把软实力分成三个方面：第一是制度协调力；第二是文化凝聚力；第三是传播影响力。

软实力看起来很软，但实际上是在社会发展中不可或缺的一种力量。老子是很崇尚水的，他认为水是最柔软的，但是任何坚硬的东西也无法阻挡它前进的步伐。传播实际上是具有水性的东西，虽然它润物细无声，但却时时刻刻都存在着影响力。

传播从四方面影响社会

传播是如何影响社会的呢？我想从四个方面来说一下传播影响社会的方式和手段。

第一，传播决定着人们的社会认知。我们头脑中所有关于外部世界所谓的种种"事实"，90%以上都不是我们通过亲身经历、亲眼所见得来的，90%以上通过传媒，二手、三手、四手、五手的传播而来，经过这样的加工和筛选，跟我们在生活中能够

感受到的客观事实之间已经有了极大的差异。1980年代，美国有一个学者写过一篇文章，在文章里提出传播学很重要的概念，叫做“模拟环境”，就是由媒介所构造出来的世界图景，他说这个世界的图景跟现实有差异，所以我们叫“假环境”，这个不是因为媒介造假，而是片断选择和蒙太奇的转接，出现跟真实的偏差。

第二，传播设置人们的社会议程。很多研究都表明，媒介的报道决定着人们关注的热点。媒体在设置人们关注的热点，形成社会议程的时候，扮演的角色是极其重要的。

第三，传播决定人们对社会认知的基本框架和逻辑。它不光让你看到什么，还决定你用什么方式从什么角度看到这件事。社会上存在的客观事物本身，就像苏东坡写的诗一样，“横看成岭侧成峰”。媒体制作出来一个以它为中心的，所谓的标准观察角度，让人们通过某种角度来观察社会，以此形成自己的社会认知，这种框架性的决定，不但影响我们对事实的认识，还影响我们对事实的解读，这是更深层的影响。

第四，传播还决定着人们的社会选择和社会行为。我们都知道，工业化社会一个基本的生产特点就是同质化，今天大量的社会产品都是同质化，质量性能大体上没有什么差异。市场竞争由过去的服务竞争、质量竞争，开始进入到对人们心理空间的占有，谁能够获得人们的情感认同、价值认同、身份认同，谁就能够大行于天下。品牌就是这样的东西，品牌看起来是外在产品的一个符号，但是它的本质，是看它是否能跟特定的人群产生情感、价值以及身份认同。这种东西跟质量有关，但是并不主要是由质量决定的。

所以媒介的影响力，它可以造成社会的选择，社会的行动，这一点其实不只在消费领域出现，在政治和社会领域同样出现。事实上在使用传播的力量方面，它对于我们的领导者或媒体而言都提出新的要求，懂得规律就可以事半功倍，不懂规律，就会事倍功半南辕北辙。

>> 传播已经成为我们在这个社会里生存的一种基本的资源，一种基本的力量，一种我们必须要懂得对待和善用的力量。

传播已经成为我们在这个社会里生存的一种基本的资源，一种基本的力量，一种我们必须要懂得对待和善用的力量。

技术革命改变社会结构

是什么导致了危机社会的到来？我们这个社会逐渐向文明和

现代化发展，这种发展理念，最主要的是以下几个事实：首先是全球化和社会有机化程度的提升。有些文化提升以后，社会整体效率和福利得到提升，全球分工中，更显示出成本较低、效率较高的态势，这是现代化的好处。但是现代化也给我们带来一种脆弱，使我们这个社会更加受到危机的困扰，牵一发而动全身，就成了今天的事实。

>> 危机社会到来的一个重要原因是社会开始联动了，任何局部的问题，都会迅速成为全局问题，任何一个专门的问题都会成为全局问题。

由于利益传导机制，某些事情马上可以成为全社会的一个问题、一种危机，它使我们面对的危机，由过去偶发变成了一种常态。危机社会到来的一个重要原因是社会开始联动了，任何局部的问题，都会迅速成为全局问题，任何一个专门的问题都会成为全局问题。

其次，市场的整合、社会的整合，使我们身处更大的构造、格局、局势中，这不是企业和个人可以左右的，做好自己的事已经远远不够了，造成了我们更大的危机感。我们知道，人类是害怕黑暗的，因为黑暗人们就无法判断，这时候会增加他的恐惧感，这也是我们今天危机社会到来的时候，个人有无助感和失控感的原因。

第三，跟媒介的传播有关系。媒介是什么？是人体的延伸，媒体帮助我们什么？帮助我们成千里眼顺风耳，而20世纪末开始的传媒技术革命，它不但使我们看到了更多的对象，听到更多的东西，同时也解放了我们的嘴巴。解放我们的嘴巴之后，我们面对的信息就更加丰富，但同时也给我们带来很多困扰，这种困扰告诉我们什么？那么多信息我无法处理，这在传播学上叫做“信息超载”，会使人产生一种极大的心理压力，让人有一种抑郁、沉重和负担，而且这种信息还不是顺向信息，彼此之间互相诋毁互相矛盾，到底该听谁的令人无所适从。

传媒解放人的表达和嘴巴，使每一个人能够让全社会来分享他的思想、意志和意见，这是革命性的变化。这个革命和进步本身，也带来了困扰。传统标准的矮化，使人们无所皈依，到底什么是好什么是不好？今天的人们有一种失重感，也是人们感受到危机的重要原因。这样一个传播的技术革命，它所代表的是社会结构的改变。过去传统社会的治理结构，拿法国哲学家福柯的话来说就是“全景监狱”，上面是金字塔式的，每一个人都处在一个牢房中，他们之间是有隔阂的，每个人都只知道自己周围的事情，管理者可以在高处看到牢房中各自为战的个体，而所有这些牢房中的社会成员，他们彼此之间无法有效地沟通，信息不能形成有效的传递。整个社会管理成本是极低的，效果是极好的，所以造成社会管理上的变异性，过去的社会结构控制，就是在这样的信息传播格局下建立起来的。

但是传播技术革命打碎了牢房之间的格局，使监狱变成共景的。就像一个罗马斗兽场一样，人们之间可以互相沟通，不但可以听见你说什么，他们之间还可以交头接耳，你所掌握的信息跟他们掌握的信息几乎一致。在这种情况下，作为管理者遇到了前所未有的挑战。这种挑战实际上造成很多困难，你能设置议程，我也能设置议程。这种自设议程就成了我们今天的社会现象，而站在中间的管理者，他不但要有服务于大众的决策、声音、主张，同时还要有强大的调动现场、组织现场的能力，如果没有这样的能力，那么就会被大家嘲笑，被大家玩弄，被大家哄下台去。

媒体开始重要转型

传媒如何解决和面对危机呢？过去媒体发展是依靠简单的信息不对称，现在我们就要有超出信息优势之上的力量。我们在网上搜索，有很多的垃圾信息，我们关注的东西是什么，我们应该如何关注？实际上，这种简约化的要求，是人们在丰富生活中的迫切要求，人们需要简约简化。

因此减负就成了人们的主流话题，这恰恰是领导者和媒体发挥自己影响力，发挥自己责任的重要价值，所以简约成了一种价值，规则成了一种关键，我们必须摒弃过去信息不对称的现象。

应该怎么做呢？我想有这样的一些方式。首先，我们都知道在新闻传播过程中，其实它都有三个价值的营造点。第一，就是它争夺的是事实传播的影响力，就是谁第一时间报道。但是在这方面，现在并不是由传播媒介一统天下的。美国人在2007年作过研究，在全美国，2006年全年发生的新闻事件中，40%的新闻事件已经开始不是由传媒和传媒工作者第一时间报道，而是由普通公民、非专业的人士报道，在西方叫做“新闻公民运用”，新技术确实带来了很多我们意想不到的东西。

也许一个人报告的事实本身，跟专业记者相比是不真实的，或是片面的，甚至有时候不排除故意造谣，问题是现在不是一个人的力量，而是靠1万人、10万人、50万人，就一个事实来呈现自己的看法，这样的群体对事实的再现，就形成了无影灯效果，形成了比任何一个专业媒体、专业记者，对真相报道更加有效、更加真实、更加详尽、更富功能的再现方式，技术革命给我们带来新的变化，这是传统媒介很难跟它去抗衡的方式。

事实上我们的专业媒体在未来，我们的领导者在未来，已经没有太多信息掌控的优势了，那靠的是什么呢？靠的是信息的第二特点，第一特点有其价值缺陷：当一个事件发生的时候，它会集中在富有戏剧性、冲突性、反常性的报道，但是事件也许还有一个基本面，它很重要，并不那么具有戏剧性。但是这种基本面对于把握这个信息、把握这个人、把握这个事件本身起着至关重要的作用，而这恰恰给领导者、传播者和媒介留下了一个空间，补上第一轮传播中那种信息不对称的重要缺失。在网络传播时代，我们都发现一个特点，人们对信息的掌握越来越浅表化，而这样也带来一个问题，我们常常面对网络，我们基于一个片断的认知，就马上得出一个结论。研究者把这种情况概括为有主张无依据，有判断无判据，常常有很多的社会主张，这种社会主张是建立在片断信息基础之上的，这些信息有时候是不可靠甚至是很偏狭的。

把重要的信息论据补充完整，这就是第二价值落点的表达方式。第一轮信息的呈现，都是以伞状方式存在的，一个复杂的人、一个世界，如果把片断事件接在一起，解读它的结构和逻辑，可以使我们更加清晰地把握这个事物的全貌以及价值的本质。我们需要一个逻辑和结构，而一般来说，这种全民生产式的，第一轮事实性的报道，在这方面恰恰有缺失，一个领导者和媒体本身，在这方面有很大作用。

透过一个现象的报道，要给人以把握世界的逻辑方法，判断事物的标准尺度，让它们回归到精神家园的位置上，这也是为社会提供一种更加具有恒久性价值的东西，媒体通过一个个报道，形成结构性价值的呈现，这也是媒体的价值。

>> 透过一个现象的报道，要给人以把握世界的逻辑方法，判断事物的标准尺度，让它们回归到精神家园的位置上，这也是为社会提供一种更加具有恒久性价值的东西，媒体通过一个个报道，形成结构性价值的呈现，这也是媒体的价值。

媒体和管理者的价值从过去对于信息的掌控，开始向平衡协调补充和建立精神家园这个重心转移，这是一个特别重要的转型。

善用社会力量达成沟通

如何利用这样一种新的社会态势，新的传播技术，以及社会的力量，让社会实现自、组织自、教育，在这样的过程中，来形成社会和谐的管理，这也是管理者和媒体的责任。

如何善于用社会的力量，达成社会的沟通？比如人肉搜索，有人仅仅看到对个人隐私和权利的侵犯，我们为什么不能看到这样的方式能够做好事呢？这种模式也可以成为媒体构建的模式，如何利用大众生产大家喜闻乐见的东西，比如某报纸上有一个幽默版，不是让大家投稿，而是在报上发一个引子，让大家在那里接龙。

中国人是如何过春节的，过去是采访几个企业家、采访几个工人，就成了过节的全景图了。今年可以让每个人把自己所想的说一遍，这就成为了一种研究民俗研究社会的最好材料，这种东西在过去传统方式中不可想象，但是今天蕴涵着巨大的力量。而今天这种巨大的生产能力有一个基本缺陷，人们的表达得到解放，对传统的价值观和权威有一个巨大的冲击作用，但是自己的力量还不足以形成足够强大的力量。现在的任务是，如何把这种力量形成社会产品、社会内容、社会价值，这是政府和媒体在这样一个时代里，如何体现自己力量的一种基本方式。

规则的改变也是很明显的。我们在一个共景中，要改变过去影响力的模式，这个模式有一个基本方向，就是把权力拿出来让全社会分享，让老百姓分享，传媒一个基本的发展方向就是——谁能够通过模式化、制度化让受众分享，谁就会成为市场上的媒介英雄。

我们的报纸从2003年以来一直处于衰退，受众逐渐减少，在这种情况下怎么改变呢？后来我们发现，其实百姓对于刊发本身仍然感兴趣，但问题是报纸呈现内容的方式还是过去传统的深度阅读方式，这需要拿出时间安安心心地看，现在人的生活节奏快了，希望在很短的时间内找到重要的内容，你必须要给人一个选择。

>> 我们的媒体在今天有没有力量，其实有很重要的一个依据，就是看它是否接近民意接近社会接近老百姓，媒体的力量来源于公开、真实和接近民意。

你把权力分享给对方，你就会获得对方的价值认同，就会产生更大的影响力，这方面还有很大的作为空间。我们的媒体在今天有没有力量，其实有很重要的一个依据，就是看它是否接近民意、接近社会、接近老百姓，媒体的力量来源于公开、真实和接近民意。

互动

网友：刚刚在演讲中您提到了西方的公民新闻运动，我注意到网络等新型媒体的兴起，中国网民或公民已经深入参与“躲猫猫”调查，你如何看待如今的网络公民行为，他们会朝着什么趋势改变？

喻国明：这是个很好的问题，昨天下午温家宝总理在线跟网友聊天，网络真的已经成为一个巨大影响的媒介，10年以前网络还是前卫人士的时尚或游戏。按照最新的数字，我们现在的网民数量占全国人口的24%左右。按照传播学的规律，当一个媒体的居民占有率在5%以内，是一个前卫的媒体；而5%—20%是时尚媒体，是为年轻人和敏感人群所关注的；超过20%就成为主流媒体。网络恰恰超越了这样规模的界限，因此网络日益受到社会各界的关注。在今天的情况下，网络确实给我们带来丰富的东西，多元化的东西，它的互动性更强，因为对于社会问题的发现，它会更具有敏感性的特征。我们会发现，最近几年大概是社会分工，除了网络技术特点之外，网络本身的制度方面享有的尺度空间也大了一点，因此在这样大的社会议程设置流程中，网络总是会发现并蕴蓄力量，然后再推动社会各方面来解决这个问题，而这成了最近两三年以来基本的逻辑。网民起的作用是极其重要的，至于未来会往哪方面发展，我们未来对网络功能的开展，无论是从政府的角度，还是从网民自建的角度，都会有更多的表达和作用方式，会更加积极，更加具有建设性。而网络初期的所谓孩童般的任性，我们会发现在网络的一些聊天室里，有很多人在骂人和散布不良信息，这样的情况在未来会逐渐形成一些秩序和规则，而这些规则和秩序，在我看来，并不是政府力量的参与和法律的干预造成的，我的主张是，政府和法律对网络的规范应该慎重，只有当这种现象有一种直接和现实威胁的时候，我们才对它对症下药，我想这可能是我们的主张、建议。

时间： 2007年8月21日
节目： “中欧社会论坛·中国直播室”之十四
主题： 中欧三次相逢及跨文化视野
嘉宾： 于硕　巴黎南泰尔大学人类学博士、雷恩第二大学拉尔斯研究所研究员、北京师范大学“京师学者”讲座教授，中欧社会论坛总监

于硕：
中欧三次相逢及跨文化视野

当我们讲到中欧三次相逢，大家首先看到的是有历史断代的一个划分，有地域的定位，是中欧相逢，不是中非相逢。大家可以去设想，这样的相逢就像一次远足，像一次度假。你度假的地方很远很远。今天大家在一起做的远足不仅在空间上很遥远，在时间上也很遥远。因为刚才主持人介绍中西之间的交流时，造成了几乎是一个单行线的历史事实。我可能会在我的讲演当中，和大家一起回头看一下是什么时候发生了单行线的转向。在单行线发生之前，中欧之间的交流是怎么样的。

第二，为什么要出去远足呢？这是因为在你原来的生活空间，在你原来的体系中，你觉得有些腻了，有些烦了，觉得困惑，现有的一切不能解释你在生活体验中遇到的新的问题。所以，你想到远方去看一看，看别人怎么生活的，问一下别人怎么想的。在中欧论坛的主题框架下，在相逢的状况下，一种态度是稍微有一点理性，有一点激情在里面的。另一种态度是我们常常见到的，是带着敌意上阵的态度——你们外国人，我们中国人；你们帝国主义，我们社会主义。这反映了思维的对立模式，还体现了没有从理性、线性、二元对话的角度去思考。

当我们要去出发的时候，我建议大家首先以一种欣喜的、愉悦的、轻松的态度出发，路上遇上了豺狼虎豹，或遇上了困难是很正常的。这个困难在人类之间的相逢进程里其实是非常简单的。

时间	历史性	时代问题	认同	相逢地点	代言人—中介	人的特征
第一次相逢：16—18世纪	弥留中的神圣世界 观念和想象的相逢 中国属于“上帝的选民”	“上帝—人”的精神存在（欧洲天学） 天人合一（中国心学）	欧洲：上帝 中国：天 “超儒”	地点在中国 冲击在欧洲（观念世界中的欧洲）	天主教的传教士（同时是艺术家和科学家） 启蒙主义的思想家 中国的士大夫	神圣人
第二次相逢：19—20世纪中叶	较量关系中的英雄世界 自由经济竞争和国家干预并存的双重相逢	“人—上帝”的绝对理性存在 主权民族国家的形成	主权民族国家： 新生“种族”和“文化”概念成为认同的标志	分崩离析的中国 “欧洲”不复存在	外交家、商人、新教传教士 士大夫中的现代主义者 新生知识分子 主权国家	英雄人
第三次相逢：始于1978年	技术和金融统治下的全球化世界 量化世界，虚拟相逢与人的隔离 人类受到整体威胁	现代性主体焦虑 对人类生存环境的灾难意识和无力感	“惧怕”和“平庸” “他者”和“我们”混杂与认同迷失的时代 欧洲重现	符号和虚拟空间（网络） 中欧的交叉相逢（场域）	商人、企业家、科学家、知识分子 “主权国家” 国际组织 跨国公司	经济人
创新第三次相逢： 1990年至今	共同命运的生态世界	面对生态和精神危机，对神圣性重建，寻找对技术和金融统治的应对方案 如何提升作为精神的公民意识	唯一的人类家园	城市 利用无限虚拟空间回到可触摸的地球，可感知的社区（中欧论坛）	“世界公民” 跨文化人，艺术家 公民世界论坛 国际网络	生态人

现在说什么是跨文化视野？我们面对他人的时候是文化主义的视野。我有文化，他有文化，两个文化经过了5000年的发展历程，形成了各自独特的历史属性和独特的文化特质。这个时候，我们很容易以一种自我的中心主义的文化视野去面对他者，对他者采取一种区别的亲疏。尤其是知识分子，习惯于去述说各个文明历史间的差异。

另一种可能是我不接受你。如果我接受你，那有两种可能：一种是我高高在上，以我的宽厚接待你；还有一种是我接受你是因为你有用。比如东方的西化过程一直到现在为止，全部意义上是说有用性的功利性的进入。从最早的洋务运动开始，我觉得你们这些野蛮人的这些技术有用，回过头，我来制服这些野蛮人。

哲学是关于光的学说。关于生命体验的内在之光，大家知道柏拉图有洞穴理论。在灰暗当中我们获得了精神之光。中国也是一样的。中国不是理性主义至上的进入。我们对西方单行线的引进是单纯的技术的引进。从中国的改革开放，到鸦片战争的前后，都停留在理性工具主义的层面上。这不叫跨文化视野。我们要走出文化主义的视野，进入跨文化的视野。

>> 每一个文化有自己独特的知识，那么跨文化的视野，要追求的一个目标就是承认、相识和改进。

跨文化的视野首先是一个态度，也就是说，我所有的，你作为人类社区一定得有。几乎有一点绝对主义的味道。但是基本上是一个理想主义的定位。人需要有一个理想主义的定位，是要有一个承认。如果说知识可以从文化的角度进入的话，每一个文化有自己独特的知识，那么跨文化的视野，要追求的一个目标就是承认、相识和改进。所以我说它是一个态度，是一个心理的存在的进入，而不是一个知识的进入。这是第一个态度。

第二个态度，当我们谈到跨文化的时候，我们一定要有知识的储备，要有对他者的知识。现在我强调的是，你面对一个他者，胆敢苛求一个他者，胆敢判断一个他者的时候，你在多大的程度上知道了他者，你在多大的程度上了解了自己？这点非常重要，尤其对中国人来说非常重要的。在很大意义上，中国人对自己文明的意识是十分强烈的。对于文明的知识是十分薄弱的。这就形成了一个非常滑稽的张力。在全世界各地，你都可以发现中国人经常说：我们中国文明上下五千年博大精深。然后你问他一个随便的基本的中国常识，他完全不知道。这背后说明的道理，是在文化拥有和文化认同这两个概念上出毛病了。我们中国文化就在这出了毛病。由于历史使中国人对文化的敏感度一直很强，对自己文化的破坏比任何一个文明都惨烈，所以一度造成了全人类灾难性的现状——道德崩盘。控制我们的唯一手段是技术主义。这些都不只是中国的问题，但是在中国体现得最为强烈。

在跨文化视野上，我们要求对他者的支持，更要求对自我的支持。由于出现了这样的一个单行线，使得我们中国知识分子像普罗米修斯这样一直想去西方偷来知识之火。存在中国文明上的儒学、道家学说，使得思想上发生了被停滞，人们不去研究，发生了式微。没有关系，文明的传播就像一阵清风，把花的种子放在任何一个地方，只要有适度的阳光、温度，这个种子是可以开花结果的。大家都知道南橘北枳的故事，同样的，一个青涩的果子到了阳光、水土好的地方，可能就会变成一个好的果子了。这说明在跨时空当中我们可以传载文化。中国文化曾经在中国式微了，但最近十几年有所改善，尤其是近几年重读经典的精神值得赞扬。但是背后造成的危机感不容忽视。

回到我们的主题，中欧三次相逢，为什么三次？其实，任何一个历史都不能把它割断成几次。它本来就是源源不断的。这样的划分只是一个工具。历史在漫漫的长河当中，我们可以根据一些象度分成大概的几次。在这几次当中，和在这几次之外，在所谓的中断的时候，都在进行着。

中欧第一次相逢是围绕神圣性展开的。那是在两个“中心”之间进行的，时间是16世纪文艺复兴末期，以1583年耶稣会士到达中国为标志。一来就不走了，有的一住长达50余年，终老于斯。我们如何界定他们的生活世界和想象他们的“跨文化”生命体验？相互不断深化的交往引起了两个世界精神上的震荡，西洋历法的采用是中国宇宙观的一次突变，让中国人知道了关于时间和空间的标记还有另一种方式。在大洋的另一侧，意大利传教士卫匡国于17世纪中叶在阿姆斯特丹出版了《中国上古史》，基督教历史开始的公元一年正是这部中国上古史的结束。这无疑引起了对《旧约》所描写的一神创世观念的冲击，对当时欧洲的人类史观是颠覆性的，也反衬了欧洲教皇大一统意识形态的不得人心和衰落，遂出现了思想界著名的“中国礼仪百年之争”。在启蒙思想家伏尔泰的眼中，中国是全世界最智慧、政治最完善的国家，而且一直保持着物质、进步和理性，从未陷入迷信或天主教的教条之中。伏尔泰通过中国人之口要述说的是他自己的理性哲学，并以此为武器，与路易十五的不宽容政治作斗争并试图摆脱梵蒂冈教廷的统治。中国就这样无意识地被卷进了欧洲现代化的发端之中。

>> 由于历史使中国人对文化的敏感度一直很强，对自己文化的破坏比任何一个文明都惨烈，所以一度造成了全人类灾难性的现状——道德崩盘。控制我们的唯一手段是技术主义。这些都不只是中国的问题，但是在中国体现得最为强烈。

中欧第二次相逢则体现了英雄征服的强权逻辑，大国粉墨登场争霸世界。清帝国千疮百孔，西方的中国观转向，由赞美跌向鄙夷。18世纪末英国大使马尔嘎尼（Macartney）代表团访华、虎门销烟、洋务运动以及五四运动都成为这段历史的象征性符号。这次相逢需要坚船利炮，新生的各“民族国家”在世界舞台上摆出主角姿态，打着国际法的旗号到处占领土地（殖民地）、贩卖人口（奴隶）、攫取利益（商业），征服自然（科学技术）、张扬理性（世俗化）。保持华夷贡奉体系的中国仍表现出自古以来对“商”的蔑视，似乎接受传教士比买卖商品更容易。然而面对失败，中国渴望“富国自强”，被迫进入了一个陌生的世界体系，并决意悲壮地向“敌人”学习，利用新教传教士从西方输入各种现代化的符号，工业、学校、医院、报刊，甚至公民社会、民主……从而“师夷长技以制夷”。这一情结推挤着中国人进入了一种漫长的“他我认同”（hetero-identity）的参照，在自卑和自傲之间尴尬地摇摆，一直到现在都还未找回不卑不亢的平和品质。“中学为体，西学为用”是在较劲儿，但中国毕竟开始了与世界同步的现代化进程，它决定性地改变了中国的政治、社会及知识面貌。民族国家的张扬强化了民族主义或爱国主义的集体意识，“文化”、“种族”“国家”这些新概念自18世纪中叶产生以来，逐渐成了做人的参照系。

第三次相逢中当然没有上帝，也见不到英雄。“上帝死了”，被理性取代；英雄神伤，在技术和金融面前束手无策。上次相逢中中国人学到了什么？进化论，直到今天，我们仍然在不懈地坚持着发展的进化论逻辑；自由，但还不是政治的，有一点文化的，更多是经济的。这次相逢以全球冷战结束和1978年中国蛇口建特区为标志，并立即搭上了全球化加速的特快列车。悖论的是，中欧交往比任何时候都更频繁更广泛，而因恐惧而生的自我防卫意识或因竞争而滋长的民族主义也相与伴随，从而使这次相逢仍延续着较量关系的逻辑。属于人的，不可量化的品质被遮蔽，全球化了的各种共同危机被忽视。纠缠着我们的是某种现代化身份焦虑症：我是谁？什么能证明我是中国人？中国餐馆还是孔子学院？离家在外的我和蛰居家乡的你都在与“他者”杂处，每个人都既在其中，又在其外。百年西化了的我们，丢了自家本领，即便弘扬国学蜂起，大抵也是为了说辞，没见几个中国人躬身实践儒家天道（孔子学院是让外国人儒化？）；我们却也不肯承认学了别人的“体”，当下用“现代化”取代“西化”的努力

>> 我是谁？什么能证明我是中国人？中国餐馆还是孔子学院？离家在外的我和蛰居家乡的你都在与“他者”杂处，每个人都既在其中，又在其外。

治不了我们的认同危机，因为我们虽然只剩下了经济人的尺度却依然相信鬼神报应。

广东是现代化的先锋，因而不能免去被百般歌颂过的世俗化之俗，经济理性之俗，财富物欲之俗，国家本位之俗。20年前我第一次被邀到广东，作蛇口经济特区的社会学研究，中国改革第一人袁庚告诉我说，他的理想是把特区“建成最适合人类居住的地方”。10年后再见到他，听到的已经是他对自然环境和腐败的无奈慨叹。因网络工具便利，我们在欧洲随时能知道孙志刚被暴打致死的噩耗，村委会选举官民冲突，农民因非法征地而斗争的遭遇，或某村长赴京扰乱秩序被判刑一类的消息。

但广东在“俗”中有“雅”，似乎悄悄地绽开着某种高贵，人的尊严、社会的公平、食品安全、环境品质、人文艺术，这些高贵的意识在觉醒，公民们为此在行动，进行村民议事、民主选举、新农民画、住房、环保、弱势群体及劳工权益的保护，《南方都市报》的公民时评或《热言中国》、《开放时代》一类书刊的出版，奥一网“看见了一切”的沟通平台，广东艺术馆的学术高度和人文关怀，还有由中国和欧洲的大学、企业、政府和民间组织共同发起组织的中欧社会论坛，所有这些都体现着某种新的生存方式。精神在寂寞良久之后终于走出阴影，昭显神圣，而这一次跃跃欲试的是普通公民。这是我们在欧洲对广东的远距离感受，不同于在亢奋中争当大国的中国给世界的整体印象。全球紧密依赖的世界谁还能如过去那样单独“大国崛起”？广东的徐徐清风、细节品味令欧洲人耳目一新，重新鼓舞了理想主义者的信心。大国未必伟大，伟大总是需要一种精神境界和对人类有所奉献，经济指数上的强国无法自然过渡为伟大。

>> 大国未必伟大，伟大总是需要一种精神境界和对人类有所奉献，经济指数上的强国无法自然过渡为伟大。

有着共同挑战、命运息息相关的世界无法再以分离的主权国家为单位去设计世界的治理方案，时代使命是：提升世界公民意识，展开神圣性重建，认同我们唯一的人类家园，从无限虚拟空间回到可触摸的地球，从宏大的国际公民网络回到具体行动的社区空间。中欧社会论坛把这一切作为自己的使命，试图在中欧对话中创新两个社会第三次相逢的模式，或许可以叫做中欧第四次相逢，或许不再是中欧之间的，而是人类各社区内部的相逢对话。如果我们承认人类的取向比一个种族的取向更高尚，那我们就不能不超越一个国家的利益，不能不重视所有的文化遗产，也就要超越历史的局限性，超出种族的属性，超出地域，超出意识形态，进入一个更宏大的空间，去体验我们作为人类共同体的存在。

怀着无限崇敬，我再次感谢霍英东先生，在他谢世前的几个月，以他深厚的生命直觉在广东的南沙接纳并主持了第一届中欧论坛。广东将创建的下一个中国第一，世界第一是什么？是共同命运的生态人世界，是超越我们当下的经济世界。如果经济世界和生态世界在西方有着同一个希腊文词根eco-＝oïkos，意为“家政”和“家园”，那么我愿意说“经济的”是凡俗的，而“生态的”是神圣的。呵护家园，第一个是在人家的层面，而第二个是在自然的层面，连接大千宇宙。人重新变得谦卑而高尚，还自然之魅。我们将修复的生态的世界是一个神圣的、生命和谐的世界。

率先建构共同命运的生态世界，将率先回到神圣性。生态人在共建家园中最终会找回他全人类的兄弟。

而保护生态，节约能源，食品安全，提升品质，跑步骑车，吟诗作画……都是每个人可以身体力行的小行动，大抱负。

互动

网友：你怎么看待文化“超男”易中天和文化“超女”于丹热炒的现象，是不是经典都要用这种方式传播？国外有这种现象吗？你对这个问题怎么看待的？

于硕：我很遗憾，我从来没有听过易中天的演讲，听过5分钟于丹的演讲。为什么听了5分钟？因为我在一个书店买书的时候，书店的大屏幕正在放于丹的演讲。我的第一感觉是于丹老师说话的方式是典型的教师方式，有点好为人师，我想这是职业习惯。

关于社会大讲堂的方式，我不反对。就如同我们正在做的论坛一样，是非常好的公民参与、讨论、信息传播的好方式。对于她讲的内容，我认为非常重要。的确需要有人对中国古典的文化、中国古代的学问进行重新的阐释。因为中国人对中国文明实在是太不了解了。我也要感谢西方的很多汉学家，他们把我们的学问给保留了下来。

听过于丹老师的一小段发言之后，我的第一个想法是：应该从不同的角度去理解文化。即便是大众论坛，我们也应该把它当作一个知识的载体来对待。第二，中国的学问要把它当成存在来对待，学问是一种心性、性情的存在。我看到于丹老师讲学的取向是有意识的，把古老的学问当成处事的策略来对待，把孔子、庄子说的话用来教别人如何做人。我觉得这点有些可惜，古老的学问里面，蕴涵着生命的智慧，这种智慧是不需要放在一个社会空间里面，策略性加以对待的。将智慧当作生存策略的做法会让我们忽视一些更深层的哲学。

>> 古老的学问里面，蕴涵着生命的智慧，这种智慧是不需要放在一个社会空间里面，策略性加以对待的。将智慧当作生存策略的做法会让我们忽视一些更深层的哲学。

网友：最近几年，对美国文化入侵的问题议论得比较多。我们知道法国思想界对这个问题有比较深刻的认识，也采取了不少方式、方法。于硕博士在法国生活当年，想请您解答一下。

于硕：美国文化入侵是一个全球美国化的问题。在法国基本上不会出现文化的敏感，这远远不如中国。中国的文化敏感非常高的，文化的拥有是非常低的，这是很不幸的。

在法国文化的拥有要高得多，对自己文化的敏感要低得多。这是在第一个层次上回答大家的问题。因此不像我们那样敏感，一见到美国这个词就像被折了一下子的，好像欢呼雀跃。这是两种意义上，都不那么强烈。没有人专门像于丹那样去宣扬法国文化，我不认为在法国可以找到大讲堂，大肆宣扬法国文化，至少现在没有。

对于美国文化入侵的思考是一个全球化的思考。仅仅是把美国当作全球化当中的一个例子，而不是当作主权国家的威胁。当美国思想家讨论问题的时候，一个文化符号会非常快的波及到整个全球，尤其在技术手段和主权国家的强权的力量、较量当中，使得美国文化相当于向全世界扩散。

它在文化上影响到了多远，中国真的就是美国化了吗？对于这个危机，我不认为是很严重的。就像我以后只吃麦当劳，不吃川菜、粤菜，不证明中国人以后就说英文了。在精神层面上而言，我倒觉得美国文化的侵入，美国文化对中国文化的影响，远远不如欧洲大陆对中国文化的影响大。至少现在是这样的。如果美国思想家对中国的思想家影响很深，一个重要的原因是懂英语。大家要看到这些美国思想家在精神，在思想渊源上是直接连接了欧洲的大的思想家。所以，你完全可以把它当成一个整个的欧美思想来对待。真正的美国的文化危机，我不认为是重要的。青年人会受一些直接的影响，但是也只是在一些非常表面的、娱乐的层面上。

时间： 2007年8月23日

地点： “中欧社会论坛·中国直播室”之十五

主题： 中国和欧洲如何共同进入21世纪

嘉宾： [法] 皮埃尔·卡蓝默（Pierre Calame） 欧洲著名思想家，梅耶人类进步基金会主席，中欧社会论坛创始人之一

卡蓝默：
中国和欧洲如何共同进入21世纪

如同大家所了解到的，第二届中欧论坛将在欧洲二十几个不同的城市举办分组会议，然后在布鲁塞尔举办大会。这样的会议是前所未有的，不仅在中国、欧洲没有发生过，在全球范围内也是第一次。中欧论坛试图跨越时空距离，尽可能地在各个领域内开展社会与社会间的对话。

我认为中欧对话是社会与社会对话的一个设计。如果只局限在我刚才说到的这些代表们之间的对话，那是非常有限的。如果没有奥一网提供网络平台，没有正在电脑前与我们一起交流的朋友们，中欧论坛的意义会大打折扣。正是大家的在场，使得这种社会与社会的对话变成了真实的现实存在。

今天对话的题目是中国和欧洲如何进入21世纪，这个议题不仅有趣，同时也很刺激。我们都不大清楚，中欧共同面对着多少挑战；试问我们如何能手拉着手去梳理共同面临的挑战；我们如何能一起想象战胜挑战的方案？这也是中欧论坛给自身的一个伟大的历史使命。

如何理解今天巨大变迁的21世纪？我们应该回到相对遥远的历史当中。回头看漫长的20世纪的历史，我们会发现过去的这个世纪，是具有轴心意义的承前启后的一个时代。这个时代发生了现代化的加速，现代化的完善，科技获得了高度发展。与此同时，各个主权国家不断地自我建设，努力成为整个世界经济、政治外交的承载体。

同时，20世纪也充分承载了人类的梦想。比如如何去把握生命，如何去应用各种技术，如何去征服我们所生存的环境，如何去理解世界。这个世纪噩梦不断，比如两次世界大战，以及正在发生的大大小小的战争，在这个过程中我们发现，技术起到了非常重要的作用。在战争中，我们使用了一些最精湛的武器，比如核武器。我们意识到这些精湛的技术常常是用于屠杀人类，而不是用于拯救人类。

作为一个欧洲人，出于对于欧洲的了解，我认为20世纪整个过程中最能标志人类历史转折的可能不是联合国的建设，而是欧盟的建设。为什么这样说？因为联合国是建立在17世纪以来的主权国家基础上的一个联合体。它将主权国家作为所有的世界组织的核心机构，而欧洲联盟却是超越主权国家的尝试，是一次以和平的方式来进行世界治理的尝试。这种尝试超越了以往以国家为主体，把各国自身利益放在首位的治理模式。

20世纪亦是现代化普及的世纪。二战结束的时候，美国一个国家就占了全世界总生产总值的50%。而后从80年代开始，全世界的其他国家，比如像中国、印度、巴西等迅速崛起，使得世界发生了一个快速重组的过程，权力也开始重构。由美国或几个经济霸权国家主宰世界的形势发生了急剧的变化。

经过上述的简单描述，我认为21世纪将不会是20世纪的延续，而是一个转型的世纪，将人类导向一种新的生存模式。为什么说21世纪将是一个转型的世纪，我们可以从三大变迁上谈这个问题：第一，在治理世界的方式上，基于不同地区形成的智慧和实践方法是不同的；第二，人类所生存的环境是不同的；第三，人在使用自己发明的技术工具的使用上，技术的定义上是不同的。

第一个变迁，我们谈到世界的治理方法、治理标准发生了变化。因为，整个世界的结构比例和思考的存在尺度都发生了变化。我们有一种习惯，比如在法语当中会说全体的中国人、全体的法国人、全体的英国人，好像大家被视作不同的人类。的确，他们在历史当中形成了不同的社区共同体。但是这些共同体不是一劳永逸、一成不变的。如今，当我们用全球化的视野去看待这一问题时，我们发觉不再可能按照这种国度的概念去划分现实的世界。那么，现实的世界是怎么样的呢？那是相互依赖的，是再也不可分割的了。所以说，我们正在经历一个重大的断裂，传统意义上的社区，共同体的概念，已经发生了质的变化。一个真正

>> 当我们用全球化的视野去看待这一问题时，我们发觉不再可能按照这种国度的概念去划分现实的世界。那么现实的世界是怎么样的呢？那是相互依赖的，是再也不可分割的了。

的社区，一个真正的共同体，不是把所承担责任交给国家就可以了，而是要自己亲身参与，共同思考彼此所面临的问题。

欧盟最重要的创始人是让·莫内先生，他曾经说过：当法国、德国、荷兰等一块儿进行和平讨论的时候，我建议大家不要坐在桌子的两边，而是坐在同侧。因为坐在桌子两面表示我们是处在敌对的关系上，相互诉说自己的委屈，指责他人的罪过。而坐在同一侧，则表示我们在面临共同的挑战。这样象征性的说法和做法，恰恰是我们中欧论坛的思路，也就是说，我们想要超越这种传统的、敌对的关系，进入一个共同思考的年代。

当我们从历史现实出发，就会发现“世界治理”自然而然成为了21世纪非常重要的主题。在中欧论坛当中有一个关于治理的讨论组，很荣幸这个讨论组由前法国总理、现欧洲议员罗卡尔先生主持。作为政治家，罗卡尔先生一直对未来有敏锐的眼光，是一位有预见力的政治家。当我们谈到世界治理的时候，不一定是对联合国的加强，而是超越以主权国家为基础的联合国架构之外，寻找一些新的治理方式。然而所谓新的方式是什么呢？首先要有一个新的定位，我们在这里要解决的不是某个国家的事情，而是我们共同的事情。那么，把各个领域的人们、有不同经验的人们、来自不同地区的人们组织在一起对话，这些我们正在作的努力，正是世界治理当中去寻找新方式的一种尝试。因此，世界治理就不再可能完全垄断在各个国家的手里，而是需要公民人参加。这些公民是像通过我们正在组织的这类论坛，这些方式培育出来的，他们会自然而然地在全球化的世界当中形成，不管我们愿意不愿意。

为了做到这一点，我们需要去实践、去证明，如何去证明我们的勇气和想象力？这包括很多具体的实践，比如奥一网致力于为不同地区的人们搭建平台，使人们的经验得以相互传递，使彼此更加贴近。我们也可以说，奥一网作为沟通世界的网络，它能够把中欧论坛的思想与广大的网友们分享、讨论，从而形成了一个公共空间。

当我们谈到人类共同体、人类社区的时候，我们可能从两个意义上去定义：第一个定义是情感方面的。我们会对自己说，那些把我们联系到一起的因素远远大于那些把我们分离的因素。这是第一个，这个空间叫做共同体。第二个是说，使我们有了这样一种感觉，一种感情，有了一个统一体联合到一起的相关的工具，形成相互交流的紧密的关联性。从这个关联性上看我们人类的共同体，那么，20世纪末最伟大的发明大概就是互联网。网络是把我们联系到一起的非常好的，非常有效的一个工具。

第二个变迁，是一个非常宏大的变迁，就是人与其所生存的环境空间、人与自然关系的变迁。从地理学、考古学的角度，我们可以看到人类对自己所生存环境的破坏，这种破坏力很强大，甚至人类生存所必须依赖的那些外在的条件，包括森林、水资源、许多物种，都在被毁灭，这些外界条件的毁灭，也直接导致了人类生存的困境，很多地方已经不再有人类生存。

但是，21世纪人类面临着在广度上与以往完全不同的破坏，因为我们有很多新鲜的工具。如果此刻我们不对这些破坏进行反思，采取新的方式的话，我们会发现整个20世纪发展起来的新技术，其实是人类野蛮化的过程。这个世纪里，人类被技术发明不断地刺激着，以为自己的力量是无限的，可以去通过物理、化学的技术手段去控制世界。为了避免人类的自我摧毁，不再继续摧毁人类赖以生存的环境，就需要从根本上改变我们现有的生存方式。

第三个变迁，是关于科学技术发展定位的变迁。16世纪以来，西方社会为自己做了一个非常理想主义、乌托邦式进步主义的设计方案。这个设计方案以为只要科学和技术发展了，人类就可以走向绝对的自由。欧洲这些国家，例如法国、德国、荷兰、英国，当然包括美国，都是进步主义的始作俑者，在过去的几百年中，这种努力也似乎在“实现”。 如今，我们真正面临的问题是：技术和科学的发展，其实是一个民主政治问题。民主如果意味着公民可以一起来选择自己未来社会的取向，决定自己命运的话，那么，科学和技术的使用假如没有公民的把握，就势必会影响到真正的民主精神的实现。

>> 技术和科学的发展，其实是一个民主政治问题。民主如果意味着公民可以一起来选择自己未来社会的取向，决定自己命运的话，那么，科学和技术的使用假如没有公民的把握，就势必会影响到真正的民主精神的实现。

实际上，中欧论坛中有一个组就是要讨论公民，如何以公民精神把握科学技术的发展方向。我想，只有乌托邦这个词，能够用来象征我们的努力目标——中国、欧洲乃至整个世界的公民们，能够手拉手走过21世纪。

互动

网友：听了卡蓝默先生的精彩演讲，我有一个问题。其实在我们亚洲，中国和日本之间，自二战以来的仇视和敌对似乎始终没有真正化解过。日本也从来没有真正深刻地反思过他们在二战中的所作所为，而我们中国人民的反日情绪，尤其在网络上，可以非常清楚地看得出。我想请教您一下，像这样的问题，欧洲是如何解决的？比如法德之间是如何化解血海深仇？

卡蓝默：首先非常感谢这位朋友提出的问题，这是非常具有启发性的一个问题。几天前，我和于硕教授曾经在东北师大与一些日本专家讨论过同样的问题。当时，我们中国的学者朋友曾经说：如果说欧洲德国和法国能够重新和解，这是因为德国在全世界人民面前忏悔了它在战争中犯下的罪行，之后才获得了欧盟建设的可能性。但是我要告诉大家，这是和历史事实完全不符合的，事实是先有了欧盟，才有德国的认错。欧盟是在德国血腥屠杀中开始建设的，而在几十年后当德国人真正向人类认错时，欧盟已经逐步建设起来了。这个问题很关键，不是说一定要有对方情感上的认错，我们才肯去原谅他，而是有更深、更高层次的东西决定了彼此的和解。这里我想提到一个人，中欧论坛的创始人之一叫做乔治·贝尔图，中国的朋友可能完全不认识他。他是人类当代史上非常重要的人物，让·莫内先生办公室的主任。为什么提到他？因为他曾经对中国人说：不要再等了，中国人作为受害者先走出一步，在超越的层面上号召日本清醒的朋友们来谈一谈如何化解中日恩怨。这个超越一定会激发日本人的认同。所以，或许作为受害者一方，有这样一种伟大的使命——能不能走出第一步。

网友：您是欧洲著名的城市专家，您来中国的次数很多，想问一下，在您看来中国最美丽的城市是哪一个？如果说您现在觉得没有，您心目中中国最美丽的城市应该是什么样的状态？

>> 中国的城市让我觉得非常缺少灵魂，很乏味。在这些密集的高楼大厦中，我们很难看到有历史积淀的存在。一个好的城市，是你进去之后，能马上感受到它的历史厚度。当城市没有了时间切入点，就会变成无时间的空间。

卡蓝默：我是一名工程师，有20多年的时间主持法国国家的城市化项目。每次来中国，城市的发展速度都让我感到震惊。在受到这种技术层面的震惊之后，我现在想作为一个人文主义者来谈一谈对中国的印象：中国的城市让我觉得非常缺少灵魂，很乏味。在这些密集的高楼大厦中，我们很难看到有历史积淀的存在。一个好的城市，是你进去之后，能马上感受到它的历史厚度。当城市没有了时间切入点，就会变成无时间的空间。中国历史上下五千年去哪里了呢？除了那些到处挂着的大红灯笼，或者几个孤零零的历史古迹之外，我们几乎什么都看不到。老实说，我为中国这样的大都市而感到焦虑。

不过，我还想强调一点：让人感到欣慰的是，尽管面对着这种没有灵魂，充满着巨大压力、充满着超奢侈外在符号的超大城市，但是当我们面对中国人的时候，仍然能感到无限的生机。这种生机是能给人以希望的，生活在无灵魂城市的中国人却有着生生不息的激情，努力地在做着很多事情。

时间：2009年3月29日

节目：“中欧社会论坛·中国直播室”之十六

主题：中国崛起期几组关系 挑战与机遇相生共存

嘉宾：邱震海　凤凰卫视评论员、《震海听风录》主持人，德国图宾根大学博士

邱震海：

中国崛起期几组关系　挑战与机遇相生共存

中国的对外关系主要是指中国跟西方大国的外交战略关系，以及中国跟所有国家的关系，我们将谈到在中国崛起阶段已经出现的问题或面临的挑战，以及我们到底应该怎么办。

中国崛起期的对外关系，一个是态势的演变，一个是我们国家对外的战略如何展开。我给大家勾画一个我心目中的未来，有可能影响或有可能制约中国崛起的几组关系。我认为，未来有几组重要的关系，在第一层面上，处理得好会推动中国的崛起，反之则会制约中国的崛起，即中美关系、中日关系、两岸关系。

中美关系是合作与依存长期并存的关系，合作中有竞争有挑战，我们希望以合作来推迟或舒缓竞争关系，这是非常错综的结构性关系。

中美十指紧扣相互依存

中美关系是两个大国的关系，美国是已经崛起的超级大国，中国是正在崛起的大国，它不会随着某一个领导人的改变而改变，是这两个国家的结构性问题，只要你是已经崛起的大国，你就必然会对正在崛起的大国产生恐惧。正在崛起的大国，必然要挑战已经崛起的大国，这个态势是不可改变的。

现在的中美关系跟过去冷战时期美国和苏联的关系不同，中美之间有十指紧扣相互依存的关系。包括贸易问题、人民币汇率问题，反过来另外一个侧面是双方还有非常激烈的竞争，一个崛起的大国和一个正在崛起的大国的关系，更多的是体现在军力方面，中美双方基本是短兵相接。

中美关系是合作与依存长期并存的关系，合作中有竞争有挑战，我们希望以合作来推迟或舒缓竞争关系，这是非常错综复杂的结构性关系。

中日需要机制予以调试

中国和日本的关系不是全球的关系，只是地区层面的两个大国的关系，重要性远远不如中美关系，但是它的敏感性、冲突爆发的激烈性，掌握不好将远远超过中美关系。中日关系是东亚地区有史以来，从来没有经历过的两强并列状态，对此两个大国都没有作好准备。它有许多历史根源，有两个东亚大国文化的根源，很主要的原因之一是双方的力量、国土面积、国力不对等，无论怎么看，双方都不可能是绝对的对等。

在历史上中日2000年的交往历史中，我们曾经是互相依存的，中国是日本的老师。但是在最近100多年，日本迅速崛起，在这个过程中双方态度发生变化。明治维新之后，日本代替中国成为亚洲的中心，中国成了被人欺负的国家。还有战争原因，战后双方无法调整心态，中日之间的经贸，并不能代表现在中日关系的基本特征，中日关系已经变成两强并列的关系。

中日关系中，未来我们处理的无非是以下几个方面：即历史情结问题和现实问题。我一直说，在亚洲地区，中国、日本、印度，能不能有朝一日出现德、法、英的关系，我相信一定会出现，但我认为不是在我的有生之年可以看到的。

中日关系虽然现在基本平稳，但是并不表示中日关系已经解决了所有问题，在所有问题没有解决之前，中日还需要一套机制来予以调试。我认为四个机制都应该进一步加强：即纠纷谈判机制、信息交流机制、军方交流机制、民间往来机制，这四个机制虽然目前都有，但是很松散。

从一个现实主义的角度出发，中日应尽力避免冲突，我曾经提出一个漫长的国家定位和心理调整问题，这个过程可能会延续相当长的时间，在调试过程中，任何一个小的议题都是“星星之火可以燎原”，在本世纪能不能走出一条真的文明相处之道，包括民间、思想家，大家要不断思考、推广这个问题。

还有一个民间交流的问题。德国和法国的经验给我们非常重要的启示，两国之间加强往来是很重要的。日本国民对中国这几年上升的国力有一种本能的恐惧，加上日本媒体的渲染，双方的误解愈深。要真正解决这个问题，只有靠两国民间加强往来，这是需要一套加强机制的。德国和法国签订了一个《爱丽舍条约》，每年有几十万的法国年轻人访问德国，几十万的德国青年访问法国，通过强制性的关系抓住人可塑性的一面，用十指紧扣消灭冲突，用强制措施抓住人性可塑的一面。

两岸应建立框架逐步统一

两岸关系，首先我强调是中国人内部的关系。两岸之间的关系，从马英九上任之后就大幅度趋缓，主要是两个因素：其一，马英九的就职演说中提到“两岸人民同属中国人民”，民族认同要有，马英九在这点上没有问题；其二，“两岸一定会找到和平之道”，这话说得非常好。

中国内地也有很多改善，2005年3月4日，胡锦涛总书记发表了关于新形势下发展两岸关系的四点意见；2008年12月31日，胡锦涛总书记就推动两岸关系和平发展提出六点意见，都是向中国台湾伸出橄榄枝。中国台湾人在过去的历史情结下，认为做中国人是与他们无关的事情，里面有许多复杂的原因。从中国内地对台战略上来说，一个中国表述的概念是“世界上只有一个中国，中华人民共和国是代表中国的唯一合法政府，中国的主权不可分割”，这句话现在变成“大陆台湾同属一个中国”，意味着中国内地对台的政策变化。最近20年，中国台湾有几个很明显的变化：其一是工业化进程；其二是民主化的发展；人有了民主想法就会不同，于是有了第三个变化——本土化。本土意识随着中国台湾成为“亚洲四小龙”而膨胀，在这基础上产生“台独”思维。

在中国台湾的本土化进程中产生了许多极端意识形态，一定是有社会基础的，在严重疏忽的情况下，中国台湾的“台独”势力越来越强。面对“台独”势力日益起来，是帮助他们找回做中国人的感觉，还是以硬对硬，一“独”就打，这中间的选择是不言而喻的。比较好的情况是陈水扁走了，马英九来了，马英九说

“两岸同属中国人民”，中国内地也回应，两岸搁置了“九二共识”，双方承认一个中国各自表述，现在两岸都认同我们同属中国。

去年一个月之内，两岸做了很多事情，三通、经贸协定，但一个核心问题没有解决，即两岸的政治议题，是政治问题导致两岸问题。两岸关系不可能仅仅从经贸程度切入，要治本只有通过政治议题解决。

2008年12月31日，胡锦涛在北京举行的纪念1979年全国人大委员长叶剑英的《告台湾同胞书》活动中有一段讲话，表示两岸可以在尚未统一之前，就政治关系展开务实的探讨。胡锦涛上任之后，中日关系改善，两岸关系趋缓，这是他非常务实理智的地方，两岸未来的症结不是经贸问题，是政治问题，现在我们先把理论上的误区搞清楚，再看看政治上可不可行，最终要解决三个问题：1．民族认同问题；2．如何处理两个政治实体；3．如何处理国家主权问题。双方基本都承认一个民族。要解决国家主权问题，这是双方都应该达成的共识，如果变成两个国家，13亿人民都不会同意。

国家的主权只能有一个，跟一个民族认同，跟一个政治实体如何来处理。中国人应该有这个智慧，民族认同一旦确定，我们就要思考另外一个问题，能不能把国家主权和民族认同进行对接，这个对接是非常困难的问题，把政治实体变成在国家主权和民族认同之下的另外一个主权和治权之间的关系。

两岸关系趋缓中仍存在风险，中国台湾内部有几个特点：它是民主体制，马英九干不好就下来，所以我认为我们要采取措施保证，一旦马英九下台，两岸关系继续往好的方向发展，从现在开始的未来3年，两岸有识之士应该去考虑，具体能不能出台一些框架上的东西，一旦任何一个领导人再上来，都不可逆转。

我们对两岸寄予希望，但是两岸能不能建立一个基本框架，未来20年或30年和平相处，逐步走向统一，这是历史给我们提供的非常好的机会。一个国家、一个民族认同和一个国家主权，这三者关系能不能处理好，现在是两种方式，一种是一步到位，一种还是以若干年的方式小步走。就现实的可能性来看，后者比较可行，当然实践上也有许多风险，这两步应该并起来一起走，通过琐碎议题累积互信。

美国因素怎么处理是两岸关系的唯一障碍，美国因素现在开始淡化。看美国因素，我觉得我们要换一种思维：在中美关系

>> 一个国家、一个民族认同和一个国家主权，这三者关系能不能处理好，现在是两种方式，一种是一步到位，一种还是以若干年的方式小步走。就现实的可能性来看，后者比较可行，当然实践上也有许多风险，这两步应该并起来一起走，通过琐碎议题累积互信。

中，中国台湾大幅度淡出，中美还是已经崛起的强国和正在崛起的强国问题。所有的问题都是中国人自己的问题，你能帮我解决两岸问题吗？这是我们兄弟之间的问题。

所以现在两岸之间的美国因素不是核心因素，中国台湾问题也不是中美关系的核心因素。

美国在两岸问题中有什么利益？对美国来说，统一的中国和战争都不符合它的利益，中国内地的底线是中国台湾不走向独立，对中国台湾来说，认识到要走向独立是不现实的，但是对中国台湾来说，中国内地的底线是不独，美国是不统，中国台湾是保持自己的主体性。

中国内地、中国台湾、美国可以找到一个交接点，长期来看大陆台湾要统一，这是非常长的过程，与其把三方从战略角度看得那么突出，不如抓住短期的利益交接点。

中欧是重要战略伙伴关系

中国和欧洲的关系也不能忽视。美国是现实主义国家，欧洲是理想主义国家，从文化上，中国人要认识到欧美之间的文化差异，不要因为某些价值观忽视背后的深层原因。欧洲老一代领导人都有中国情结，很热爱中国，像法国前总统希拉克。

从1990—1995年，欧洲人是讲“中国崩溃论”的，1996年以后慢慢变成讲“中国威胁论”。这两个是矛盾的，一个崩溃的国家是不可能有威胁的，一个有威胁的国家是不可能崩溃的。进入新世纪，中国产品大量进入欧洲等市场，欧洲在人性上有所恐惧，在这种情况下新一代领导人起来了，就是默克尔、萨科齐等，因为“中国崩溃论”、“中国威胁论”与对中国的恐惧等情绪混杂在一起，他们只有对中国的担忧。欧洲在中国的战略格局中是非常重要的，现在大家都在谈美、中、欧三足鼎立，过去几年是在政治、战略格局上，现在由于金融海啸，更多地从政治战略走向金融经济层面。

美、中、欧三足鼎立无非是大三角关系，在这个关系中，中国和美国的关系已经定了，欧洲在战略地位上是中国非常重要的伙伴。

互动

网友：我们考察欧美历史，俾斯麦提出铁血政策，罗斯福提出大国政策，而中国提出和平崛起。你认为和平崛起这种方式能不能在实践上行得通？

邱震海：我认为和平崛起是人类面临的挑战，从这个逻辑上看，似乎中国在目前这个所谓崛起阶段，也要提出一些强硬政策，从这个层面上说，和平崛起这个概念提得不好，但是这个思维是好的，背后是一种智慧，人类必须要走出一条新的路，如果人用不同的形式重复相同的逻辑，那是没有前途的。从现实的国际格局和战略经济体制来讲，是你中有我，我中有你，既依存又竞争的关系。大家都在摸索，美国在摸索中国也在摸索，和平崛起也是必须要做到的事情，这是人类更高境界的精神追求。我认为国际关系与其说是政治家的关系，军人的关系，还不如说更多的是国民之间的关系，在国民之间能够产生一些思想家，把一些国际论坛、国际一流的思想家放在一起，在人类共同的屋顶探讨问题，再影响国民情绪，再去左右政治家、外交家、军人，我们千万不要被政治家所左右。

网友：现在中国某些人表现出的民族主义，对中国的崛起有何影响？

邱震海：我们不要过多责难民族主义情绪，因为这与我们民族过去的受屈辱历史有关，它从某方面体现了我们的自信和悲情。中国人民是非常善良淳朴的，我们理解这种情绪存在于我们每一个个体中，所以不要盲目地扣民族主义大帽子，而是需要大家一起来梳理，然后共同走向平衡。中国的民族主义情绪，表面上是很强的，其实背地里很善良，与其说是进攻型的，还不如说是自卫型的。很多年轻人很善良，对西方不是完全的否定，但他们没有看到西方的两面，正如西方也没有理清中国的全貌。

>> 中国的民族主义情绪，表面上是很强的，其实背地里很善良，与其说是进攻型的，还不如说是自卫型的。

网友：今年4月伦敦峰会，胡锦涛没有安排与法国总统的见面，这透露了什么信息？

邱震海：就我看来，法国很紧张，北京内部也很紧张，这是一个面子问题。由于去年的事，中法双方的面子还放不下，实际上中国和欧洲需要加强协调，这已经是刻不容缓了。现在大家要在全球的救市方案上加强协调，要在改革现有的国际秩序上加强协调。中国在这方面需要借助欧洲的力量，但是中国也不能完全跟着欧洲走，应当要展示自己的力量，把握未来格局的走向。

时间：2009年1月11日

节目："中欧社会论坛·中国直播室"之十七

主题：向世界说明中国，让中国融入世界

嘉宾：吴建民　著名外交家、前驻法大使，全国政协前外事委员会副主任，外交学院原院长，国际展览局主席，中欧论坛创始人之一

吴建民：
向世界说明中国，让中国融入世界

我们的国家正在崛起，人家有误解，你要反抗、要批评他，但是批评、反抗不是拍桌子，不是大喊大叫，更重要的是讲道理，把中国的真实情况告诉世界，而不是感情用事。

中国与世界的关系发生了历史性变化

回顾过去100多年的历史，鸦片战争以来，中国与世界的关系发生了巨大的变化，用胡锦涛主席的话来说，中国与世界的关系发生了历史性变化。

从鸦片战争开始，中国所说的世界主要是指西方世界。西方人用炮舰敲开了我们的大门，把中国由一个封建国家变成了半封建半殖民地的国家。中国人曾经被他们踩在脚底下很长时间，中国人为了自己的独立解放奋斗了100多年。那时候，他们压迫我们、侵略我们、剥削我们，我们反抗，我们是以造反者的姿态出现，与西方世界斗争了100多年。一直到1949年10月1日中华人民共和国成立，宣告100多年的独立解放运动取得了成功。中华人民共和国成立之后，以美国为首的西方世界长期对中国实行封锁、禁运，他们不喜欢中国，把中国看成异类，觉得中国是洪水猛兽。于是，在很长时间里，我们为了中华人民共和国的生存而奋斗。

现在我们国家在不断发展，中国人站起来了，我们做了很多事情，西方也不得不承认我们的成就，所以中国和世界的关系发生了变化。按照胡锦涛主席的话来说就是发生了历史性的变化。

那么中国人和世界的关系变在什么地方呢？20世纪很长一段时间都处于战争的状态，中国人民起来革命，世界人民起来革命，爆发了很多的战争，给人类带来了巨大的灾难，这个时代大体上过去了。

时代主题：从战争与革命到和平与发展

20世纪七八十年代，世界进入了新时代，就是以和平、发展为主题的时代。80年代初，邓小平会见外宾的时候说当今世界面对两个问题：一个是和平，一个是发展。这个话不长，听起来是大实话，但是在我们长期研究国际关系、长期在外交战线工作的人看来，这话不简单。以和平与发展为主题的时代，和战争与革命的时代有很大的不同，小平同志看到了这个变化。就我们国内来讲，1978年的十一届三中全会已经把我们工作的重心转移到经济建设上来，这是一个巨大的变化。中华人民共和国成立之后很长的时间里面，我们为共和国的生存而奋斗。我们在朝鲜和美国人打了一仗，越南战争我们也去了几十万人，很大程度上中美在越南也是一种较量。战争时代过去之后，和平与发展的问题提上日程，成为一个主题。大家看看十一届三中全会公报里面对于时代问题并没有作什么论述，但是决定把经济工作放在第一战线上来。这个决定后面有一个大的判断——战争打不起来了。这样的话我们才能集中精力搞建设，一心一意谋发展。在这样的过程当中，我们同世界的关系就发生了变化。以前，他们要侵略我们、压迫我们、欺负我们，我们要反抗，争取独立解放。十一届三中全会之后最重要的方针就是对世界开放，包括对发展中国家开放，所以我们的关系就发生了变化。我们开放了，大门打开了，外国资本进来了，外国的先进管理经验进来，外国的人员进来，我们的人出去。这时形成了什么局面？这是我们党一再强调的实现了互利共赢局面。

中美关系：互利共赢，共同点远大于分歧

中美关系的变化就是非常典型的例子。我是中国重返联合国的第一批工作人员之一，那时候中美关系刚刚打开，在美国

市场上没有中国的东西，在美国看不到中国的留学生，更谈不上旅游者，两国没有什么关系。从1979年1月1日中美建交之后，中美关系得以大发展，1979年中美贸易额是20多亿美元，2008年是多少？3000多亿美元。1979年中国在美国的留学生是零，现在是几十万；1979年中美之间的人员来往很少，现在双向的人员来往200多万。美国人在中国的投资大概有五六百亿美元，创造了很多就业机会，中国从美国进口了大量的产品，也给美国创造了很多的就业机会，中美之间形成了你中有我，我中有你的关系。

中美关系过去30年的大发展，是很多人没有预料到的。我们中美在朝鲜打过仗，相互是敌人，但这个关系过去了。我们现在不是敌人，而是一种相互依存的关系，中国需要美国，美国也需要中国，正如邓小平同志、江泽民同志、胡锦涛同志所说的，中美之间有共同点和分歧，但是我们的共同点远大于分歧。

向世界说明中国非常必要

为什么向世界说明中国非常重要呢？因为中国在崛起，中国这个国家在历史上给人类作出过巨大的贡献，也曾在世界上十分落后。1820年的时候我们的GDP占全世界的1/3，而1978年我们占世界GDP的1%，可谓一落千丈，现在我们占世界GDP的6%，我们正在发展起来。中国是要走一条和平发展的道路，这条道路说明什么？胡锦涛主席在十七大报告里面讲过，我们要始终不渝走和平发展的道路，不重蹈老殖民主义发展的覆辙，不损人利益，不扩张，不侵略。另外我们的对外关系，要始终不渝奉行互利共赢的开放战略。

中国崛起，将会遇到很多困难

中国不重蹈西方国家殖民崛起的道路，我们在对外关系上奉行互利共赢的政策。但是我们不应该低估中国前进中的困难，为什么这样说？我认为中国在崛起的过程里将会走过一条经济重生的道路，会遇到很多困难。

第一，人们看中国总会拿历史上崛起的大国作为参照系，而历史上的西方大国在崛起的时候都欺负人家，损人利益。于是人们对中国就有怀疑，因为全世界真正了解中国的人是极少数的，他们往往用历史上大国崛起的情形来套中国，这是一个原因。

>> 全世界真正了解中国的人是极少数的，他们往往用历史上大国崛起的情形来套中国，这是一个原因。

第二，就是人们用苏联来套中国。我在和美国人、欧洲人、日本人交换意见、讨论问题的时候，我是以学者的身份和他们讨论问题，大家相互交流起来比较直截了当，没那么多外交语言。他们就说了，苏联强大起来就侵略扩张，苏联是共产党领导的，中国也是共产党领导的，你们怎么可能强大起来就不侵略扩张？

第三，中国的崛起是13亿人的崛起。人类历史上没有13亿人的国家崛起的先例，我们肯定会对现存的利益格局产生影响，所以人家就会有所顾虑。

这三条说明中国崛起将会走经济重生的道路，我们前进道路上有很多困难，有很多误解、很多偏见，而这些误解、偏见不可能一时消除。

>> 中国崛起将会走经济重生的道路，我们前进道路上有很多困难，有很多误解、很多偏见，而这些误解、偏见不可能一时消除。

向世界说明中国，每个公民都能发挥重要作用

所以这种情况下凸显了向世界说明中国的重要性，要让大家了解中国奉行的两个重要战略：一个是和平发展；一个是始终不渝地奉行互利共赢的开放战略。我们的领导人经常讲，但是别人还是会有怀疑，有时候他们相信，有时候又产生疑虑，所以我们要向世界说明。

我认为在向世界说明中国的过程中，政府的领导人能够发挥关键的作用。但是这还不够，我认为地方政府的领导人，在与外部世界接触的过程中，也在以自己的方式向世界说明中国。比如深圳的书记、市长出去向世界说明中国，可以从深圳的现实出发，说明深圳如何深化同外部世界的关系，这样说明很有说服力。

第二是群众团体、公司、企业都能够发挥作用。因为在同外部世界打交道时，尽管这些人不是政府的发言人，不能代表政府某一个部、或者代表地方政府同人家打交道。但是人家可以通过听你们是怎么说的，又看你们是怎么做的，来了解中国。去外面世界的旅游者也可以发挥作用。他出去的言谈举止，是外国人考量我们公民素质的重要标准。我们有些公民出去表现很好，看到人家有困难愿意帮助人家，而且很有礼貌，这样的公民当然是给国家争得了荣誉。但是我们有些公民出去了，有一种报复的心理，心里想我现在有钱了，总想显摆，穿件名牌衣服也要把商标放在袖口上面。我在国外当大使曾见到一些人，我说你为什么把名牌放在袖口上，他说我穿的是名牌，放在别的地方看不见。

有些人去法国巴黎就说这里的新房子不如深圳多、不如上海多，他去看这个东西。其实对我们国家发展的成就感到自豪，这是无可非议的。但是我们是一个文明古国，你的行为、言谈举止都是人们了解中国的途径。公民不注意的话，人们就会有一个印象，这个国家是一个文明古国，可是从公民的言谈举止来看不是很文明。那你的国家再进一步发展起来的话会怎么样？所以我认为向世界说明中国的过程中，公民能够发挥很重要的作用。

我给大家举一个例子，我1994年到荷兰去当大使，我的夫人1994年12月到卢森堡去当大使，有一天丹麦大使见到我夫人，就说他儿子前不久到中国去旅游，对中国人的印象很好，中国人真善良。什么原因？这个外国人对成年人的子女不是很娇惯，也不给儿子很多钱，这个男孩子就背一个旅行包，在中国旅游两三个星期，有的时候坐中国的硬座车。

夏天男孩子旅途劳顿，半夜行车很累，鞋子一脱，袜子也脱，就睡着了。醒来之后看见袜子没有了，座位旁边有一个绳子，袜子洗干净了晾着，是对面的老妈妈洗的。这个男孩子回去之后把这个事情告诉了父母，他们非常感动。这位善良的中国妈妈看到外国孩子和我们一起遭罪，就想到自己的孩子，把这个袜子洗干净了。她做的过程当中也不知道对方是谁，也不想有什么回报，这就是孟子讲的老吾老以及人之老，幼吾幼以及人之幼。所以丹麦大使说中国人很善良，善良的人对人家很好，怎么会欺负人家呢？

向世界说明中国是一个系统工程，引导一切和外部国家打交道的团体，包括公司、组织、个人都能够发挥作用是非常重要的。

向世界说明中国，应做到润物细无声

向世界说明中国是一个互动的过程，世界为什么不了解中国？他们用过去的眼光看中国，对中国有很多的偏见，而且有些偏见不是一时能够消除的。

另外一方面，从西方世界来讲，西方文化长期是世界的主导文化，西方人慢慢就喜欢批评人家，认为自己是对的，认为人家不好，这种心理就造成了对中国的无端指责。这种现象会不断地发生，我们正在发展起来，自然会引起他们的不安。在这个过程当中，我们的行为方式很重要，怎么样才能够把中国发生的事情向外部世界讲清楚。胡锦涛主席、温家宝总理经常讲要用人家听得懂的语言，人家能够接受的方式说出来。

我非常喜欢杜甫的“随风潜入夜，润物细无声”，让世界了解中国是一个过程，如果我们像春雨一样润物细无声，外部势力对中国的看法会逐渐地改变，在这方面，中国还有很大的改进余地。我们要理性地与外部世界互动，而不是乱来，这是很重要的。因为我们的国家正在崛起，人家有误解，你要反抗、要批评他，但是批评、反抗不是拍桌子，不是大喊大叫，更重要的是讲道理，把中国的真实情况告诉世界，而不是感情用事。有些事情中国人看了觉得有道理，外国人看了，虽然不赞成你的观点，但觉得你讲的观点也有言之成理之处，如果能做到这样的话就很不错。

>> “随风潜入夜，润物细无声”，让世界了解中国是一个过程，如果我们像春雨一样润物细无声，外部势力对中国的看法会逐渐地改变，在这方面，中国还有很大的改进余地。

互动

网友：吴大使您好，我一直关注您，也喜欢您的魅力外交，我很关心中法关系的问题，对中法的关系您怎么看？还有萨科奇接见达赖，中国以强硬的方式向欧洲表示了维护国家主权的决心，我们想听一下您的看法。

吴建民：从这位网友的提问来看你对中法关系非常关注。1月27日中法建交45周年，戴高乐总统任下的法国是西方大国中第一个与中国建交的国家。45年来中法关系取得重大的发展，1964年建交的时候中法之间没有预见到两国关系会有这么大的发展。我记得中法建交的时候，《世界报》有一篇社论，两个崇尚独立的国家走到一起来。当时中国对苏联搞大国主义不赞成，我们表示了坚定维护国家独立主权的决心，同时我们对国家问题有自己的看法，我们不能听从苏联人的指挥。法国的独立性也很强，戴高乐总统对于美国有些事情是不以为然的，北大西洋公约组织原来在巴黎，后来被他赶跑了。当时建交是双方的需要，双方共同的利益，使两个国家走到一起来了。中法关系在45年内有了巨大的发展，比如：建交的时候中法没有多少贸易，现在两国的贸易有400亿美元。建交之前两个国家的人员来往很少，我们有一些文艺团体到法国去，留学生基本上没有，现在在法国的留学生大概有七八万人，法国在中国也有相当数量的留学生，两国人员的来往很多。法国很多企业在中国投资，法国公司的投资在中国做得很不错。中法的合作从政治、经济、文化、科技、教育都取得了巨大的进展，这是我们首先要看到的。

第二就是当前中法之间的关系也出现了一些摩擦。你刚才讲到了这个问题，就是2008年11月13日萨科齐总统对媒体发表谈话的时候，公开宣布他12月6日要见达赖，而原定中欧第十一届中欧领导人峰会会议是12月1日在里昂举行，中国方面都准备好了，温家宝总理准备访问法国，我们对中法关系非常重视。不知道为什么，萨科齐总统在中欧峰会举行三周前作了这样的宣布，这当然引起中国人的愤慨。国家和国家的关系、人与人之间的关系需要尊重，我们中国人对主权非常重视，他这一行动让大家很反感，很多网民表示反对和愤怒。这种状况下，当然中欧峰会就很难如期进行了，这个事情中方的态度完全正当。

从我本人来看，我对中法关系的前途并不悲观，因为考量两个国家的关系主要看什么？看共同利益。从中法关系来看，中法之间的共同利益有很大的发展空间，双方的经济有很强的互补性，法国的强项往往是我们的弱项，我们的强项可能是法国的弱项，所以这两者之间有很大的互补性。过去45年间，两国的关系发展得很快，这是互补性表现合作的反应，今后还有很大的余地。

文化上双方也有很多的共同点，中国人对法国文化很喜欢，法国人对中国文化也很喜欢。我在法国当大使期间就深有体会，我们的一些文化表演、文物展览、文化交流项目在法国非常受欢迎，到法国一些有教养人士的家里去做客，他们都能拿出几件中国东西。这就说明他很喜欢你的文化，我们中国人对法国文化也很喜欢，法国文化在中国很有市场。

在国际政治方面，冷战结束之后，中法之间有很重要的共同点就是不赞成单边主义，都赞成多边主义。中法政治、经济、科技、文化、教育都有很大的发展余地。

中法双方没有根本的利害冲突，不仅是中法，中欧之间也是这样的。由于双方处于不同的发展阶段，不同的历史文化传统，当然会有一些分歧，现在有，将来还会有。我们要在平等和相互尊重的基础上通过对话使得分歧得以解决。

网友： 您作为一个世界通，是如何向中国介绍世界的？当您参与中欧对话的时候，您是如何超越单一的中国公民身份，而在中欧论坛的舞台上扮演世界的角色，共同促进新经验。您是中欧社会论坛的重要创始人之一，怎么看待中欧社会论坛的发展在中欧关系发展中的地位和作用？

吴建民：因为我长期搞外交，观察了世界，观察了中国，所以能深刻感受到胡锦涛主席讲的中国与世界越来越密切的关系。中国的发展离不开世界，世界的繁荣与稳定离不开中国。所以说我们在看问题的时候，眼光不能只从中国出发，我们要有一个世界眼光。在世界大变化的过程当中，中欧关系是往前发展对中欧双方好，还是倒退对双方好？当然肯定是前者，双方都需要中欧关系向前发展，特别是当前面临着严重的经济危机、金融危机的时候，中欧关系更需要向前发展。

另外一个方面，世界在变化，这些变化可能是几百年中前所未有的大变化，特别是世界的中心正在从大西洋地区向太平洋地区转移，这主要是亚洲崛起造成的状况。在这个过程当中，欧洲应当说在过去几百年当中是中心，但是世界发生了变化，这个时候中国和欧洲的关系要处理好是非常重要的。1975年5月，邓小平当时作为副总理访问法国的时候，发表了一篇讲话。他说中国处在欧亚大陆的东边，法国处在欧亚大陆的西边，我们双方的共同点比我们想象的多得多。

政府、领导人之间的相互了解很重要，同时其他成员，包括公民社会之间的相互了解，学术界的相互了解、相互交流也很重要。所以他们邀请我参与、发起这样的论坛，我就同意了，我认为中欧社会论坛有助于增进相互之间的了解，而中国和欧洲之间只有相互了解加深了，相互合作的潜力才能够被挖掘出来。

网友：吴大使，我是军事迷。东非索马里附近海域频频出现武装海盗劫持过往船只事件，中国军舰远征护航，您怎么看这件事情呢？

吴建民：随着中国的利益和世界的利益更加融为一体，外部势力需要中国采取这样的行动，中国为了维护自身的利益也需要这样的行动。中国采取这样的行动之后，国际社会反映是好的，索马里军方也表示愿意合作。中国的军舰往这个地方去，是为了和人家发展友好的关系。我认为这是非常重要的行动，一方面标志着中国和世界的利益融为一体，中国的利益需要，世界的利益也需要，这也是中国崛起所带来的必然结果。

网友：想听您说说您的外交生涯当中给您印象最深刻的事情。

吴建民：外交生涯当中有很多事情，有一件事情印象很深刻，那就是1969年9月3日胡志明去世。胡志明主席一去世，周总理马上就去了，周总理很难过，哭得泪流满面。9月8日中国党政代表团参加胡志明的葬礼，我当时是代表团的一个翻译。胡志明主席的葬礼给人印象很深，几十万人哭声震天。当时中国党政代表团团长是李先念同志，当时我们见到苏联人不说话，相互不说话在外交上是最不好的一面。当时苏联代表团的团长是柯西金，柯西金有话想和李先念说，当时他说要会见周总理，但是李先念不理他。柯西金只能通过越南的同志转达他的意思，但是由于越南方面的延误传达，李先念得知情况时，柯西金都飞到杜尚别了，李先念向北京方面请示之后，柯西金又返回来与周总理见面。这个给我印象很深，在那样一种特殊情况下，有分歧不怕，一定要对话、交流。大家可以通过对话，寻求相互了解。

中欧社会论坛·《南方都市报》报道集

中外学者云集欧洲论剑

第二届中欧论坛在欧洲23城同时开幕，热议人口老龄化、社会公正等话题

本报法国巴黎讯（特派记者／苟骅　何雪峰　蓝云）迄今为止中国和欧洲举办的最大规模的非政府思想交流盛会——第二届中欧论坛，当地时间10月4日开始在欧洲23个城市同时拉开帷幕。参加论坛的200多位中国专家学者和媒体记者乘专机抵达比利时首都布鲁塞尔后，随即分别转往各城市参加46场小组论坛，同来自欧洲各国的500多位专家学者展开世界级对话。本报和奥一网，同中央电视台、人民网、凤凰卫视等华文媒体应邀现场采访报道此次盛会。

目标：加深理解共迎挑战

以促进中国和欧洲双方加深理解并共同承担全球责任为追求的第二届中欧论坛将持续4天，分两阶段进行。第一阶段为分组研讨会，10月4日至5日在欧洲8个国家23个城市分46个社会职业与主题开展小组讨论，其中半数为社会职业讨论组，即参会者来自相同的社会领域，对他们各自社会面临的挑战有着同样的思考；另一半是主题讨论组，即来自相同领域的专家在一起交流他们的观点和思考。第二阶段为全体大会，10月6日至7日与会代表将全部汇集到布鲁塞尔，总结思考“中国视野欧洲问题”和“欧洲视野中国问题”，并明确中国和欧洲社会在同各自政府合作下能够采取哪些动议，以期更好地面对共同的全球挑战。

议题：能源和大都市管理等

此次论坛受到了欧洲和中国政府的高度重视。除来自欧洲近30个国家的500多位一流专家和学者将参与交流对话外，前欧盟主席、法国原总理雅克·德洛尔将主持第

二阶段全体大会开幕式，届时比利时总理居伊·费尔霍夫施塔特，中国教育部副部长章新胜和中国驻欧盟大使关呈远等将到会致辞。

当今中国和欧洲的关系引起全世界的极大关注，就像双方共同面对世界一体化和经济全球化一样，欧洲所面临的问题也同样是当今中国所面临的问题，比如从人口老龄化到移民潮、从寻找能源和原材料消耗更为节省的生活模式到大都市管理、从经济全球化的协调和社会公正到新形式的治理问题等等。由欧盟委员会支持，布鲁塞尔自由大学当代中国研究中心、梅耶人类进步基金会、欧洲友人基金会、欧洲华人学会，以及中国人民大学、外交学院、中山大学、澳门基金会暨欧洲研究中心、霍英东基金会发起主办的中欧论坛，每两年一次在中国和欧洲轮流举办。欧洲梅耶人类进步基金会负责中欧论坛的全面组织协调工作。中欧论坛发起人之一，欧洲著名思想家、梅耶人类进步基金会主席卡蓝默昨天在第一阶段分组讨论的开幕式上致辞时表示，同传统的国家与国家、企业与企业、城市与城市、大学与大学之间的单边交流不同，两年一度的中欧论坛旨在通过全方位的社会与社会间的交流促使中欧各自社会通过自身的经历向对方提供有益的借鉴经验。卡蓝默还盛赞2005年10月在中国举办的关于欧洲建设的第一届中欧论坛“取得了很大成功”。

互动：本报记者在奥一网开博

在由中国人民大学校长纪宝成率领的规模庞大的中国代表团中，还包括了来自广东地区的各领域各行业参会者近40人。

第二届中欧论坛举办期间，本报和奥一网前方特派记者将通过报网互动，与世界最著名的学者、政要人物对话，共议人类普世价值，探讨欧洲和中国的共同进步。200多名中国专家学者和媒体记者将在奥一网开设博客，记载他们的所见所想。自今年7月以来，由本报和奥一网承办的第二届中欧论坛“中国直播室”，围绕着“从开放社会到公民社会”的主题，先后举办了10场一流学者人文讲座，主讲人包括欧洲著名思想家、中欧论坛创始人之一的卡蓝默，中欧论坛秘书长于硕，中山大学教授郭巍青，任剑涛，清华教授孙立平等。

（原载于2007年10月5日《南方都市报》）

欧洲：效仿“硅谷”很危险

参加中欧论坛的学者提醒中国不要单纯强调技术引进

本报法国巴黎10月5日电（特派记者 / 苟骅　何雪峰　蓝云）当中国各地都纷纷效仿“硅谷”发展科技产业时，欧洲学者却并不认同这样一种急功近利的科技创新模式。在法国巴黎举行的第二届中国·欧洲论坛“科技发展取向的管理”分组研讨中，来自中国和欧洲多个国家的与会者还对科技界解决全球变暖等社会问题的能力越来越弱表示强烈担忧。本报和奥一网3名特派记者分别在法国巴黎、里尔和比利时列日参加分组发言。

科技解决社会问题的能力变弱

以“当代中国的发展与世界治理”为主题的第二届中国·欧洲论坛第一阶段分组研讨北京时间昨日凌晨结束了首日讨论，中方和欧方与会代表分别介绍了各自国家或地区在未来数十年面临的主要挑战。在巴黎梅耶人类进步基金会办公楼内举行的“科技发展取向的管理”小组研讨会，云集了21位来自欧盟、世界经合组织、世界银行、英国纳米协会以及中山大学的专家学者，并吸引了中央电视台等媒体的关注，本报特派记者应邀参与该组讨论并作专题发言。

在热烈的讨论中，中国各地都纷纷效仿“硅谷”发展科技产业的现状引起了中国和欧洲学者的普遍关注。大部分欧方代表对缘自美国的“硅谷”发展概念并不认同，他们认为单一的模仿是很危险的，“硅谷”是不是适合引进，国家的环境非常重要。

“单纯强调技术引进是片面的，就像大学培养人才不是人云亦云，而要有自己独立的观点”。他们认为，同复制“硅谷”模式相比，社会更应该关注科学如何应用于社会生活中。中国和欧方代表都非常关注，目前科技界解决现实社会问题的能力越来越弱了，比如应对全球变暖、燃油问题，“似乎科学被锁在自己的逻辑里面，不能用来解决实际问题了”。

中西方伦理标准已趋于一致

中国和欧洲双方代表均认同，科学与技术是为将来作准备的，“首先需要一种对将来发展的预测，过去50年是由竞争和消费来推动的。随着全球变暖和资源减少，未来要减少资源过度消耗，全球化将不再是竞赛，也不再是威望权力的抗争，而要变成一种合作，需要通过全球性合作找到解决问题的方式，目的是更好地解决一个难题，在给人类尤其是最贫穷的人创造更好生活的同时，减轻对生态系统造成的破坏”。

同样在法国巴黎举行的伦理组研讨会，中国和欧洲双方代表都认为，中西方的伦理标准已经趋于一致。法兰西院士、欧洲著名汉学家巴斯蒂强调，中国和欧洲的道德伦理都面临着传承和开放的双重课题。

第二届中欧论坛第一阶段小组研讨会分46个小组在欧洲23个城市召开，社会职业分类组包括了艺术家、科技界人士、高教工作者、媒体记者、金融界人士等，在主题分类上涉及了宗教在和谐社会中的地位与作用、中国和欧洲道德伦理标准的演变、高等教育改革与未来精英的培育、面向21世纪的治理模式等议题。每个小组与会代表都反映了中国和欧洲地理文化的多元性，每组包括5名来自中国不同地区的参与者，分别代表不同的地理及经济发展水平；每组14名欧洲参与者则依据欧洲地理文化和人口结构比重划分，分别来自德国、英国、中欧和希腊、北欧和波罗的海、西班牙和葡萄牙、法国、意大利等七大区域。本报和奥一网3名特派记者分别参加了在法国巴黎召开的“科技发展取向的管理”、在里尔召开的“知识与价值”和在比利时列日召开的“互联网时代的信息系统”分组研讨会。

在法国巴黎，集中了全球时代与多元文化下的认同危机、从人口角度看社会变迁、经济发展与环境保护矛盾、土壤治理土地政策等9个讨论小组。在举行“科技发展取向的管理”小组研讨会的巴黎梅耶人类进步基金会办公楼内一楼进出大厅，记者意外发现剪报栏上张贴着本报副刊今年8月23日对法国思想家、社会活动家卡蓝默先生的专访。

高端对话：导师培养博士生成了商业买卖

第二届中国·欧洲论坛昨天结束第一天分组讨论后，中国和欧洲代表各自介绍了自己所在国家和地区面临的主要挑战，而中山大学哲学系学术委员会主任、分析哲学研究所所长张志林教授就中国和欧洲共同面临的科学受制于军事竞争和普遍的商品化等问题接受了本报和奥一网专访。

记者（以下简称“记”）：听了欧洲学者介绍后，作为一位哲学研究人员，您认为目前中国和欧洲社会对科学的认识有什么误区？

张志林（以下简称“张”）：目前在中国和欧洲面临同样的问题是，经济发展形成的普遍商品化被错误地当做各国之间进行比较的唯一标准，日益强化的经济导向和量化评价指标令人担忧。科学探索的根本评价指标应该是真理性或者说合理性，也就是说不能以外在的经济效益和僵化的量化指标来评价科学探索的合理性。特别要提醒的是，近年来中国大学科学研究的走向令人担忧，在历史上大学从来是科学自由研究和自主研究的场所，但在强大的商品化冲击下，自由和自主研究的空间越来越小，无论是教学还是科研，都受到一系列量化经济指标的牵制。

记：能不能通过一些例子具体说明您的担忧？

张：比如在中国，导师为国家培养博士生也被当成了一宗商业买卖来交易，也就是新出台的规定要求导师手上必须有科研项目才能招收博士生。

>> 科学越来越技术化，甚至是技术取代了科学。现在基础性科学研究空间越来越小，留下的只是模仿和应用性的研究，缺乏创造性的探索空间。

记：这样的规定会产生什么后果？

张：大学在历史上一直是科学研究重镇，但现在正大踏步变成市场机构和企业，面对这样一种退步，社会一片叫好，这是最大的负面影响。比如我们非常强调大科学建构，强调“产学研一体化”，科学越来越技术化，甚至是技术取代了科学。现在基础性科学研究空间越来越小，留下的只是模仿和应用性的研究，缺乏创造性的探索空间。

（原载于2007年10月6日《南方都市报》）

15万中国学生欧洲求学

第二届中欧论坛46场小组研讨结束，全体大会布鲁塞尔开幕

本报比利时布鲁塞尔10月6日电（特派记者／苟骅　何雪峰　蓝云）第二届中欧论坛全体大会北京时间昨日傍晚5时在比利时自由大学开幕。中国驻欧盟大使关逞远在开幕式致辞中介绍说，现在15万中国留学生在欧洲学习，其中在比利时的留学生超过3000人。在开幕式后举办的记者招待会上，本报记者询问比利时警方最近因学籍和居留证问题逮捕一批中国留学生并将开庭审理一事时，中国驻比利时大使、前外交部新闻发言人章启月表示，大使馆已经同这些留学生取得联系并提供必要的帮助。

第二届中欧论坛北京时间昨天完成46场小组讨论后，800多名与会代表风尘仆仆从23个城市赶回比利时首都布鲁塞尔参加全体会议。

中国驻欧盟大使关逞远在开幕式致辞中介绍说，今年是中国和欧盟领导人高峰会10周年，10年前中国和欧盟贸易额只有766亿美元，去年达到2700多亿美元，欧盟取代美国成为中国第一大贸易伙伴国，今年前7个月已达到1900亿美元，估计全年中欧双方贸易额会超过3000亿美元。“现在双方正在进行的新一轮谈判，将为中欧建立新型合作伙伴关系打下非常坚实的法律基础”。关逞远特别提到现在15万中国留学生在欧洲学习，每年有100多万中国人到欧洲旅游，300万欧洲人到中国观光，“在这样的大背景下，中欧论坛开创的中欧社会全方位交流模式必将极大促进双方理解和互信”。

昨天的开幕式结束后，中国驻比利时大使、前外交部新闻发言人章启月和前欧盟主席雅克·德洛尔等官员参加了主办方举办的记者招待会。对于本报记者询问比利时警方最近因学籍和居留证问题逮捕一批中国留学生并将开庭审理一事，章大使证实近期确实有个别学生证件出现了问题，去年就发现过，目前中国大使馆正在同比利时方面作进一步沟通，同时大使馆已经同这些留学生取得联系并提供必要的帮助。章启月同时希望中国留学生有关手续和证件一定要通过正常渠道办理。

欧盟委员会前主席和法国前总理指出：中欧问题不能把责任都推给中国

欧盟委员会前主席德洛尔、法国前总理罗卡尔、梅耶人类进步基金会主席卡蓝默，和中国驻比利时大使章启月、中国人民大学校长纪宝成等出席了北京时间昨晚在布鲁塞尔举行的新闻发布会。罗卡尔和德洛尔在回答中外记者提问时答到："中欧之间出现问题，不能把所有的责任都推给中国，（欧洲方面）也要自己找原因。"对欧洲方面出现专门针对中国设置贸易壁垒的有关做法，罗卡尔和德洛尔认为这样的做法非常不可取，因为这会"让欧洲人民的生活质量下降"。

问：对欧洲，中国越来越有吸引力，但同时也让欧洲人感到害怕，比如在欧洲就业问题上，让人感到是威胁。欧洲内部也出现一种声音，是不是要在一些问题上对中国强硬一些？

章启月：我非常赞同比利时外交大臣在开幕致辞中所说的，中国不是一个威胁，而是一个巨大的机会。我想一般人有时候不太相信，随着时间推移会越来越相信，中国是欧洲第二大贸易伙伴。中国对欧洲越来越重要了，不仅在经济数据上，而且在观念的交换和交流上，中国也非常重视欧洲。比如今天的论坛，中方有200多人参加，这说明不仅是政府，而且两个大陆之间的交流越来越多。布鲁塞尔是欧洲的中心，中国和欧洲进行了全方位交流。去年开通了中国到布鲁塞尔的直航，今天有两个集装箱到达欧洲安特卫普，这只是欧洲的一个港口。不仅中国向欧洲出口货物，中国也从欧洲购买货物，中国货物的供应使欧洲市民的生活越来越丰富，这在将来几年会更明显地体现出来。

>> 欧洲要真正全球化，对中国有利，发展中国家也要努力，要用团结的态度看全世界。有人说要在欧洲建立堡垒，这不可能，会使生活质量下降。不能把所有的责任都推给中国，（欧洲方面）也要自己找原因。

罗卡尔：中欧论坛的目的是加强双方间的交流。中欧经常出现一些所谓的问题。欧洲要真正全球化，对中国有利，发展中国家也要努力，要用团结的态度看全世界。有人说要在欧洲建立堡垒，这不可能，会使生活质量下降。不能把所有的责任都推给中国，（欧洲方面）也要自己找原因。

问：中国与欧洲之间的发展，到底有多快，欧洲哪些方面可以影响中国？比如说政治人权方面。

章启月：说中国"没有民主，没有人权"，这不是理解中国的说法。开幕式上那位欧洲议员说，"你要站在别人的角度看问题，就必须放弃自己的观点和立场"。中国也是一个民主国家，在我们宪法和日常生活中也尊重人权，我们也不否认有很多需要改进的地方，但这并不能否认中国是一个民主的国家，中国也加入了很多国际条约，在人权和民主尽量与国际接轨，我们也有不同的做事方式，只有互相尊重才能互相了解，中国致力于给13亿人带来更美好的生活，同欧洲一样，每个国家都有不同的历史和经济背景，这次论坛可以创造一个相互沟通交流的平台。

（原载于2007年10月7日《南方都市报》）

中欧共同关注贫困人口权益

第二届中欧论坛布鲁塞尔闭幕，欧盟委员会将对论坛提供政府资源支持

本报讯　4天，23个城市，800多位与会代表，46个讨论组——开创中国和欧洲最大规模“全社会对话”的第二届中欧论坛在比利时首都布鲁塞尔闭幕，北京时间昨日凌晨，中国驻欧盟和驻比利时大使馆宴请了中欧双方主办单位。欧盟委员会社会部长高度评价论坛达成的共识并表示，欧盟将投入更多的政府资源来支持中欧论坛这一非政府思想交流盛会。第三届中欧论坛将于2009年下半年移师中国举办，据透露，澳门有关组织有意承办下届论坛。

中国应加强公民社会发展

作为中国和欧洲“全社会对话”的一个重要里程碑，第二届中欧论坛参与人员较第一届扩大了三倍，对话交流扩大到了所有领域，开创了中国与欧洲社会之间最大规模的一次非政府交流对话，形成了30多页各讨论组对中欧未来发展的展望和具体操作建议。双方代表认为，中国的发展已经不能只局限于片面跟随全球一体化的脚步，而要考虑到在世界格局中的分量，大力关注自身和全球性问题。多个讨论组都在具体操作建议中特别强调，中国和欧洲社会都要切实保障贫困人口尤其是妇女、农民、移民和无技能工人等最弱势群体的权益。而中国的政治和文化复兴也成为中欧双方讨论的焦点，并建议中国应该加强公民社会的发展，让非政府组织扮演更加重要的角色。

中欧平等对话更重要

在第二届中欧论坛全体大会闭幕式上，欧盟委员会社会部长表示，下一次欧盟会真正投入到中欧论坛，提供更具体地的府资源支持。中国驻欧盟和驻比利时大使馆专

门邀请第二届中欧论坛各主办单位举行庆功酒会，并预言中欧论坛坚持下去会非常有影响。欧华学会秘书长、中欧论坛发起人陈彦认为，中国对美国了解比较多，对欧洲了解不够，在美国和欧洲这两种主要带动全球化发展的模式之间进行对比取舍，对中国现代进程会非常有意义。比利时自由大学当代中国研究中心古斯塔夫·盖拉茨教授10年前曾到天津南开大学讲学，他认为中国和欧洲现实中在存在着各种贸易磨擦，西方对中国也有很多不同声音，但双方更需要展开平等对话。清华大学历史学秦晖教授也认为，会议最有价值的东西不是通过对话得到什么结论，而更应该认识到的是，人是各种各样的，各种人之间的对话是多么的重要，欧洲人和中国人之间的对话更加重要。

代表积极提出论坛改进意见

此外，不少中国和欧洲与会者对中欧论坛提出了改进意见和建议。来自北京的一位律师代表认为，虽然第二届中欧论坛内容丰富，但是还有遗憾，中国致力于建设公平社会，“为何在论坛议题设置中没有涉及法律议题？希望第三届论坛能够加进去”。比利时自由大学一位教授也批评论坛为何不谈劳动者保护，他说，现在谈企业的社会责任，从股东和产品安全方面说得比较多，有关劳动者权益保护涉及太少。来自上海同济大学的一位教授则建议，中国和欧洲要认真讨论怎样看待恐怖主义，那些人弹的信仰问题该如何解决的问题。

科技发展不能削弱竞争性

中欧学者谈中国创新型国家战略挑战与机遇

第二届中欧论坛形成了30多页各讨论组对中欧未来发展的展望和具体操作建议，这些展望和建议对中国发展有什么借鉴价值？欧盟理事会成员、法国未来学家埃利·法富尔特教授和中山大学副校长、知名生命科学教授颜光美在接受本报和奥一网专访时谈了他们的理解和思考。

欧洲追求的中国正在推进

记者（以下简称“记”）：*颜教授，作为“科学发展导向和管理”讨论小组的中方组长，您认为中国和欧洲在科技发展方面的认识有哪些共同点和差异？*

颜光美（以下简称“颜”）：中欧在科技发展方面有很多共同点，比如大家都非常注意环境保护和人的健康，尤其是对青年一代寄予很大期望。对于欧方代表谈到的科技管理过程中的民主化问题，这也是中国正在大力推进的工程。而中欧之间的差异主要体现在程度上，也就是他们追求的中国也正在推进，只是程序不同，比如把更多资源配置在与人相关的项目方面，中国还需要加强。

中国积极面对科技创新

记：*那么埃利教授，通过这次中欧论坛，您对中国科学发展有什么印象？*

埃利（以下简称“埃”）：近十年来中国科学研究和发展是比欧洲快很多，有两个原因，第一点也是最重要的一点，中国具有非常丰富的人力资源，你们国家有成百万上千万的大学生，这是我们国家无法比拟的，近年来中国大学质量也有了非常大的进步。另外中国政府有一个非常明智的政策，让很多学生到国外留学，学成回国服务国家。还有临时的移民政策，我们欧洲还没有办法做到，结果导致欧洲到美国留学的学生40%都留在了美国。此外，世界各国分布的华人也是中国科学研究非常重要的补充力量。中国的第二个优势就是可以集中很充分的资金投入到更明确的项目中去，就像我之前说的，欧洲没办法在国家和欧盟间有一个协调政策。

记：*您觉得欧洲和中国在科学发展理解上有什么共同和不同的地方？*

埃：在这方面中欧的确有不同的观点，比如谈到的科学独立，欧洲重点谈的是企业独立，中方重点谈的是政府独立问题。比如中国分配科研资源方面的情况，包括经济上、人力资源上的，我们都很感兴趣这些方面都是在什么层面上进行的。此外，中国社会对科技创新都有一个积极态度，这是欧洲所没有的；对公司的支持，欧洲会支持很多大公司，中国会支持一些中小企业。

科学独立核心是竞争

记：*颜教授对科学独立问题是怎么看的？*

颜：科学不受行政权力干预，不受企业干预，目前在中国很难做到。中国的资源高度集中在政府，中国政府是科技的推动力量，欧方主要指中国基础研究不够，但是中国也正在做这方面的工作。对于科学研究独立性问题，我认为核心的问题是科学的竞争性。现在要降低竞争性，强调合作性，但是就科技而言，不应该削弱这种竞争性而应该加强，只有这样才能增强中国高新技术在国际市场上的竞争力。

>> 科学研究独立性问题，我认为核心的问题是科学的竞争性。现在要降低竞争性，强调合作性，但是就科技而言，不是削弱这种竞争性而要加强，这样才能增强中国高新技术在国际市场上的竞争力。

记：*中国正在推进创新型国家战略，这次同欧洲方面的交流对我们有什么启发？*

颜：现在自主创新成为中国的基本国策，把自主创新上升到了史无前例的高度。虽然中国重视技术研究，但与世界先进国家相比仍然落后，即使发展到现阶段，引进也是非常重要的。现在自主创新需要走自己的路，这就需要非常重视知识产权保护和专利制度。还有，参加这次论坛后我有一种感觉，基于欧洲正在削弱这种竞争性，对中小企业创新没有给予足够重视，科技创新活力在下降，中国赶上甚至超过欧洲科技创新水平不需要太长时间。尤其是在政府主导、全社会投入方面，我们是非常有信心的。也基于此，欧洲才希望建立同中国全面对话的“中欧论坛”平台，也才会邀请几百名中国学者到欧洲交流，并给予很高的礼遇。

（原载于2007年10月9日《南方都市报》）

欧洲关注中国和谐社会建设

第二届中欧论坛发布首份分析报告，论坛发起人卡蓝默感谢本报和奥一网报道

本报讯　（特派巴黎记者／苟骅　蓝云　何雪峰）第二届中欧论坛组委会北京时间昨日在巴黎发布了第一份分析报告。论坛发起人之一，法国思想家、梅耶人类进步基金会主席皮埃尔·卡蓝默接受本报和奥一网以及中央电视台专访时，对中国和欧洲社会共同面临的发展模式、价值基础、全球化以及社会治理等四方面问题进行了深入剖析。卡蓝默还提笔赠言中国公众以及此次到欧洲参加论坛的中国代表，并寄望第三届中欧论坛走得更远。

中欧面临四大共同问题

经过800多位中国和欧洲与会者46场小组讨论以及两天大会对话，第二届中欧论坛第一份分析报告北京时间昨日在法国首都巴黎发布，组委会同时提供了由法国高等翻译学院完成的中、英、法文版本。这份长达444页三种文字对照翻译的分析报告，翔实而深入地阐释了中国和欧洲社会面临的四个共同问题，即如何向另一种更持久的发展模式过渡，我们的社会是建立在哪些价值和遗产基础之上的，中国和欧洲作为世界的成员在将来如何承担各自的责任，以及如何反思在各种层面上谋求共同利益和管理我们的社会。

对此，卡蓝默先后接受了中央电视台知名主持人水均益以及本报和奥一网特派记者组的专访，对中欧共同面对的四大问题进行了剖析解读。他特别提到，无论在中国还是欧洲，发展模式对双方来讲都有一些共性，在欧洲是可持续发展，在中国是建设和谐社会，“我们从一种发展模式转向另外一种发展模式，具体操作模式是怎样的，都需要非常认真，共同来面对”。

卡蓝默介绍说，第二届中欧论坛46小组各自进行的局部探索形成了300多条有价

值的建议，第一份分析报告只是一个暂时性分析，在接下来的几个月里需要进一步深化和丰富。“很多讨论组都希望能够延伸和扩大交流，将我们的论坛变为一种持续的对话过程”。卡蓝默表示，下一步将把各个讨论组的成果呈现在公共网站上，供中国和欧洲与会者重新阅读以编写更详细的讨论备忘录。

论坛感谢本报和奥一网

第二届中欧论坛开创了中国和欧洲社会迄今为止最大规模的“全社会对话”，北京时间昨日凌晨，卡蓝默在法国巴黎梅耶人类进步基金会办公楼为从比利时布鲁塞尔主会场赶回来的会务工作人员和义工举行了一个小小的庆功酒会，卡蓝默把一束束鲜花送给梅耶人类进步基金会工作人员和中国留学生。

本报和奥一网特派记者组作为唯一媒体代表获邀参加了庆功酒会。卡蓝默特别感谢本报和奥一网以及人民网对本次论坛所给予的报道支持，并亲笔题写赠言给中国公众和与会者：第二届（中欧）论坛成就了一种激情，而且我们（即中国和欧洲社会）之间的对话是可能的，是被渴望的，是必要的。第三届（中欧）论坛将在此方向中走得更远！

（原载于2007年10月12日《南方都市报》）

“对技术单纯的亢奋会摧毁文化”
——对话法国思想家、社会活动家皮埃尔·卡蓝默

皮埃尔·卡蓝默，法国思想家，欧洲梅耶人类进步基金会主席，著名活动家，曾为法国高级公务员，负责城市整治建设，是城市问题专家，其作品《破碎的民主——试论治理的革命》、《心系国家改革——公共管理建构模式论》曾出版中译本。今天上午10点，卡蓝默做客奥一网，作题为《中欧如何共同进入21世纪》的演讲。记者专访卡蓝默，请他对当下中国的文化、社会发展状况发表看法。

没有灵魂的城市里，却有着生机勃勃的生活

南方都市报：*你经常来中国吗？中国给你留下最深的印象是什么？*

卡蓝默：这次是我今年第三次来中国，近年来也来过好多次。

中国的发展速度让人震撼。最让我有感触的是北京、上海、广州、深圳这些发展中的、超巨型的城市。它们规模的巨大超过了人的想象，每一次进入这样的城市都会让我发抖，因为这样的城市对欧洲人来说是非常乏味的，显示的是技术的能量，但却是没有灵魂的、非人居住的外形，让我不喜欢。不过让我感动的是，就是在这样看似没有灵魂的城市里，却有着生机勃勃的中国人的生活。这两点形成了鲜明的对比。

南方都市报：*您怎么看待中国这种急速的城市化进程？*

卡蓝默：我给自己的定位是促进中国与欧洲的对话，我对中国的了解没有汉学家那样深入。但我是一个城市专家，很注意一个城市的面貌。欧洲人，特别是法国人，很注重把现代化融入到过去的历史中，所以我们有很多老城堡的修复等等。但我看到的中国不是这样的，本来中国是一个很有文化传统的国家，但现在看起来好像在力图摆脱自己的过去。对旧的建筑拆啊、毁啊，保留下来的东西非常少。就像我们刚刚经过的这条大道，有12车道，一条如此巨型的马路穿过城市，这在欧洲是不会看到的。本身这样的大道就把城市的血脉给割断了。

在中国，骑自行车的人越来越少了，骑车是没钱人的标志。但我在法国骑了40

多年的自行车，从来不驾驶汽车。现在巴黎政府推行一条新政策——“自由自行车”，满大街都是自行车。我觉得很痛心：中国正在重复欧洲几十年前犯过的错误。

技术的发展和人的幸福不是同一回事

南方都市报：中国城市发展带来的破坏，您看到的还只是显象的东西，更多的是深层的，比如文化的破坏。欧洲经历过这样的过程吗？

卡蓝默：最大的破坏是两次世界大战。在上世纪60年代，欧洲也有过一段技术主义亢奋的时期，很强调技术的高效能。但人为的很严重的破坏没有发生过。我觉得最重要的原因是，现代化可以说是欧洲人“发明”的，是在一个内在逻辑的过程中完成的，能把原有的东西融入到发展中，不会把文化遗产当成对立的东西破坏掉。中国是相反的。对中国来说，现代化很大意义上是外发的，需要把技术性发明和社会其他方面整合起来。就会生成一种逻辑：这样的现代化是由西方文明带来的，因为我们没有这样一种文明，我们需要破坏原来的文化来接纳它。当然另一个原因是权力方面的。技术的控制是最容易、最有效控制权力的，特别是现在技术、经济统治世界的时代。

南方都市报：您所提到的中西文化的互相排斥，客观上就是这样的吗？

卡蓝默：我从不这样认为。首先文化是衍进的，开放的，没有一种文化是在静止的状态下接受新的文化，中国文化上下五千年，就是在不断接纳新文化的过程中形成的。文化相互接纳是不难的。中国的特点，是对自己持续100多年文化的摧毁。我认为对技术单纯的亢奋会摧毁文化。历史上证明，很多技术高度发展的社会，最后的结局是死亡。而很多非常贫穷的，看上去在外部量化意义上很贫穷的民族却很有生命力。技术的高度发展，和人的存在的幸福的感觉不是同一回事。

>> 文化是衍进的，开放的，没有一种文化是在静止的状态下接受新的文化，中国文化上下五千年，就是在不断接纳新文化的过程中形成的。文化相互接纳是不难的。中国的特点，是对自己持续100多年文化的摧毁。我认为对技术单纯的亢奋会摧毁文化。

欧洲40年前有一个简单的逻辑，进步就是技术进步。今天我们开始问，这个进步为了什么？这个变化非常明显。现在对人类来说，去月球探险的技术上没有问题，但我们为什么要去？回答这个问题比解决上月球的问题难得多。我很欣赏一句话：战争和和平的区别是，战争是用最复杂的技术做最简单的一件事，就是杀戮和摧毁。和平是用最简单的方法做最复杂的一件事，就是完善一个精湛的社会。

人类本身没有进步，只是技术进步了

南方都市报：这次您将演讲一个题目：中欧如何共同进入21世纪。在您看来，21世纪人类共同面对的难题是什么？特别在这种技术、金融占统治地位的时代，文化、文明如何走下去？

卡蓝默：这是个很难回答的问题。你要改变的是整个人类的取向。中国肯定是首当其冲，问题最严重的一个国家。我觉得首先要清醒认识到21世纪的挑战是什么。

首先，21世纪是一个相互依赖的世纪，这就是一个很大的挑战。我们基本上懂得管理已经界定的那些社会，这些社会在这些年的发展中已经形成了条规、法律、习惯、文化。但今天我们需要共同管理全人类的所有社会，比如说环境问题就需要管理整个人类社会。这是一个新行政管理问题，是第一个挑战。

其次，“人类”这个概念，首先是个哲学概念，到二战后变成了一个法律概念，人类有权力生存，具有法律效力。今天，“人类”概念变成一个现实的社会概念。承认全人类变成一个社会，这是以前没有想过的。这又是一个挑战。

南方都市报：哪些是21世纪最大的困难？

卡蓝默：21世纪人类应该有一个共识：地球资源的有限和自身的脆弱。这不是耸人听闻，现在是全人类的生存方式和地球不匹配，地球完全没有能力按人类现在的生存方式支持下去，人类正在自杀。

如何让人类和自然环境相匹配？我觉得要做很多事情，比如大学改革，还有我们需要作关于环境的思考。法国20世纪60年代有个文化部长马尔罗，提出“文明是可以死亡的”。今天我们要获得一个共识：“人类是可以死亡的。”

还有一个变化，人类自身与技术发展定位的不同。40多年前，我们在技术先导的逻辑下，只关心发明、掌握、运用新技术，但今天我们关心的不是这个。可以说在技术上人类想达到的目的都达到了，可以上太空，可以自我复制，可以有无限发达的通信技术。但人类到底要什么？生活水平不断提高，但幸福感并没有提高。技术发展与生存意义是两回事。我们面临的恰恰是两者的分离。技术发展可以支持人类追寻生存的意义，但无法提高。你无法说你现在的生活比唐朝的时候要更幸福。这就是说，人类本身没有进步，只是技术进步了。对人类情感的追求、对生活意义的追求来说，是不可能进步的，古往今来都是这样。问题是现在的技术并不能让人类找到真正的幸福。有一位作家写过一句话：没有鸟的春天，还值得留恋吗？现在城市里的春天真的很难看到鸟。这样的生活值得留恋吗？

>> 没有鸟的春天，还值得留恋吗？现在城市里的春天真的很难看到鸟。这样的生活值得留恋吗？

南方都市报：听起来这是一个很悲观的论调。

卡蓝默：但事实上我恰恰是很乐观的一个人。真正悲观的人是不断向前冲的人，他们不敢正视这些问题，只想拼命逃跑。我们现在要做的事情很简单，就是以我们的努力，把这种迫切性宣传出去，要求管理者们做点什么。

（原载于2007年8月24日《南方都市报》副刊版，记者为黄长怡，对话地点为中国深圳）

中国女大使被当成秘书

中国驻比利时大使、前外交部新闻发言人章启月接受本报和奥一网独家专访，坦陈从新闻发言人到驻外大使的历程

中国驻比利时大使，十七大党代表，前外交部新闻发言人章启月无疑是第二届中欧论坛全体大会最受关注的焦点人物，不仅因为以前她在外交部担任新闻发言人时在国内积累的超高人气——刚进会场便被中国学者和媒体记者认出围追堵截，还因为她在第二届中欧论坛举办的记者招待会上和主持全体大会时妙语连珠，机智而直率地应对欧洲学者以及西方记者的尖锐提问，多次赢得现场掌声，会后很多欧洲与会代表与章启月大使合影。

北京时间昨日凌晨，章启月大使在布鲁塞尔自由大学主持完第二届中欧论坛专题讨论后接受了本报和奥一网的独家专访。同当年我们经常在电视屏幕上看到她担任外交部新闻发言人时的冷峻面孔不同，章启月接受专访时谈笑风生地讲述了从新闻发言人到驻外大使的心路历程以及很多奇闻趣事。接受完专访，章大使还高兴地给本报读者和奥一网友亲笔留言：了解欧洲，认识世界！

欧洲人对中国的了解还非常落后，他们根本没想到中国会派一个女人来做大使

记：聊聊您担任驻外大使的经历吧。

章：故事很多啊。比如我曾经亲身经历的一个小故事，那是在2005年2月，当时我刚刚出任中国驻比利时首任大使。当时我召开了一个面向欧盟各界的招待会，请了有四五百人，结果我发现，招待会上和我握手的嘉宾却有近千人。因为我的记忆力还是不错的，我知道很多人前面已经和我握过手，但后来又排队过来和我第二次握手。

记：呵呵，这是怎么回事呢？

章：后来一对夫妇在过来和我第二次握手时告诉我，他们一进来的时候就和我握过手了，但当时以为我是大使秘书，所以以为当时是和“大使秘书”握手，后来才知道我是大使，所以就再次排队过来和大使握手。这说明了什么？这说明欧洲人对中国的了解还非常落后，还停留在过去的假想上，他们根本没想到中国会派一个女人来做大使。

记：其实在欧洲女性从政包括当总统的例子很多，为什么对中国派驻女大使大惊小怪？

章：我们过去认为，欧洲很开放，女性地位高；现在我们中国这方面做得一点也不差。所以我跟他们介绍，现在中国有14位女大使，他们都很吃惊，这还不包括很多女总领事、女总参赞，外交部在国内机构有1/3的工作人员是女性。所以在这方面，中国走得比他们更前。他们一开始看到我的时候想当然认为，这是个大使秘书，而不是个大使，这本身也是让他们认识中国的角度，说明中欧之间目前最大的挑战是缺乏相互了解。（主持中欧论坛阶段性讨论）我也在开场白里讲了，现在中欧之间遇到的最大问题，是相互间了解不够。这一点我来欧洲之后了解很深。现在欧洲一般百姓对中国的了解，甚至还停留在20世纪80年代的阶段上。

>> 现在中欧之间遇到的最大问题，是相互间了解不够。这一点我来欧洲之后了解很深。现在欧洲一般百姓对中国的了解，甚至还停留在20世纪80年代的阶段上。

他们甚至不觉得中国是个正常的国家，还问中国愿意遵守国际上公认的准则吗

记：这是不是也是西方媒体记者经常无休止地重复追问一些在中国人看来非常不可理解的问题的原因？

章：是的，而且他们（欧洲社会）对（中国）经济突然间发展得这么快不理解。所以我觉得刚才有个瑞典人，他讲得非常好，他从来没去过中国，但这两天（通过中欧论坛）跟中国的学者、各阶层人士接触后感受非常深，他也找到了答案——中国经济发展这么快，是因为中国人有活力、有创造力，能吃苦，而且有发展自己的一种强烈的愿望。我觉得他这点讲得非常好，但对欧洲来说，大多数的老百姓还是非常不了解中国，从欧方（在中欧论坛大会）提出的几个问题来看，他们甚至不觉得中国是个正常的国家，还问中国愿意遵守国际上公认的准则吗？我跟他们半开玩笑但是很严肃地讲，这些问题好像是问中国人吃饭、休息

吗？平常遇到一些欧洲人，他们确实是这么问的，他们甚至不理解中国怎么那么干劲十足。

记：让欧洲社会了解中国、理解中国真的很难吗？

章：所有这些隔阂和误解，都需要我们外交部大量的同仁在境外工作的时候花时间去做宣传、解释中国，因为在中国上下有个共识，“发展是个硬道理”，因为我们经历了一个非常艰苦的阶段，这么多年找到了一条适合中国发展的道路。中国上下齐心，正在加快发展，但在发展过程中，中国和其他国家一样，是需要世界合作的，和大家共同解决当前人类所面临的一些共同问题，包括（中欧论坛）会上提到的环保问题、气候变暖问题、反恐问题等等。对于欧洲人来说，中国这么大，各地方差距大，怎么理解中国呢？

我觉得最基本的就两点。第一，要把中国看成一个正常的国家，把中国当做一个邻居来看，当然这个邻居面积比较大，人口比较多。第二，中国是个负责任的大国，世界最基本的普遍的原则都在我们的宪法中，在中国人的每一天，都在实践着这些原则，包括人权、民主、建立法治社会。所以我希望在今后的讨论中，欧洲方面不要再问“中国愿不愿意遵守国际规则”类似的问题。合作的基础是相互尊重，只有这样，任何的合作才是长期的、可持续的。

长期在国外，更能强烈感觉中国被误解。欧洲媒体对中国的报道，消极面还是大于正面

记：会不会因为你现在当驻外大使，站在国外回头看中国的时候，对有些问题的感受和理解也不太一样？

章：是的，长期在国外，更能强烈感觉中国被误解，而在国内可能感触不是这么真切吧。在国外的时候，你看到的欧洲媒体对中国的报道，包括报纸、电视，消极面还是大于正面的，其实很多误解和不了解，看起来都是比较片面的，换句话说，中国在发展过程中所面临的国际舆论环境还是比较恶劣的。在这种情况下，中国同世界交往合作，让外界了解中国，还有很多可以做的事情。我们中国也非常希望进一步改革开放，与外界进一步合作。如果外部舆论环境很恶劣的话，那么对我们的发展是个影响吧。从这个意义上来说，我们作为外交官，或者作为参加中欧论坛的学者以及中国各阶层代表，在这方面都有很重的担子。

记：看来当驻外大使可能并不如想象中那么轻松。

章：我们外交官，过去是说像“文装解放军”，国家需要你去哪儿就去哪儿，而且你不知道你下一站被派到什么地方。所以这种工作性质，有点像站岗放哨。

记：个人和家庭生活是不是也非常受影响？

章：对，如果全家都能搬迁那最好，哪像我这种情况，都是我自己来的。

记：您的家人都还在国内？

章：家人还在国内。像我们外交系统许多人没办法都把家人带在身边，个人和家庭生活因工作受到影响或牺牲、付出的例子很多。所以外交工作确实很光荣，但也很艰辛。像我们在欧洲发达国家工作，生活还算是条件比较好的，外交部大批的，甚至是2/3的人都是在条件艰苦的环境下工作，有的同事去了高原，有的被派到战乱、疾病肆虐的国家，为此殉职的也不少，还有的常年染病。我的一些同事，就是退休了在家，每个月还打摆子，像疟原虫病，离开了那个国家，病还去不掉，一辈子都在发作，非常艰辛，家里老人去世顾不了的，孩子顾不上的，很多。

记：在驻外使馆工作每年都可以回国探亲吧？

章：不一定，像我们这些驻外大使级官员一年可以回国一次，述职兼探亲，一个月时间。其他外交官两年才有一次。不像你们出来这几天就觉得够了，我们是多少年了（笑）。在驻外使馆工作，很多小的地方，没什么娱乐，还是很孤独的。

记：您讲的这些让我们了解了许多外交官不为人知的一面，非常感谢您接受《南方都市报》和奥一网的专访！

本报特派记者/苟骅　何雪峰　蓝云（原载于2007年10月8日《南方都市报》）

“穷人问题影响中国未来”

本报和奥一网独家专访前欧盟驻关协大使保罗·张万亭

他帮助过中国加入世贸组织，他连续参加了两届中欧论坛，他从越南到法国并成功跻身欧洲上流社会，他是一个极富传奇色彩的亚洲人——前欧盟驻关协（后转变为世贸组织）大使保罗·张万亭（Tran Van-Thinh Paul）。

言行举止保留着典型越南人特征的保罗·张万亭，15岁时因偷卖军火差点被执行死刑，随后在一位神父的帮助下逃难来到法国。这位死里逃生的亚洲人十分珍视“第二次生命”，凭着个人的吃苦和勤奋先后毕业于法国政治学院和巴黎大学法学院，并获得政治经济学博士。他早年在法国经济部部长办公室工作，后到位于布鲁塞尔的欧盟总部工作，负责过欧盟与发展中国家商贸政策的制定和落实工作，担任过各种商贸谈判代表等职务。保罗·张万亭现为联合国巴勒斯坦和阿尔及利亚重建会议以及全球化、自由化和人类可持续发展委员会等国际组织机构的顾问，是法国国家骑士勋章，巴西、泰国、象牙海岸等国家的国家勋章获得者。

因为其鲜明的跨洲际背景，今年78岁的保罗·张万亭，在接受本报和奥一网独家专访中，直言他非常不喜欢欧洲人居高临下跟中国和其他亚洲国家讲民主。他非常关注中国的农民和农民工问题，他说，中国的快速发展在很大程度上是富人的快速发展，但对穷人却不是，“影响中国未来的是穷人问题”。

中欧关系障碍都是心理问题

记者（以下简称“记”）：两年前您参加过在中国举办的第一届中欧论坛，这次又应邀参加第二届，我们很想知道您的评价和看法。

保罗·张万亭（以下简称“张”）：这两届（中欧）论坛最重要的作用是，让欧洲人放心了，使欧洲人不再那么担忧、害怕（中国），这是我感受很深的一点。也可用一个比较形象的说法来形容中欧关系，就像一个王子和狐狸，（谁是王子，谁是狐狸）角色是可以互换的，双方可以互相适应对方。而中欧论坛倡导的就是这样一种全社会层面的、草根的多元化讨论。

记：您觉得这样的非政府讨论会对中欧关系发展有什么直接推动作用吗？

张：据我了解，这些讨论的结果还要提交给政府部门，不论是欧方还是中方。所以，中欧双方都可以借助这个平台，为未来进一步加深了解、采取行动作准备。

记：按您的观察，中国和欧洲沟通、交流和合作现在还存在什么障碍吗？

张：所有的障碍其实都是心理问题，所以实质上没有问题，我们交流得越多，谈得越多，会面得越多，这些问题和障碍就不会存在。

欧洲式民主在中国行不通

记：这次中国驻比利时大使章启月在回答欧洲记者关于中国的法治、民主、人权问题时，希望欧洲把中国当作一个正常国家，当作欧洲人的邻居来看。请问张先生对西方社会总是纠缠于别国的法治、民主、人权问题怎么看？

张：我一点都不喜欢欧洲人跟中国和其他亚洲国家讲民主，我个人不喜欢欧洲的民主，不喜欢搞政治，其中充满了谎言。欧洲的民主在中国是永远行不通的，就像美国的民主在欧洲就是永远行不通的一样。美国的民主只是一种把民众当作顾客的民主，是一种为了选举而产生的民主。

记：但是民主是被国际社会公认的人类的普世价值。

张：每一个国家应该有自己的民主观念，但有两点必须强调：第一，对人要尊重，不能随便把人扔进监狱，专制是应当被取消的；第二，每个国家都可以采取适合自己国家的民主形式。尊重这两条原则就可以了。欧洲人总是忘了，在行使自己自由权利的时候，也要尊重别人的自由权利。

>> 欧洲人总是忘了，在行使自己自由权利的时候，也要尊重别人的自由权利。

现代欧洲青年没有理想

记：我们观察了一下这次出席第二届中欧论坛的中方、欧方代表，欧方有许多前政府官员退休下来后参与这样的公民论坛活动。您怎么看待这个有意思的现象呢？

张： 欧洲这边的（退休官员）做法完全出于一种经济文化背景。我很想干到100岁，但按这边的规矩，65岁就要退休。是不是退休后的几十年什么事情都不干，光吃，光喝，光睡觉呢？我本人和其他很多人的经验是，退休后还能为社会服务，把我们的知识和经验传给下一代。在欧洲，不只是对于那些担任过比较高职务的人，对中产阶级以及农民、工人来说，也是很喜欢参与到社会工作中来，以各自可行的方式在一定的范围之内参与本国和其他国家的发展。而中国代表学者居多，这也很正常，因为大部分的中国知识分子和年轻人在大学里面。

记： 您提到欧洲的年轻人，如果欧洲人退休后都这么活跃，会不会挤占了年轻人的空间，影响了年轻人的发挥？

张：现在欧洲年轻人问题是很大的，比如吸毒酗酒，这是个很严重的问题，也是过度消费倾向引起的社会危机。二战后欧洲很多国家，包括我们当年那一代青年人作了很多努力，才能够保障这么长时间不再有战争。现在没有战争的理想好像已经实现了，反而让青少年变得没有理想了，他们就去消费，借此打发日子，每天只想着多挣一些钱啊，但是又不想踏踏实实地干活，懒懒散散的。现在的欧洲青年根本没有理想，根本感觉不到危险的存在。欧洲的老年人试图跟青年人解释，但青年人不仅不愿意工作，甚至还不愿意给老年人发放退休金。我们正在解决这个问题，而且朝比较好的方向发展。

>> 从某种程度上讲，真正影响中国未来的，不是那些在上海、深圳生活的富人，其实是穷人。因为中国有8亿农民，另外还有1.5亿民工，农民贫困问题我非常关切。中国现在普遍在提和谐概念，要把这个概念落到实处。农民、农民工问题不解决，和谐在中国就是空话。

非常关注农民贫穷问题

记： 欧洲解决青年人的问题具体是朝什么方向发展？

张： 对我自己来说，我们的奋斗目标是希望能够减少这个社会和整个人类的不平等、不公正现象。在这方面，包括中国在内的发展中国家目前的贫富悬殊就处于一种比较危险的状态，从某种程度上讲，真正影响中国未来的，不是那些在上海、深圳生活的富人，其实是穷人。因为中国有8亿农民，另外还有1.5亿民工，农民贫困问题我非常关切。中国现在普遍在提和谐概念，要把这个概念落到实处。农民、农民工问题不解决，和谐在中国就是空话。

记： 那您觉得应该怎么解决发展中国家面临的穷人问题？

张：穷人和富人的区别，其实最大的差别不在于财富，而是获取知识的权利的区别，能不能获得知识。

中国快速发展是对富人而言

记：听说您对自己祖国的发展非常关心。

张：1984年越南政府邀请我回越访问，当时我提了四个条件：想去哪儿就去哪儿；想说什么就说什么；想见谁就见谁；可以去监狱。越南政府花了两年时间考虑，才满足我的所有条件。后来我去越南见了所有想见的人，也见到了所有的领导人，我还帮助越南改革，帮助越南加入世贸。

记：听说也帮助过中国。

张：我也帮过中国加入世贸，但你们没听我的话，在农业方面受到美国太大的压力。

记：中国和越南都是正在推进市场化改革的社会主义国家，在您看来各自的发展道路有什么相同和不同之处？

张：中国刚推进改革的时候，发展得非常快，让人有些害怕。越南刚开始慢一点，现在加快了，但我对越南模仿中国的模式有点担心。中国和当年的欧洲都有点走得过快了，最明显的一点就是，中国的快速发展，对富人来说是快速发展，但对穷人来说却不是。

本报特派记者／苟骅　蓝云　何雪峰（原载于2007年10月10日《南方都市报》）

“中美中日对话有了范本”

凤凰卫视时事评论员邱震海观察第二届中欧论坛

第二届中欧论坛云集了包括新华社、中央电视台、凤凰卫视和路透社等来自中国和欧洲的许多媒体，中国观众熟悉的凤凰卫视时事评论员邱震海自称是“作为一个参与者、观察者、思考者和传播者”，忙里偷闲倾听了两天的论坛全体大会。在接受本报和奥一网联合采访时，曾经留学德国并对欧洲问题有非常深入研究的邱震海博士对这次论坛能够促成中国和欧洲社会同时在学者、政府和公民三个层面展开全方位对话给予了非常高的评价：“中欧之间这种在社会层面的心平气和的对话，未来可以为中美、中日之间的对话提供范本。”他说，他将在近期播出的凤凰卫视《时事开讲》节目中详细评论自己在第二届中欧论坛的所思所想。

欧洲已到山顶，中国还在爬山

记者（以下简称“记”）：邱先生，作为时事评论员，在电视上都是您向观众开讲，但这次您来到中欧论坛，却在台下坐着听别人谈了两天。

邱震海（以下简称“邱”）：我平时的工作就是一天到晚说话，但这次是来听别人发言的。第一，我是一个参与者。第二，我是一个观察者。作为一个资深的媒体工作者，我看问题的角度可能和其他人不同。第三，我也是一个思考者，对论坛会有一些自己的想法。第四，我也是一个传播者，未来我会把这次论坛的一些收获在节目中向观众介绍。

记：那您作为一个“听众”，最大的感受是什么？

邱：我觉得这次中欧对话，如果你仔细观察，你会发现其实是在三个层面同时展开。由于这次对话是在三个层面同时展开，所以表面上看起来有点乱，大家各抒己见，争论得非常厉害。

记：您提的三个层面对话的认识角度很新颖。

邱：所谓的三个层面，第一个学者层面，从思想者的角度，对人类共同的价值，对人类共同的危机，中国和欧洲两大古老文明进行对话。这种对话涉及中欧之间，也是跨越中欧之间。第二个是实际的政策研究者层面，比如政府的智囊团。

记：*按您的理解属于比较技术层面的对话了？*

邱：对，这个层面也很重要。比如论坛上有政策研究者提出的中国的水资源如何管理，能源如何管理。这些具体的东西说小很小，说大很大。说小就是中国和欧洲目前处于完全不同的发展阶段，就好比欧洲已经爬到山顶，中国还在爬山。一个爬到山顶的人和一个正在爬山的人，他的愿望，他的期待，他的心态都是完全不同的。正如香港大学教授潘毅在论坛上概括的，“欧洲生活在未来的阴影里，中国生活在未来的光明中”，也就是欧洲的未来有很多不确定性，而中国的明天在今天很多发达国家已经实现了。因此，中国应该汲取欧洲过去的经验和教训。

>> 中国和欧洲目前处于完全不同的发展阶段，就好比欧洲已经爬到山顶，中国还在爬山。一个爬到山顶的人和一个正在爬山的人，他的愿望，他的期待，他的心态都是完全不同的。

从大的方面来说就是“中国威胁论”，近年来中国的快速发展，在全世界都造成冲击波。中国快速发展的力量究竟会往何处走，这些都是欧洲所担心的。这次中欧论坛也是提供一个对话的平台，欧洲提出他们的担忧，而中国又是如何回应这种担忧。这些技术层面的讨论非常重要，中国如何化解欧洲的“中国威胁论”，相当程度取决于这个比较技术层面的对话。

中美、中日需加强公民对话

记：*我们很想听听您所说的第三个层面的对话。*

邱：第三个层面就是公民层面的对话，就是我们在会场看到的打工者、维权业主等，包括欧洲年轻人和中国年轻人个体之间的对话。这三个层面的对话在这个大会上是交叉呈现的，所以我们在会场上一会儿可以看到学者谈文明的对话、人类终极的价值，一会儿又有人谈水资源、能源问题如何解决，一会儿某几个公民谈他们之间的交流。这正是我来时所期待的。中欧之间这种在社会层面的心平气和的对话，未来可以为中美、中日之间的对话提供范本。

记：*您的意思是我们以前说到的中美对话、中日对话，实际上指的是政府间的对话，政治家间的对话？*

邱：对，中美、中日之间还需要加强社会层面的对话包括学者、公民个人以及NGO组织等等之间的对话。如果在社会层面形成一种对话，大家持续地增加了解的话，表面上也许有点看不见摸不着，但慢慢地它有发酵的作用。

媒体塑造着公众舆论

记：像您所说，在中欧交流的过程中，我们看到了政府的作用、民间组织的作用以及公民个人的作用，那么，像我们从事的媒体在这个过程中也应该发挥着自己的作用。

邱：媒体的作用太重要了。媒体塑造着公众舆论，引导着公众舆论。中国对欧洲的看法，欧洲对中国的看法，相当程度上都是媒体塑造的。我们回去以后一定会把中欧交流的思想进行传播，比如你们的报纸有很多的读者，我们的节目也有很多的观众。同时，我也希望欧洲的媒体也能同样发挥自己的作用，把这次中欧交流的思想传播出去。

记：其实中欧交流的思想传播还一个非常重要的是，每一个参与论坛的人都是传播者。

邱：对，这个非常重要。如果每一个参与者不意识到自己是一个传播者的话，那么这个论坛结束就结束了。如果每一个参与者都成为一个传播者的话，那欧洲人也好，中国人也好，回去后也都寻找机会组织各种的讨论，那就像涟漪一样，不断地往外扩散。那么，这样的论坛才是真正的有长远的价值。政府层面的对话，常常会形成共同声明，出台一个政策，大家可以看得见、摸得着，而我们社会层面的非政府对话，更加需要媒体、需要公民个体参与到传播中来。

本报特派记者／何雪峰　苟骅　蓝云（原载于2007年10月11日《南方都市报》）

勿拿儒家学说来解决政治问题

黄万盛出席中欧论坛，谈新儒学对治理现代社会的借鉴价值

本报布鲁塞尔讯　（特派记者／何雪峰　荀骅　蓝云）在第二届中欧论坛期间，本报和奥一网独家专访了出席论坛的哈佛大学燕京学社研究员黄万盛教授，讨论新儒学对治理现代社会的借鉴价值。

拿着儒家去收税？太离谱！

记者（以下简称“记”）：近年来，我们看到传统文化在中国有一种复兴的态势，出现了一些有趣的现象，比如提倡读经的蒋庆，不仅提出要儿童读经，而且要求重建儒教，并定为国教，甚至要求国家代儒教征税等等，您怎么看这种现象？

黄万盛（以下简称“黄”）：作为一个学者，你提倡任何东西都是可以的，中国自五四运动以来，提倡了多少主义，但真正能落实的有几家？先秦的儒家是一种创造性的文化，它包含了哲学、政治学、伦理学等等的思想，这种庞杂的理论为之后的发展提供了多种体系，其中包括政治体系。如果把孔子的智慧只当作一个制度层面的东西，这是把孔子的思想矮化了。我曾经讲过两个命题，一个是儒家的政治化，一个是政治化的儒家。儒家所思考的是要解决所有人的成长问题，政治条件当然和人的成长相关，所以儒家的知识分子就要去转变和影响政治，让政治符合人性，让政治有利于人的成长。所以孔子说，知识分子要帮助国君治理国家，知识分子要教育国君，让这个国君成为有道之君，国君一旦犯了错，知识分子就有责任去纠正他。这就是儒家的政治化，就是儒家一定有他政治化的发展。反过来，因为儒家的思想有助于形成人的基本观念和认识，所以统治者难免要利用儒家来为他服务，这个叫政治化的儒家。这个是极其危险的。至于蒋庆还要拿着儒家去收税，那就更为离谱了。

道德沦丧了才想起孔夫子

记：您是不是认为我们现在应该强调儒家的政治化呢？

黄：我们现在面对一个复杂的社会，最高的道德标准和最低的行为操守都维持不住，这个时候我们才想起儒家还有教我们好好做人的思想。

记：呵呵！就是把孔老夫子重新抬出来。

黄：对。这个问题不是说现在的政治就解决不了。我们要把儒家拿出来解决政治问题？不是的，目前在中国，解决政治问题的方法，主要的还是来源于西方，所谓宪政、民主、法治等等这些东西。儒家的思想不是和这些东西没有关系，但不能简单化，比如于丹讲孔子和蒋庆讲孔子那就是完全不同的。

学者要积极和于丹讨论

记：在传统的复兴中，出现了于丹热、易中天热等现象，于丹的书号称卖了上千万册，您怎么看这样的现象？

>> 于丹能够在那里讲，这本身就是一个重要的文化现象，你作为一个有责任感的学者，你应该和她去讨论，而不是故作高深，不屑一顾。

黄：（卖了上千万册）那又怎么样？数量不解决问题。重要的是这些事情能被公众讨论。所有这些重要的思想、重要的政策、重要的公共事件，一定要经过社会的公共讨论。对于于丹的问题，有些学者鄙夷，认为一个女人在那里讲论语，她能讲出什么东西？他们不知道，于丹能够在那里讲，这本身就是一个重要的文化现象，你作为一个有责任感的学者，你应该和她去讨论，而不是故作高深，不屑一顾。

境外孔子学院不过是中文学院

记：随着近年来中国国力的提升，中国在世界各地办了很多孔子学院，在比利时就有两家孔子学院。这和我们传统文化的复兴有无关系？

黄：从愿望的角度来说，当然有关系。但我们要看看孔子学院在干些什么，他们在做些什么事情。实际上，他们主要是在国外教中文。如果你们知道他们是在国外教中文，你还会问这个问题吗？这就是有点望文生义了。

穷富互相理解就是普适价值

记： 这次中欧论坛，很多与会者都在讨论普适价值，我们的传统文化有哪些普适的价值呢？

黄： 在全球化的当下，如果某一种价值真能适用于其他人，我们走个捷径，拿来使用，有什么不好？但问题在于，普适价值的标准是什么？所谓普适价值应该是可以超越时间和空间的限制，而适用于所有人。

记： 那么有没有这种价值呢？

黄： 有。比如深刻的同情，穷人理解富人创业的艰苦，富人理解穷人生活的艰难。这个社会在相互理解中才能改善。

记： 随着传统文化的复兴，中国人更多地恢复对自己传统文化的认同，那么这是否会对我们吸收西方的普适价值产生抵触呢？尤其是那些我们自己的传统文化所无法生长出来的价值。

黄： 这是个蛮好的问题。孔子说过一句话，“礼失求诸野”，如果这套东西的功能没有了，整个社会乱糟糟的，我们“求诸野”，到“番邦”那里去，也许他们那里还有一些经验可以被我们用。

记： 这就是说孔子提倡要有一个开放的心态。

黄： 这就是儒学的本质。所以，如果你学习的儒家是一个健康开放的儒家，你为什么担心它不能向西方学习呢？不能接受西方那些人类普适的价值呢？这就是儒家内在的要求，否则就不能称之为儒家。

（原载于2007年10月14日《南方都市报》）

中日关系可以借鉴法德和解

本报和奥一网对话梅耶基金会主席卡蓝默、中欧论坛总监于硕和中欧论坛首倡者陈彦

中欧论坛的主要推动者——梅耶人类进步基金会主席、法国思想家卡蓝默，中欧论坛的首倡者——法国国际电台中文部主任、欧华学会秘书长陈彦研究员和第二届中欧论坛总监于硕博士，在本报和奥一网特派采访组回国前夕，与我们进行了一场深入对话。

理想主义者是出于共同的追求

记者（以下简称“记”）：不少与会者说卡蓝默先生是个理想主义者，那您本人是否认同这一说法呢？

卡蓝默（以下简称“卡”）：对于我来说，理想主义者不是出于利益，而是一个共同的追求。1945年“二战”即将结束的时候，那些自以为是现实主义的人，他们认为法国和德国仇恨有好几个世纪了，即使战后繁荣了，新生出来的一代还是会进行战争。这就是现实主义者对世界的描述。少数的法国人、德国人，也就是欧盟的那些创始人，被认为是理想主义的人，看到了两个世纪以来法国和德国由于相互仇恨一直在进行战争，也看到了当时必须和解的必要性，而不是那种命定的仇恨关系。就是那些当时被认为理想主义的现实主义者，他们用自己的努力，走出对立，走向和解，创建了欧洲有史以来长达50年的持续和平。最后，回到你的问题，如果说理想主义者，它的定义是说，一切人类的行为都是通过梦想实现的，那我接受理想主义者这个称谓。如果是说理想主义者说的话，做的事情，是不可以实现的，那我拒绝这个称谓。

中欧共同关注四大主题

记：您刚才也谈到，这次中欧论坛形成了300多条意见和建议，从这些意见和建议来看，现在中国和欧洲社会存在哪些共识，又存在哪些分歧？

卡：总的来说，从欧洲、中国的角度来看，有四个大的主题是共同的：第一点，对双方来说，如何向另一种更持久的发展模式过渡。在我们（欧洲）这边说的是可持续性发展，在中国有个更新的说法，叫和谐社会。第二个大的话题是价值，我们的社会是建立在哪些价值和遗产基础之上的？从欧洲的角度上，我们关注怎样从宗教、精神、知识的角度看21世纪我们要面对的问题；从中国的角度讲，比较倾向从儒家、佛教看我们的未来，这是我们共同要面对的21世纪的挑战。第三，我们涉及到怎么处理全球化的问题，也就是中国和欧洲作为世界的成员在将来如何承担各自的责任。现在来说，只是通过主权国家的习惯性运作还是不够的。第四，是有关治理的，如何反思在各种层面上谋求共同利益和管理我们的社会？在面对各种公共利益的时候，不只要有国家、政府、专家的行动，还要有更多公民的参与，包括我们怎样共同来分配不同的世界、国家和地方的权利。

>> 如何反思在各种层面上谋求共同利益和管理我们的社会？在面对各种公共利益的时候，不只要有国家、政府、专家的行动，还要有更多公民的参与，包括我们怎样共同来分配不同的世界、国家和地方的权利。

中日需要共同建一个房子

记：卡蓝默先生多次提到的欧洲正在走向联合，可以给中国提供一种参照，但是欧盟是作为一个区域性的跨国组织，而中国是一个主权国家，一种区域性国际组织对中国这样一个主权国家的参照意义在哪里？

陈彦（以下简称“陈”）：欧盟建立最初的动因并不是经济，而是为了避免战争。在20世纪经历的两次激烈的世界大战，欧洲是战场，也是受苦最深的地方。欧洲人慢慢发现，以民族国家作为框架来避免战争是不可能的，这种和平是不能持久的。欧盟创始人说，要避免战争，必须走联合的道路。这个联合的道路是慢慢从经济走到政治的。也就是说，每个主权国家都把自己的主权拿出一部分集中起来，那就是从根本上避免了战争。从另一重意义上讲，把主权拿出来共享，就表明欧洲在超越民族国家这个古代政治概念。这些对中国的启示是，中国这么一个庞然大物，你即使是和平崛起，周边国家都会觉得你的威胁是很强的。

所以说，中国从欧盟学习这些经验，对中国和平发展过程中如何处理国家关系和保持一个和平发展环境是很有借鉴意义的。

记：也就是可以帮助消除“中国威胁论”？

陈：这是一方面，我觉得中日的和解可以参照法德和解。可以说，中日关系如果处理得好，中日的前途都是无量的；如果处理不好，会两败俱伤。中国近代的历史，有两次最重要的转折，都是日本带来的，一是甲午战争；二是抗日战争。现在中国的崛起，仍然面对如何对待日本的问题。我想，法德和解对中日关系的参照意义特别大。法德为什么能和解，不是因为法国人、德国人比中国人、日本人更理性，而是他们找到一个办法，就是建设欧盟，走向欧洲的联合。建立欧盟，不是说我们俩做好兄弟之类的，而是我们要共同建造一个大的房子，那我们之间的其他问题都成了小问题。如果我们这个房子能够建成，那当然十分的好，即便建不成，我们至少可以避免战争，建房子的过程本身就是一个解决的办法。

中国的参会者有点民族主义
中欧论坛总监于硕博士批评参会者囿于意识形态

现在真诚被大多数中国人阐述为愚蠢

于硕（以下简称“于”）：从整体上我有这样的感觉：如果在中国开会，一般都要求知识分子准备大会发言稿子，当听说不需要准备发言稿的时候，很多人的第一感觉是太好了。

（中欧论坛）全体大会是拒绝任何人宣读论文的，为什么拒绝呢？这个论坛设计中非常重要的一点是对话，对话要发自内心，相互启发、激发，把平时没想到的思想火花，在相互对话中产生出来。我想对于非知识分子的人，感觉更真切一些，因为他们负担少一些。

记：为什么这样说呢？

于：我们中国的参会人，或多或少都会有些负担，精神的负担太重，基本上都是在意识形态的范围内讨论，该说什么，不该说什么，大家都会在内心提醒自己，我代表中国人的美好形象，我要为我们的国家争光，说得更严重一点，就是民族主义。

其实我们期待每一个来参加这个会的人，代表你个人，从个人的生活和工作经验出发，在全球化的背景下，思考中国的问题。我们不是要你说出真理，而是要你说出感觉，这个感觉可能是完全不符合逻辑的，完全是不被大多数人所认可的，但恰恰是这些最少数人的意见，是大多数被制度化、被框架化、被洗了脑的人所永远都想不到的。而你这个思路，对所有的中国人、欧洲人，都是有意义的。能够回到普普通通、真实的个人，就是我对与会者最大的期待。

>> 我们期待每一个来参加这个会的人，代表你个人，从个人的生活和工作经验出发，在全球化的背景下，思考中国的问题。我们不是要你说出真理，而是要你说出感觉，这个感觉可能是完全不符合逻辑的，完全是不被大多数人所认可的，但恰恰是这些最少数人的意见，是大多数被制度化、被框架化、被洗了脑的人所永远都想不到的。而你这个思路，对所有的中国人、欧洲人，都是有意义的。

记：您的意思是，（回到普普通通、真实的个人）这个最基本的要求反而成了最高要求了？

于：我在中国上课的时候，我要学生说真话，学生就教导我，你这不是在害我吗？这个复杂的社会，你让我们出去说真话，你站着说话不腰疼，我们出去了怎么生活啊。现在真诚被大多数中国人阐述为愚蠢，欺骗、谎言被大多数人颠倒过来了，恶的东西被认为是智慧的，而善的东西被认为是愚蠢的。

只要进入公共空间，大家都开始撒谎

记：就像我们经常说，要回归常识，做一个正常的人。

于：我说的这个问题不只是中国的问题，欧洲也有这个问题。在中国表现得比较独特的是，你可以在私底下说，但只要进入了公共空间，大家都开始撒谎。在欧洲公共空间和私人空间，不会因为在公共空间批评总统而招致杀身之祸，也不会被从意识形态的角度去理解。

记：但是在中国网络论坛上，匿名讨论公共话题的氛围好像比欧洲更热烈。

于：表达自己的愿望是人类的共性，每个人一定要表达自己的意见的，如果因为公开表达自己意见的可能性很小，当一定要表达又不能表达的时候，一定会找到其他的空间，比如通过匿名或者私人空间的方式，去把自己的愿望表达出来，但真正行动的很少。相反在公共空间，你表达出来之后，是要检验你是不是只说不做的，而网络匿名是完全没有被检验的可能性。

记：好多网民都是匿名说完，或者发泄完之后，又回到原来的状态。

于：所以说他不是公民，还不是我们平常意义上所说的公民社会。公民社会非常强调责任，也就是责任意识在中国的匿名空间中非常薄弱，没办法从激愤的言论走向负责任的行为。听完了就完了，没有人去执行。

特派记者／蓝云　苟骅　何雪峰　（原载于2007年10月15日《南方都市报》）

“中欧应建金融体系，让美国接受”

法国前总理、中欧社会论坛创始人之一罗卡尔接受本报特派记者采访

米歇尔·罗卡尔，中欧社会论坛创始人之一，欧洲议会议员，尽管已卸任法国总理多年，但他仍活跃在法国、欧洲政治舞台，多次访华的他一直关注着中国的发展。1992年访华时，当时法国外交部给他准备了文件，他看到中国广东省的资料，“当时广东省人口6000万，和整个法国的人口数差不多，但那时广东省保持了17%的年平均经济增长率。我说，17%是不可能的！我相信它是个错别字，可能是1.7%吧。到中国后，在从深圳到香港的高速公路上，我看到全部是卡车，把路塞满了，我的车队被挤到一边———那是我这辈子第一次发现中国国民经济的高速增长，这让我想到了邓小平起到的作用”。10多年过去了，他对中国、广东又有什么新的认识，在全球金融危机的大背景下，中国、欧洲在世界治理格局中，又各自能扮演什么样的角色，外交摩擦在这位资深政治家看来又意味着什么呢？

23日下午，在法兰西学院，罗卡尔坐在了中国记者的面前。

“不因外交摩擦停止交流”

记者（以下简称“记”）：今天上午，我看到有一个网友说：我现在对法国印象不好了，我不想再对法国提问了。虽然这只是极少数网友，但是我知道他这么说是因为近年来中法外交的摩擦不断所引起的反应。您认为中法之间摩擦不断的根源在哪里？未来中法关系的走向如何？

罗卡尔（以下简称“答”）：外交摩擦不要看得那么严重，这是一种很平常的问题。

从历史的角度来看，中国开始影响世界的年代比欧洲要早，中国有四大发明。后来有一个中国皇帝说：外国人很恐怖，要切断中国和世界的联系，如果有人造船可能

被判处死刑（编者注：指明朝实行的海禁政策）。这种情况持续了500年，这也使得欧洲和中国的联系切断了500年，两者之间越来越不熟悉。通过殖民战争，中欧再次相互认识。当然战争不是好事。

当然，现在世界的形势是朝向和平的方向发展，核战争不可能发生。世界各族人民坐在一起，为全球治理贡献力量。因此，也需要不同的人坐在一起交流，但实际还存在很多相互不了解的情况。对于什么是价值，怎么建构价值就可能存在不同的观点。这种误解就可能是导致摩擦的原因，今后也许可能还会有其他的摩擦出现。不管是哪国人，都不能因外交摩擦而停止相互的交流和理解。

我们论坛的目的就是促进中欧双方的相互了解。作为外交人士，从职业要求来说不可能说自己的做法是错误的，双方都不可能作让步。这样就使问题无法得以解决。中欧社会论坛则提供了一个新的模式，去分析，我们的差异是不是大到无法弥合。

我可以开一个玩笑：外交家自己争斗去，不要给我们造成伤害就好。我也希望通过交流建构起更好的双边关系。

记：你如何评价现任萨科齐政府的对华外交政策？就你看来，中欧的分歧体现在哪些方面？

答：我现在已不是总理，我是反对党，我不代表政府。对于现任法国政府的外交政策，我不是根本上反对，但是我认为它很短视。我看到美法之间的关系借助奥巴马的访问得到很大改善，这是很好的一件事情。而我们中欧贸易开展得很好，而且双边是和平的关系。中国取得的进步，也让欧洲感到震惊和惊讶。在核能领域，中法有很好的合作关系，现在中国又是一个航天发展的大国。

中法之间的关系，不应该只从外交层面上来看，还应当通过贸易等领域的合作，使得双边关系向更好的方向发展。

金融危机深刻影响着全球，西方国家遭受非常大的损害。最近这几个星期，情况有所改善，但是经济增长率还是很慢。金融危机对民众造成的影响很大，工作不稳定、工资下降，生活更加不确定，变得更加贫困。所有的发达国家都存在这样的情况，比如说：北美、欧洲。那么，市场经济不是万能的，中国可能也认识到这一点。作为资本主义，它本身具有不确定性。这种不稳定可能导致非常严重的问题。1975年经济危机以后，再也没出现过去高增长的情况。失业率、不稳定的因素到处都存在，没有人知道这该怎么解决。

要改变现状的话，先要改变现有资本主义的规则。并不是完全靠计划经济、行政手段，而是要有一定的管制。中国的经验是开始引入资本主义的做法，减少政府干预的行为。欧洲的社会保障体系，使得改变现有的资本主义体系会更加困难。要想解决目前的金融危机，中欧应该更好地坐在一起。

欧洲统一行动面临困难

问：中欧加强合作共同应对全球金融危机，您的具体建议是什么？

答：第一，我非常赞同中国政府提出的，现有美元作为单一国际货币的现状应该改变的观点。中国的提议是非常有眼光的。第二，在方法上，中欧双方应该进行思考，真正建立世界框架内的新金融体系。中欧间应该尽快达成一致意见，在全球范围内建立一个监督机制，对世界金融情况进行跟踪和监督，并使美国接受它。金融衍生产品是特别危险的，它是对未来金融的交易，而不是针对现实财富，这有可能导致通货膨胀。金融衍生品也可能是造成经济危机的主要原因，因此，对金融秩序的监督应在这个范畴内理解。美国总统奥巴马在这个问题上还没有具体的表示。最好的做法是欧洲努力推动欧元的发展，法国开始接受这一点，当然这不是所有国家都能接受的，尽管我说到要统一行动，但是要明白一个事实：欧盟这个机构没有足够大的权力，欧盟现任领导人也没有魄力，也不够果敢来实现这一设想。

“权力变化应对社会变迁”

问：广东省珠三角的九个城市正在推进一体化建设，避免各自为政、重复建设等弊端，统一调配公共资源。在中国其他地区，也在推进城市圈建设。从欧盟建设的经验出发，请您谈谈对中国城市圈建设的建议和看法。

答：我到过广东，广东给我留下了非常深刻的印象。对于你们的一体化建设，我暂时还没有一个非常清晰的建议，因为欧盟建设也是只走过了非常短的时期，国家之间成立联盟，制定共同的货币金融政策等，使得国家联合在一起。作为欧洲城市的发展，包括法国在内，中央政府把很多的权力下放给了地方，地方市政府有很大的权力。中国和法国可能都面临同样的问题：权力的变化如何应对社会的变迁。在巴黎地区有1200万人口，大致占法国总人口的1/6。在这种情况下，就需要有市政工程等相匹配的建设。有1300个城镇都属于大巴黎地区，如何使这些城镇按同一个方向发展也是很困难的。我想中国的珠三角也面临这样的问题。

（本报特派记者／蓝云　姜丽萍）

新闻背景：　中欧社会论坛在巴黎启动

本报讯（特派巴黎记者／蓝云　姜丽萍）时隔两年，中国、欧洲之间再次迎来了一场重量级的民间层面的对话。当地时间7月24日下午，中欧社会论坛第三届双年聚会小组长会议在巴黎大学城闭幕，为本届中欧社会论坛拉开序幕。

在小组长会议上，250名中欧思想精英、民间人士按9大主题分成70个小组，围绕之前共同提炼出的中欧社会共同面临的4个挑战（模式挑战、价值挑战、管理挑战、角色挑战），在3天的会议时间里共同寻找未来的应对方案。中欧社会论坛主席、欧洲思想家卡蓝默在闭幕致辞中说，作为国际舞台的主角之一，中国和欧洲可以在全球治理中担当各自的重要责任。

中欧社会论坛2005年诞生于中国广州的南沙，由一批中国和欧洲的思想精英创立，旨在促进两个社会广泛而持续的对话和理解，以期携手应对人类社会大变迁中面临的共同挑战。据论坛总监于硕博士介绍，由于甲型H1N1流感疫情的影响，原定于2009年7月中旬在中国香港理工大学举行，预计超过1000人参与的第三届双年大会推迟到2010年7月举行。

（原载于2009年7月25日《南方都市报》）

除了贸易或煤炭，世界还有其他价值

前欧盟驻关协大使、中欧社会论坛创始人保罗·张万亭接受南都奥一专访

7月24日，中欧社会论坛第三届双年聚会小组长会议在法国巴黎闭幕。

这个中欧社会间重量级的民间对话围绕中欧及全球社会面临的共同挑战，共同寻找未来的应对方案。与会的250名中欧思想精英、民间人士中，有一位八旬老人格外惹眼：他身材不高，目光坚毅，说着一口纯正法语，言行举止却颇有越南人的特征，跻身欧洲政要圈却始终关注全球穷人。

他曾出任欧盟驻关协（后转变为世贸组织）大使，代表欧盟与中国签订第一个欧中纺织国际协定，还曾帮助中国加入世贸组织。

在接受《南方都市报》奥一网专访时，保罗·张万亭不时闪现出35年国际舞台生涯所积累的睿智。他明白“地球除了金钱、贸易或煤炭外，还需要有其他方面的财富和价值，社会治理不应该是从上到下，而应该是从下到上”；在谈判桌上，“不要寻求针锋相对的立场，一定要以沟通的方式来解决问题”；他关注中国，建言“穷人问题影响中国未来”。

专访末尾，他再三向我们强调：“我爱中国，我们需要中国，中国需要我们。”

关于世界治理　“我不奢望每一个政策都能给每个人带来幸福，但至少不要给人们带来不幸。吃不饱、穿不暖，有病不能医，就是不幸。”

记者（以下简称“记”）：*您是中欧社会论坛的创始人之一，亲身参加了历届活动，在您看来，论坛是否达到了推动中欧合作的创建初衷？*

保罗·张万亭（以下简称“张”）：我们做的仅仅只是开始。应对经济危机，我想中欧双方的合作将会加快步伐。中欧双边社会间的对话，重要的一点是双方都应注重社会治理。社会治理不应该是从上到下，而应是从下到上。我们的地球，除了金

>> 中欧双边社会间的对话，重要的一点是双方都应注重社会治理。社会治理不应该是从上到下，而应是从下到上。我们的地球，除了金钱、贸易或煤炭外，还需要有其他方面的财富和价值。我们应该利用当今信息技术和沟通渠道，使人人都成为参与世界事务管理的一分子。

钱、贸易或煤炭外，还需要有其他方面的财富和价值。我们应该利用当今信息技术和沟通渠道，使人人都成为参与世界事务管理的一分子。

记：面对共同的全球挑战，中欧有何共同的应对之策？

张：根据我在国际事务方面的经验，我认为中欧尤其应该在环境、资源保护领域加强合作。

我并非要求公民都来参政，但是我很希望公民们能为政治家提出设想和建议。很明显，一旦政策脱离实际，脱离百姓和基层，它必然会落空。我不奢望每一个政策都能给每个人带来幸福，但至少不要给人们带来不幸。吃不饱、穿不暖，有病不能医，就是不幸。

记：世界正走向多极化，美国的身影似乎无处不在，中国和欧洲是否应更多参与世界事务？

张：美国在各领域都体现出“牛仔”风范。我推崇多极世界，让各国发挥各自的作用，而非由几个大国说了算。只有多极世界才能避免美国这样的“牛仔”角色。我在国际上工作35年，谈下82个国际协定，从来都没有用命令式的方式让人来实现协定，我们需要的是朋友式的友好协商。

记：能不能理解为，在您看来，作为世界霸主，美国更多地采取了一种鲁莽强制的方式？

张：是的，但是他们正在改变。他们现在有了一个真正能理解什么是治理的领导人。奥巴马从不寻求针锋相对的立场，而是以沟通的方式来解决问题。奥巴马正在执行我的理念（笑）。

中国加入世贸时，我就提醒中国不能采取对立的态度。你们应让外界知道，中国在努力加入世贸，我们在帮助中国顺利加入。谈判不能是以“我们一定要进去”的态度。

我记得早期的一件事。那是20世纪70年代末，中国加入一个纺织品的协定，当时代表中国参与谈判的是一个在香港的英国人，而我代表欧盟。想象一下，谈判桌上，代表中国的是欧洲人，代表欧洲的是亚洲人。那时我是欧盟驻关协大使，是同中国洽谈第一个《欧中纺织国际协定》的第一位谈判者。该协定帮助中国打开了工业大门。

还有就是中国台湾地区加入世贸，很棘手，但我谈下来了，我居然让中国台湾加入了世贸却没有伤害北京。这就是治理的智慧。我们需要的是理解，是替对方考虑。

关于中国的发展　　“整个世界的棋盘正在改变，中国超越了很多国家，未来的10至20年，中国将超越美国。”

记：您提及要考虑对方的利益，正如一句中国古话“己所不欲，勿施于人”。现在中国正在大力建设“和谐社会”，您怎么看？

张：和谐就是没有冲突，不要有不平等。中国的经济发展速度这么快，我认为造成了一些“定时炸弹”，这些矛盾即使现在不爆发，一段时间之后，一定会爆发。

过去，中国处在人人拥有基本保障的状况下，随着时间的推移，这些基本保障被打破了。中国需要欧洲的丰富经验来编织它的社会保障体系。

记：去年中国迎来改革开放30周年纪念日，今年是建国60周年。您如何评价中国所取得的成就，对中国今后的发展，您又有何建议？

张：改革30年，建国60年，中间还经历了文化大革命。这表明，中国有能力改变自己，有能力发展。我提及“文革”，因为人们视其为一种挫折。但现在，中国能认识错误，并知道如何改正和发展。中国现在还存在很多问题，政府应更多关切本国有待解决的问题，而不是关切国外怎么看待中国。找到社会稳定发展的基础，才是中国应优先考虑的事情。

>> 中国有能力改变自己，有能力发展。我提及“文革”，因为人们视其为一种挫折。但现在，中国能认识错误，并知道如何改正和发展。

要使发展具有可持续性，就必须让社会基层普遍参与，让大众成为可持续发展的一分子。很多人都谈论民主，但民主的权力却往往由金钱所支配。我怀疑西方的民主，政治家为了执政4年后在民主选举中连任，竭尽所能，做一切能帮助自己再次当选的事。我不赞同这种做法，我更推崇古希腊的民主——那种来自基层的民主。当然，当时世界人口很少。

记：中国现在有一个词，叫做“大国崛起”。

张：毫无疑问，中国是一个正在崛起的大国。整个世界的棋盘正在改变，中国超越了很多国家，未来的10至20年，中国将超越美国。

记：您提到中国超越美国，是哪方面的超越？

张：在经济和科技上可以超越美国，但不是智慧上。中国向西方学习吸收利弊，却在一些地方失去了自己的灵魂。比如，中国复制、模仿西方的建筑，中国有人要建凡尔赛宫，但是却摧毁了自己老祖宗留下的建筑。

关于一体化发展　“无论政府、市场或民众，都能推动一体化。关键是让政府听取民众的意见，而这个意见必须是上面的人到下面去听取。”

记：现在我们所在的广东省珠三角地区，9个城市正在力推一体化，避免各自为政、重复建设等弊端，统一调配公共资源。您对欧盟有比较深入的参与，能否就欧盟的建设经验谈谈中国城市圈的发展？

>> 过于城市化不利于持续发展，不利于整个区域的建设。如果城市、农村处于失衡的发展状态，就需要政府从中调控。

张：我认为中国政府、地区政府都应该努力保留中国农村，过于城市化不利于持续发展，不利于整个区域的建设。如果城市、农村处于失衡的发展状态，就需要政府从中调控。现在欧盟在这一点上做得也够好。最初，欧盟那些富裕国家，能够抛弃私心和个人利益，站在比较高的角度，舍出一些财富，帮助希腊、西班牙等相对贫穷的国家，从而让欧盟整体得到良性发展。但现在，人们不再具备这种崇高境界。

记：当时欧盟的规划者怎么说服大国让渡利益？而大国的领导者又如何争取国内选民的支持？

张：作为超越主权国家的机构，欧盟告诉各个国家首脑，比如说要帮助西班牙——我们接纳西班牙，不能只看现在让出的利益，而是要看到未来5年、10年，我们能得到什么。这是一种利益互换。

记：在推进区域一体化的过程中，如何让政府和市场都发挥作用？如何在政府起第一推动力的同时，也让市场起到作用？

张：无论政府、市场或民众，都能推动一体化。关键是让政府听取民众的意见，而这个意见必须是上面的人到下面去听取。

本报特派巴黎记者／蓝云　姜丽萍（原载于2009年7月29日《南方都市报》）

跋

从开放社会到公民社会

——写在“中欧社会论坛·中国直播室”启动时

筹备了一些时日的“中欧社会论坛·中国直播室”即将启动，20多位中欧一流人文学者将围绕“从开放社会到公民社会”的主题，借助奥一网平台及其南都系报网互动机制，依次与网民、读者共同探讨中国社会转型过程中的阻力、动力和方向，冀望在思想交流、撞击的电光火石间，人类文明的普世价值能得到播洒、升华。

“中欧社会论坛·中国直播室”活动主题为“从开放社会到公民社会”。

中欧论坛，聚集了对社会变迁具有影响的行动者

与传统的报告会不同，中欧论坛旨在提供迎接挑战的条件。它将两个社会中的一些对社会变迁具有影响的行动者聚集起来，使他们面对面地迎接各自的观点及相互的期待，指出各种动员性的合作路径。中欧论坛得到了欧盟的支持，其动议、组织者为梅耶人类进步基金会、欧洲华人学会、布鲁塞尔自由大学当代中国研究中心等，以及中国方面的中国人民大学、中山大学、中国外交学院等。

2005年，第一届中欧论坛在广州南沙盛大开幕，有300名中外学者、外交人员和记者与会，他们聚集在法国前总理米歇尔·罗卡尔、中华人民共和国政协副主席霍英东先生、中国人民大学副校长袁卫教授、外交学院院长吴建民大使、欧华学会会长关愚谦教授、梅耶人类进步基金会主席皮埃尔·卡蓝默先生等著名人物周围，其主题集中在介绍欧洲建设的历程。

第二届中欧论坛今年将轮换到欧洲举行，地点是比利时，时间是10月4日到7日。在全球化和面临共同挑战的背景下，以中国为话题，近千名与会者届时将对世界治理进行讨论并提出共同应对方案。

在第二届中欧论坛主会召开前期，多名顶尖中欧人文学者将借助奥一平台，与中国网民对话，这正是“中欧论坛·中国直播室”活动的由头。

奥一网与中欧论坛的合作，结缘于灵魂深处的契合

奥一网与中欧论坛原本素不搭界，但是却一见如故、一拍即合。两边工作人员都深爱着脚下这片华夏大地，都愿意为推动中国社会建设与公共空间转型尽绵薄之力。双方骨子里、精神深处颇有些相通相融的东西，中欧论坛所要追求的“理想国”契合奥一网（“oeeee”为英文复合单词“omniscience-eye”的缩写，“omniscience”在英文中是“无所不知的”的意思）的新闻理念最高诉求——“看见了一切”。或者说，奥一网时下正在倾力打造和追求的新闻互动空间、开放式的民众交流和网络问致平台、尚处萌芽状态的公民记录是中欧学者所乐于见到的。在提出“看见了一切”这一概念的南方都市报常务副总编、奥一网创始人任天阳看来，智慧与真知蕴于民间，通过网络技术平台，草根原生态的舆论和智慧可以被集纳和传播，因而得以看见一切。

越来越多的人已经认可这个观点，互联网是20世纪人类最伟大的发明之一。网络早就不是科技名词，它还深入人类的物质、精神生活，网与人的结合，正以前所未有、史上最强的方式和力度冲击、刷新着人类社会的所有层面，“普天之下，莫非网土，率土之滨，莫非网民”。更令一些传统人士“畏惧”的是，这种冲击仅仅是开始，“没人知道何时、何处是尽头”。

大约两个月前，笔者向第二届中欧论坛筹委会秘书长于硕、中大郭巍青教授等简要介绍了奥一网民“有话问市长”问出了7800条建议并由市长一一笑纳、中国网民呼声通过南方报业传媒集团“全国两会”特派记者直达中南海、“不买房行动”发端于网络等案例后，国内的这些最新情况显然触动了常住法国的于硕老师，许久从她嘴里蹦出4个字，“网络公民”，她还欣然建议，你们可以做个“有话问里昂市长”。

从开放社会到公民社会，我们的希望和未来

无疑，近30年的改革开放，中国已经取得了举世瞩目的成就。“改革—开放”以及接踵而来的“开放—改革”赋予了“开放”两字超乎寻常的划时代意义。中国传统文化并不乏开放、接纳、包容元素，比如对西来佛教的接纳、吸收一度使中华文明达到巅峰。但吊诡的是，中国也曾屡屡闭关锁国，唯我独尊。

世界潮流，浩浩荡荡，顺之者昌，逆之者亡。开放之大势，无人可挡。

中国社会目前整体上处于转型期，这一时期微妙却关键，有待积极因素更大发力。外部而言，面临全球化、经济一体化、互联网兴起等挑战，内部而言，我们的改革进入战术层面的细节阶段，攻坚战在即。

学界认为，在近年来的社会转型过程中，一些普世法则已被证明是中国活力与繁荣之源：渐进、多元、非整体性的演化法则；尊重产权和知识流动的自由法则；法治的法则；变革的法则。这些法则落实到个体身上，那就是公民的原则。

“从开放社会到公民社会”是本次“中欧论坛·中国直播室”活动的总主题，在提议这一主题的南方都市报首席编辑何雪峰看来，该主题的核心诉求就是“公民”，它和“人民”是外表类似、易于被民众误解的两个概念，“‘人民’是政权赋予的，今天可以说你是‘人民’，明天可以说你不是；‘公民’却是法律赋予的，任何人不能随意剥夺”。

近期国内舆论关注的焦点，如太湖蓝藻、厦门PX、深圳“小龙圳”冤死等事件，无一不是源于公民的基本生存、发展权利被侵占、挪移，一定程度上的蔑视，而遭遇公众的不满、不合作，一定程度上的对抗。庆幸的是，中国民众参与改造社会的热情与积极作用已初现端倪，公共知识分子也逐渐找回其社会担当的角色；社会承认了作为个体的公民的欲望，并且在此基础上重建一种关乎人而非神鬼的传统。“你不关心政治，政治却会关心你”。如果没有社会在政治、经济、文化、法律等方面的整体性推进，个人的幸福是可疑的。

在保障、争取个体权益方面，以互联网和手机为标志的新媒体正发挥着越来越重要的作用。鉴于此，多位中欧一流人文学者这回选择网络与中国民众交流，正有借助新媒体做出新效用之愿望。

“公民”是个不带任何感情色彩的静态名词，还是个逐渐演进的动态进程——社会公民，中国公民，世界公民。要做个真正的大国民、大公民，目光显然不能只局限于屁股底下那一亩三分地。

如果我们愿以更宏大、更平和的眼光透视中华民族的过去、现在和未来，不难发现：生活于我们这个时代的人是何其幸运，“今日中国上下，承千百年来之沉郁与坎坷，正在积极转型。这是一个充满危机的时代，一个充满希望的年代，一个大有可为的年代”。（熊培云《思想国》语）

人，诗意地栖居着！

蓝云（时任奥一网第一副总编辑，现任奥一网首席内容官、总编辑，原载于2007年7月17日奥一网）

From Open Society to Civil Society

— "The China-Europa Forum—China Online Studio"

——A Brief Introduction

From Open Society to Civil Society—"The China-Europa Forum·China Online Studio" is a book of speeches and reports on the Second China-Europa Forum held in Europe in 2007.

The first part of the book is a collection of speeches and talks given by seventeen invited guests from Europe and China at the China online Studio, a talk show based on one of the main media partners of the Forum—www.oeeee.com. They shared wisdom and views on the topic of "From Open Society to Civil Society" with Chinese netizens. From all works of life and with diverse backgrounds, these distinguished guests range from European thinkers, Harvard scholars, university professors, CEOs, ambassadors to media specialists. In this open space offered by the network, everyone has become an independent citizen who feels free and equal to share original ideas and experience.

The second part is collected reports on the Second Forum and the preparatory meeting of the Third Forum (to be held in China in 2010), including news coverage made by four young journalists and editors from *Southern Metropolis Daily* and oeeee.com. They recorded some European mainstream thoughts and expectations of modern China, noted down the spiritual communication between Chinese young journalists and European conventions, and opened the door of thinking about where China should go from an Open Society—whether a Civil Society could be a choice?

Four days, twenty-three cities, more than eight hundred participants and forty-six discussion groups—initiated the largest-scale dialogue between the Chinese society and the

European society. That was the spectacular performance of the Second China-Europa Forum. The wisdom of and consensus among the participants could be found in this book.

Lasting for 18 months, the China Online Studio invited 17 great minds from Europe and China. There were 25 news pages and over 100 issues of mobile newspaper covering it, with more than 10m netizens following with interest. It is a "Multi-media Platform" to boost exchanges and communication among the whole society. You can enjoy and feel the whole process of ideas confrontation.

China, with a population of 1.3b and a land area of 9.6m square kilometers, has carried out policies of reform and opening-up for 30 years. And it has been striving to explore a more harmonious, dignified and happier "utopia" for all walks of life.

The book puts forward a big question: What China's future will be after thirty years'course of reform and opening-up? More answers and countermeasures to this question will lie in readers to dig out.

图书在版编目（CIP）数据

从开放社会到公民社会 ：“中欧社会论坛·中国直播室”演讲报道集 / 于硕，蓝云主编. -- 广州 ：南方日报出版社，2010.7
ISBN 978-7-80652-879-2

Ⅰ. ①从… Ⅱ. ①于… ②蓝… Ⅲ. ①演说－汇编－世界 ②新闻报道－作品集－中国－当代 Ⅳ. ①I16 ②I253

中国版本图书馆CIP数据核字(2010)第124910号

从开放社会到公民社会：
“中欧社会论坛·中国直播室”演讲报道集

于硕　蓝云 主编

出版发行：南方日报出版社
地　　址：广州市广州大道中 289 号
电　　话：（020）87373998-8502
经　　销：全国新华书店
印　　刷：广东信源彩色印务有限公司
开　　本：787mm×1092mm　1/16
印　　张：13　彩插：0.5
字　　数：200 千字
版　　次：2010 年 7 月第 1 版
印　　次：2010 年 7 月第 1 次印刷
定　　价：32.00 元

投稿热线：（020）87373998-8503　读者热线：（020）87373998-8502　网址：http://nf.nfdaily.cn/press/